026

Дама с собачкой

带小狗的女人

Антон Павлович Чехов

[俄] 契诃夫 著

沈念驹 译

中信出版集团 | 北京

图书在版编目(CIP)数据

带小狗的女人 /(俄罗斯)契诃夫著;沈念驹译.
北京:中信出版社,2025.7.(2025.9重印)--(无界文库).
ISBN 978-7-5217-7772-7

Ⅰ.I512.44

中国国家版本馆 CIP 数据核字第 2025RC5232 号

带小狗的女人
(无界文库)

著者: [俄]契诃夫
译者: 沈念驹
出版发行:中信出版集团股份有限公司
(北京市朝阳区东三环北路 27 号嘉铭中心 邮编 100020)
承印者:嘉业印刷(天津)有限公司

开本:787mm×1092mm 1/32 印张:11.5   字数:161 千字
版次:2025 年 7 月第 1 版   印次:2025 年 9 月第 2 次印刷
书号:ISBN 978-7-5217-7772-7
定价:29.00 元

版权所有·侵权必究
如有印刷、装订问题,本公司负责调换。
服务热线:400-600-8099
投稿邮箱:author@citicpub.com

目 录

中译本序 _ 1

小官吏之死 _ 5

胖子和瘦子 _ 11

变色龙 _ 17

牡蛎 _ 25

普利什别叶夫中士 _ 33

苦闷 _ 41

万卡 _ 53

跳来跳去的女人 _ 61

六号病房 _ 107

挂在脖子上的安娜 _ 201

套中人 _ 225

话说爱情 _ 249

醋栗 —265

带小狗的女人 —283

没出嫁的新娘 —315

契诃夫年表 —349

中译本序

安东·巴甫洛维奇·契诃夫是俄国著名小说家和戏剧家，1860年1月29日生于俄国罗斯托夫省塔甘罗格市。他的父祖两辈曾身为农奴。凭借自己的勤劳和智慧，契诃夫的祖父当了自己所从属的地主家的糖厂经理，陆续积攒了一些钱财，并以此于1841年为自己一家人赎身，获得了自由民身份。契诃夫的父亲在获得自由以后娶妻成家，在本地开了一家杂货店谋生。他育有六个子女，后来成为作家的安东·契诃夫排行第三。父亲的商店惨淡经营，一家人勉强维生。1876年杂货店倒闭，父亲带了一家人迁居到莫斯科谋生。当时安东还在法语学校求学，就留在了故乡继续学业，为了生计，他当过业余家庭教师。1879年他考入莫斯科大学医学系。由于家境贫困，在大学二年级时，他开始以文学记者的身份在刊物上发表短小的幽默作品，借以维生。这是他文学生涯的开始。这些搞笑的作品本身文学价值不大，但能见容于书刊检察机关，也易拥有一定的读者；尽管如此，其中仍不乏较深思想意义，针砭时弊，讽刺社会不良现象，反映各种世态人心的好作品，如《胖子和瘦子》《变色龙》《普利什别叶夫中士》等。大学毕业以后他一面行医，悬壶济世，一面继续文学创作。随着名声和影响力的扩大，他的作品开始受到广泛的关注。1886年作家格利戈罗维奇写信给他，在肯定他文学才华的同时还希望他珍惜自己，多写有意义的作品。他深受启发，以更严肃的态度对待文学创作，陆续写出许多有深刻思想内容和高度文学价值的优秀作品。

契诃夫因肺结核于1904年7月15日在他旅居治病的德国城市巴登维勒逝世，享年44岁。俄国和世界失去了一位天才的文学家，对于世界文坛来说，这是一个巨大的损失。尽管他英年早逝，却依然留给后人丰厚的文学遗产。20世纪80年代苏联出版的《契诃夫全集》共有30卷，其中小说、戏剧等作品18卷，书信12卷，总字数相当于中文1 000多万字。可见作家是何等勤奋！

契诃夫作为享誉世界的短篇小说大师，在中国拥有大量读者，尽管他逝世迄今已有120多年，我国仍有许多出版社源源不断地在出版他的作品，这便是明证。相比之下，他的戏剧作品在我国的阅读者较小说要少，故有必要对此写上一笔。契诃夫于19世纪80年代开始创作戏剧作品，第一部剧作是《论烟草的危害》。早期的戏剧作品以轻松戏剧为主，除了上面提到的，还有《蠢货》《求婚》《一个不由自主的悲剧角色》《纪念日》《伊凡诺夫》等，其思想内容也与早期的小说接近。从19世纪90年代后期开始，他先后创作了使他成为著名剧作家的四部戏剧，即：《白鸥》（又译《海鸥》）、《万尼亚舅舅》、《三姐妹》和《樱桃园》。在这些作品里，作家的笔触涉及了重大的社会问题，取得巨大成功。在契诃夫的全集中，戏剧作品占了整整两卷，分量不可谓少。与此同时契诃夫还和戏剧艺术家斯坦尼斯拉夫斯基与丹钦科一起进行了创造性的合作，对戏剧舞台艺术进行了重大改革。

收入本书的15个中短篇小说系作家不同时期的代表作，按发表时间的顺序排列。从中大致能看出作家创作发展的脉络。契诃夫的小说有的曾被收进中学语文课本或课外读物，各种导读文字也不鲜见，故译者在此不再对作品一一分析介绍了。其文学魅力还是让读者自己去体味吧。译者在译文中加了个别必要的注释，以利读者了解相关的背景及知识，是否有当，欢迎批评。

沈念驹
2024年冬于京郊寓所

小官吏之死

在一个美好的夜晚,有一位毫不逊色地美好的庶务官伊凡·德米特里奇·契尔维亚科夫,坐在剧院第二排,用望远镜在观赏《科涅维尔的钟声》[1]。他看着戏,觉得心旷神怡。然而突然……小说里常会遇到"然而突然"这种字眼。作者没有错:生活就是这样充满着突发事件!然而突然他的脸皱了起来,眼珠向下翻动,呼吸也停了下来……他把望远镜从眼前拿开,低下头,于是……阿嚏!!!您看到,他打了个喷嚏。无论何人,无论何地,打喷嚏是不会被禁止的。打喷嚏的有农民,有警察局局长,有时连三等文官也要打喷嚏。谁都会打喷嚏。契尔维亚科夫一点也不觉得难堪,

---

[1] 法国作曲家普朗盖特(1848—1903)的歌剧。

他用手绢擦了擦脸。作为一个懂礼貌的人，他看了看自己的周围：他的一声喷嚏是否搅扰了什么人？可这时他不得不感到难堪了。他看到坐在他前面第一排的一个小老头儿正使劲用一只手套在擦自己的秃顶和脖颈，嘴里还喃喃说着什么。契尔维亚科夫认出了小老头儿就是将军级文官勃里沙洛夫，他在交通管理部门任职。

"我把唾沫溅到他身上了！"契尔维亚科夫想道，"他不是我的上司，是别的机关的长官，不过总不大好。得向他道声歉。"

契尔维亚科夫咳了一声，把身子凑向前面，轻轻地在这位长官的耳边说道：

"对不起，大人，我的唾沫溅着您了……我不是有意……"

"没事，没事……"

"看在上帝分儿上，对不起。我实在……我可不是有意的！"

"嗳，请坐下！让我听戏！"

契尔维亚科夫很尴尬，傻乎乎地微微一笑，开始向舞台上看。他看是看着，可是那种怡然自得的感觉却没有了。一种不安的心理开始不时地折磨他。幕间休息时他向勃里沙洛夫走去，走到他身边，壮起胆子嘟嘟囔囔地说道：

"我的唾沫溅着您了，大人……请原谅……我实在……可不是……"

"嗳，别说了……我都忘了，你还在唠叨那件事！"大官说道，同时下唇轻轻动了动。

"说是忘了，可他的眼神却不怀好意，"契尔维亚科夫狐疑地望了望大官想道，"他不愿和我说话。应当向他解释，根本不是我愿意这样做……这是本能反应，要不他会以为我有意向他吐唾沫。现在他不会这么想，可以后会这么想！……"

回到家里，契尔维亚科夫对妻子说了自己的无知行为。在他看来，妻子对他刚才那件事的态度似乎过于掉以轻心。起初她只是吃了一惊，后来听说勃里沙洛夫不是本单位的，也就放心了。

"不过你还是得走一趟，去道个歉，"她说，"他会认为你在大庭广众面前连如何举止都不会。"

"就是嘛！我倒是赔了不是，可是他那样子有点怪……连一句相关的话也没说。不过当时确实也没有时间说话。"

第二天契尔维亚科夫换了一套崭新的文官制服，理了发，就前往勃里沙洛夫官邸登门解释……走进接待室，他看见有许多求见的人，在这些人中间的正是这位大官本人，后者已经开始接受呈文。询问了几位求见者后，大官把眼睛抬起来向着契尔维亚科夫。

"昨天在'阿尔卡狄亚'[1]戏院，如果大人想得起来的话，"庶务官开始汇报，"我打了个喷嚏……无意中把唾沫……请原谅……"

"我当什么事呢……天晓得！您有何贵干？"大官转向下一个求见者。

"他连话也不愿跟我说！"契尔维亚科夫脸色煞白，想道，"那就是说他生气了……不，这件事不能就这么算了……我要对他把话说清楚……"

当大官和最后一名求见者谈完话，起身向里间走的时候，契尔维亚科夫跨步跟上他，开始喃喃说话：

"大人！如果是我斗胆搅扰大人的话，那我敢说，正是由于一种悔恨之情！您自己清楚，那不是故

---

1 彼得堡带剧院的夏花园，那里的剧院常上演喜剧。

意的。"

大官摆出一副哭笑不得的面孔，挥了挥手。

"您简直是在嘲弄嘛，仁慈的先生！"大官说着消失在门里面了。

"这怎么是嘲弄呢？"契尔维亚科夫想，"压根儿就没有一点嘲弄的意思！当了这么大的官，居然连这一点也不明白！既然这样，那我再也不向这位自以为了不起的人赔不是了。让他见鬼去！我给他写信，不上门了！真的，不上门了。"

契尔维亚科夫在回家的路上这样想着。给大官的信他没有写。他想呀想，就是想不出该怎么写这封信。只好明天当面去解释。

"我昨天来打扰大人，"当大官抬头把疑问的目光投向他的时候，他喃喃说道，"并非为了像您说的那样嘲弄您。我是因为打了喷嚏，唾沫溅着了您，才来道歉的……可'嘲弄'两个字连想都没有想过。我敢嘲弄吗？我们这样的人如果敢嘲弄，那就意味着对大人物的敬重……一丝一毫也没有了……"

"滚出去！"大官突然脸色发青，浑身发抖，大声吼起来。

"怎么啦,大人?"契尔维亚科夫吓得愣住了,轻声说。

"滚出去!!"大官双脚跺地,又一次吼道。

契尔维亚科夫肚子里似乎有东西在翻腾。他什么也看不见,什么也听不见,倒退着向门口走去,到了街上,摇摇晃晃地走着……他木然地回到了家,衣服也不脱,往沙发上一躺……死了。

1883年

胖子和瘦子

在尼古拉火车站,两个朋友相遇了:一个胖子,一个瘦子。胖子刚在车站里吃完饭,嘴唇油光光的,仿佛熟透的樱桃,他嘴里冒出赫列斯酒[1]和橙子花的气味。瘦子刚下车,那些手提箱、包裹和纸板盒压得他背也弯了。他嘴里冒出西火腿和咖啡渣的气味。他背后,一个下巴长长的瘦女人探头探脑地张望着,那是他妻子,还有一个高个儿的中学生,眯缝着一只眼,那是他儿子。

"波尔非里!"胖子见到瘦子叫了起来,"怎么会是你呢?亲爱的!咱们多少年没见面啦!"

"老兄!"瘦子惊叫起来,"米沙!小时候的朋

---

[1] 一种烈性白葡萄酒。

友！你从哪儿来啊？"

两个朋友亲吻了三次，用噙满泪水的眼睛彼此凝视着。两个人既高兴又惊讶。

"亲爱的！"亲吻过，瘦子开始说，"怎么也没有想到！太意外了！得啦，你好好儿瞧瞧我！和当年一样，还是美男子一个！还是那么讨人喜欢，衣冠楚楚！哎，老天！你怎么样？发财了？结婚了？你看到我已经结婚了……这是内人，露易莎，出嫁前姓凡曾巴赫……路德宗[1]教徒……这是我儿子，纳发纳伊尔，三年级学生。这个啊，纳法尼亚[2]，是我小时候的朋友！我俩在中学同过学！"

纳发纳伊尔稍稍想了想，摘下了帽子。

"在中学同过学！"瘦子接着说，"还记得吗？大伙儿怎么逗你？大伙儿叫你赫洛斯特拉特[3]，因为你用一根烟卷儿把公家的一本书给烧了；管我呢叫厄菲阿

---

[1] 16世纪欧洲宗教改革运动时期产生于德国的基督教新教宗派。发起人为马丁·路德。
[2] 纳发纳伊尔的昵称。
[3] 古代的一个希腊人，为了出名，于公元前356年烧毁了阿耳忒弥斯神庙。

尔特[1],因为我喜欢打小报告,嘿嘿……都是孩子嘛!你别怕,纳法尼亚!过去,靠他近点儿……这是内人,出嫁前姓凡曾巴赫……路德宗教徒。"

纳发纳伊尔稍稍想了想,躲到了父亲背后。

"朋友,你过得怎么样?"胖子热情地望着自己的朋友问道,"在哪儿做事?职务晋升了吗?"

"我在当差呢,亲爱的!八等文官已经做了两年啦,还有一枚圣斯坦尼斯拉夫勋章。薪水不多……不过托上帝的福!内人教音乐,我呢,业余时间用木头做香烟盒。那些香烟盒可真不赖!我卖一卢布一个。要是有人一次买十个或更多一些,我就让点儿价。凑合着勉强过得去。原来嘛,你知道吗,我在厅里做事,现在嘛,调到这儿来当了个科长,还是在和原来相同的科室……以后要在这儿上班了。对了,你怎么样?大概当上五等文官了吧,嗯?"

"不,亲爱的,你还得往高点儿数,"胖子说,"我已经做到三等文官啦……有两颗星了。"

瘦子突然脸色煞白,呆住了,但是很快他的面孔

---

[1] 公元前5世纪中期雅典民主派领袖。

向四面八方扭动，最大限度地扭出一副笑容来；他的脸和眼睛里似乎冒出了火星。他本人把身子蜷缩了起来，佝偻了起来，收缩，变细了……他的手提箱、包裹和纸板盒也蜷缩，变皱了……他妻子的下巴拉得更长了；纳发纳伊尔挺直了身子，扣上了自己学生装的全部扣子……

"我，大人……心里真高兴！朋友，可以说，从小就是了，可一下子当上了那么大的官！嘻——嘻——嘻。"

"够了！"胖子皱起了眉头，"干吗用这种腔调说话？我和你是儿时伙伴——来那套官场客套干什么！"

"那怎么成呢……瞧您说的……"瘦子嘻嘻笑了起来，身子蜷缩得更厉害了，"大人宽厚的恩惠……就如使人重生的甘露哇……这个，大人，就是犬子纳发纳伊尔……贱内露易莎，某种程度的路德宗教徒……"

胖子本来想说几句反驳的话，但是瘦子的脸上摆出一副毕恭毕敬、舒心甜蜜和低三下四的酸相，使得这位三等文官直感到恶心。他别过身去，伸手向瘦子告别。

瘦子握了握他的三根手指，弯下整个身躯深鞠一躬,嘻嘻笑了起来:"嘻——嘻——嘻。"妻子面露笑容。纳发纳伊尔啪的一声跨前一步,把学生帽也掉在了地上。一家三口既高兴又惊讶。

1883年

变色龙

警监奥楚密洛夫身穿新的制服大衣,手提一个小包,走过集市的广场。跟着他的是一个头发棕红的警士,拿着一只筛子,里面装满了没收来的醋栗。四周静悄悄的……广场上一个人也没有……店铺和小酒馆洞开的门户犹如一张张饥饿的嘴,垂头丧气地望着人间世界;附近连要饭的也没有。

"你就这样咬人,该死的东西?"突然奥楚密洛夫听见有人在喊,"小子们,别让它跑了!如今狗咬人可不作兴!抓住它!啊——啊!"

传来狗的尖叫声。奥楚密洛夫向一旁望去,看见一条狗从商人比楚京的柴房里跑出来,它用三只脚跳着,不时回过头去瞧瞧。一个男人在它后面追,他身穿一件领子浆硬的印花布衬衫和一件所有扣子都解开的坎肩。他跑着追它,接着身子向前一倾,摔倒在地,抓住了狗的两条后腿。再次响起尖厉的狗叫和人的喊叫——"别让它跑了!"从铺子里探出一张张睡眼惺忪的面孔,很快柴房边就聚集了一群人,仿佛从地底下冒出来似的。

"看样子出事了,长官!"警士说。

奥楚密洛夫向左边转过半个身子,便向人群走去。他看见上面提到的那个穿敞开的坎肩的人正好站在柴房门口,向上举着右手,把沾满鲜血的指头给众人看。他那半醉的面孔上仿佛写着:"看我要了你的命,坏东西!"而且那根手指本身就摆出了象征胜利的样子。奥楚密洛夫认出这个人就是首饰匠赫留金。人群的中央,又开两条前腿、坐在地上浑身瑟瑟发抖的正是肇事祸首——一只白色灵猩[1]小狗,它嘴巴尖尖的,背部有一条黄色花斑。泪汪汪的双眼流露出忧伤和恐惧。

"这儿发生什么事了?"奥楚密洛夫一面向人堆里挤,一面问,"为什么会在这里?你的手指又怎么了?……刚才谁在喊?"

---

1 一种特别擅跑的猎狗。

"我正在走着,谁也没有招惹……"赫留金一面拿拳头捂住嘴咳嗽,一面开始说,"我和米特里·米特里奇正说着柴火的事,突然这下流坯无缘无故就咬了我的手指一口……请原谅我,我是个干活的人……干的是精细活。要他们付给我赔偿费,因为——我这根手指会一个星期不能动弹……这样的事,长官,法律可没有规定要受畜生的糟践……如果每个人都要被咬上一口,那在这个世界上最好就别活了……"

"嗯!……好……"奥楚密洛夫清清嗓子,耸了耸眉毛,严厉地说,"好……谁家的狗?这事我不会轻易不管。我要让你们知道把狗放出去满街跑会是什么结果!该留意这类不愿意服从行政命令的先生了!等我罚了他的款,这个坏家伙才会知道把狗或者别的野畜生放出去的结果是什么!我要给他点厉害尝尝!……叶尔德林,"警监对警士说,"去问问明白,是谁家的狗,做一份笔录!狗呢,应该杀了。立刻去办!这可能是条疯狗……这是谁家的狗,我问你们呢?"

"好像是日加洛夫将军家的!"人群中有人说。

"日加洛夫将军家的?嗯!……叶尔德林,把我的大衣脱了……要命,这么热!看样子要下雨了……有一点我不明白：它怎么会咬你呢？"奥楚密洛夫对赫留金说，"难道它够得着手指头？它那么小，你一看就是个彪形大汉！你可能是手指让钉子戳了个洞，后来脑子里冒出个点子来想敲一笔。你……可是这号人！我认识你们，鬼东西！"

"长官，他为了取笑拿烟卷儿烫它的脸，它可不傻，于是就啊呜一口咬了他……是个好事之徒，长官！"

"胡说，独眼鬼！你没看见，干吗要说谎？英明的长官先生清楚得很，如果有谁说了谎，那么在上帝面前他良心就要受到谴责……如果是我说谎，就让法官评评理。他的法律里可说到……如今大家平等……我本人就有一个兄弟在当宪兵……如果想知道的话……"

"少啰唆！"

"不，这不是将军家的狗……"警士像煞有介事地说，"将军家没有这样的狗。他家的猎狗要大得多……"

"你真有把握？"

"有把握，长官。"

"我自己也知道。将军家的狗都很名贵，是纯种狗，可是这一条——鬼知道是什么种！无论毛色，无论长相……只是一副贱骨头相……养这样的狗？！你们的脑子到哪儿去啦？这样的狗要是在彼得堡或莫斯科，你们知道会怎么样？在那里，连法律也不用看，马上——处死！赫留金你受苦了，这件事不能就这么算了……得教训教训！是时候了……"

"不过，可能真的是将军家的……"警士想着说出声来，"它脸上又没有写字……最近在他家院里见过这样的狗。"

"毫无疑问，是将军家的！"人群中有声音在说。

"嗯！……叶尔德林老弟，帮我把大衣穿上……好像起风了……好冷……你把它送到将军家去问问。就说是我找着了给送去的……再告诉他们别把它放到外面来……它也许很名贵，如果每一头猪猡都拿烟卷儿戳它的脸，那很快就给毁了。狗是娇贵的动物……而你这个蠢货，把手放下！你伸着这个傻瓜手指没有用！是你自己不好……"

"将军家的厨子来了，问问他吧……嘿，普罗霍尔！亲爱的，过来一下！瞧瞧这条狗……是你们家的吗？"

"亏你想得出！这种样子的狗我们家从来没

有过!"

"现在再问下去没意思了,"奥楚密洛夫说,"它是条野狗!现在多谈也没有用……既然说是野狗,那就是野狗……把它弄死,就完了。"

"不是我们家的,"普罗霍尔接着说,"这是将军哥哥家的,它是最近到的。我们将军不喜欢灵猩。他哥哥喜欢……"

"难道是他哥哥来了?是弗拉基米尔·伊凡内奇?"奥楚密洛夫问道。于是他的整张面孔开始露出深受感动的笑容。"你瞧,老天!我竟然一无所知!做客来啦?"

"做客来啦……"

"瞧你的,老天……想弟弟啦……我竟然不知道!那么这是他家的狗咯?真高兴……带上它……这小狗还挺不错的……多伶俐呀……照这个人的手指头就是一口!哈——哈——哈……嗳,干吗发抖?嘚儿儿……嘚儿……生气啦,小机灵鬼……这么小巧玲珑的狗崽子……"

普罗霍尔把狗叫到身边,带上它离开柴房走了……众人嘲笑赫留金。

"我还会来收拾你!"奥楚密洛夫威胁说,同时将大衣裹了裹紧,继续沿集市的广场走他的路。

1884年

牡蛎

我无须搜索枯肠,就能记起在那个秋雨霏霏的黄昏,我经历的一切详情细节。当时我和父亲在莫斯科一条熙熙攘攘的街道上,我感觉到自己渐渐被一种奇怪的疾病缠上了。没有任何疼痛,但是我的双腿却直不起来,话语哽塞在喉头,脑袋软绵绵地歪到了一边……看样子我会马上翻倒在地,失去知觉。

假如当时我被送进医院,医生该在我的登记板上写上 Fames[1] 这个词,这是医学教科书上不存在的一种疾病。人行道上,我的身旁站着我的亲生父亲,他穿着一件破旧的夏季风衣,戴着一顶花呢帽子,里面露

---

1 拉丁语:饥饿。

出一小块发白的棉花。他脚上穿着一双笨重的套鞋[1]。这个操劳忙碌的人担心人们发现他赤脚穿着套鞋,把一双齐膝的长筒皮靴绑到了脚上。这个可怜而笨拙的人,五个月前来到首都谋求一个抄抄写写的职位,他那件考究的夏季风衣越显得破旧肮脏,我越是爱怜他。五个月里面他都在城里奔波,寻找工作,只是到今天才决计上街乞讨……

我们对面一幢三层的大楼上有一块蓝色招牌,上面写着"餐馆"二字。我的脑袋微微地后仰,歪向一边,我不由自主地向上看去,望着餐馆内灯火通明的窗户。窗户里人影闪动。看得见轻便管风琴的右侧,两幅石印的油画,吊挂的灯火……在朝其中的一个窗户里望的时候,我盯住了一个发白的斑点。这个斑点是静止不动的,在一抹深棕色的背景上,它那直线的轮廓特别显眼。我竭力睁大眼睛去看它,终于认出这个斑点是墙上的一块白色招牌。那上面写有文字,但究竟写着什么,却看不清楚……

有半个小时的光景,我的目光没有离开过那块招

---

[1] 旧时雨天穿在鞋子外面的胶鞋,译者小时候还常见,现在已不可见,完全被雨鞋代替了。

牌。它以自己的白色招引着我的眼睛，仿佛对我的脑子施了催眠术。我竭力想辨认那文字，然而我的努力是徒然的。

终于我的疾病行使了自己的职权。

轻便马车的喧闹声开始使我觉得像雷声一样响，我从街头的臭味中分辨得出上千种气味，餐馆的灯光和街头的路灯在我的眼睛看来仿佛是耀眼的闪电。我的五种感官[1]高度紧张，有了超常的感知力。我开始看到先前看不到的东西。

"牡蛎……"我分辨出了招牌上的字样。

一个奇怪的字眼！我活在这世上正好八年零三个月了，可从来没听说过这个字眼。它什么意思？这是不是餐馆老板的姓氏？不过带姓氏的招牌都挂在门口，不挂在墙上！

"爸爸，牡蛎是什么意思？"我努力把脸转向父亲一边，用嘶哑的嗓音问道。

父亲没有听见。他正在注视人群的动向，目送着每一个过往行人……从他的眼神我看出他想对过往的

---

[1] 指听、视、嗅、味、触五种感觉器官。

人说点什么，但是那句命定的话语恰似一个沉重的砝码挂在他的唇上，怎么也不能脱口而出。他甚至跟着一个行人跨出了一步，触动了一下他的袖子，然而当那人回过头来时，他说了声"对不起"，显出一副尴尬的样子，退了回去。

"爸爸，牡蛎是什么意思？"我又问了一遍。

"是那样的一种动物……它生活在海洋里……"

霎时间我便想象这种没见过的动物。它应该是一种介乎鱼虾之间的东西。既然它生活在海洋里，那么当然可以用它做非常可口的热汤，里面放上香喷喷的胡椒和玉桂的叶子，可以做略带酸味的猪脆骨稠辣汤，还可以做虾汁调料，搭配洋姜的冷菜……我形象地想象人们把这种动物从集市上带来，麻利地将它清洗，麻利地将它塞进瓦罐……麻利再麻利，因为大家那么想吃它……想得要命！厨房里飘出炸鱼和虾汤的香味。

我感觉到这种气味正在刺激我的上颌、鼻腔，它正在逐渐控制我的全身……菜馆、父亲、白色招牌、我的衣袖——一切的一切都透出这种香味，它是如此浓烈，使我不由自主地咀嚼起来。我咀嚼着，仿佛口中真的有一块这种海洋动物的肉……

由于我感受到了那种对美味的享受，我的双腿蜷曲起来，为了不至于摔倒，我抓住了父亲的衣袖，将身体贴紧了他那湿漉漉的夏季风衣。父亲正在发抖，闭着双眼。他在发冷……

"爸爸，牡蛎是素的还是荤的？"我问道。

"活吃的……"父亲说，"它们长在硬壳里，就像乌龟那样，不过它们的硬壳由两个半片组成。"

可口的滋味顿时停住了对我身体的刺激，幻觉也消失了……现在我什么都明白了！

"多么可恶的行为，"我悄声说，"多么可恶的行为！"

原来牡蛎是这么回事！我想象这是一种类似青蛙的动物。蹲在贝壳里的青蛙，它瞪着一双发亮的大眼睛，扭动着令人厌恶的嘴巴。我想象着人们把这种长在贝壳里的动物从集市上带回来，它有一对螯，发亮的眼睛和黏滑的皮肤……孩子们都躲避它，厨娘厌恶地皱起眉头，抓住这动物的一个螯，把它放到盘子里，往餐厅里送。大人们拿起它就吃……活吃，连它的眼睛、牙齿、爪子也不放过！而它却叽叽叫着，竭力想咬人的嘴唇……

我皱起了眉头,但是……但是我的牙齿为什么咀嚼起来?这东西凶恶、讨厌,样子可怕,可是我却吃它,贪婪地吃着,不敢辨别滋味和气息。一只动物被我吃了,我却已经看见第二只、第三只……那发亮的眼睛。我把这些也吃了……最后我还吃了餐巾、盘子、父亲的套鞋、白色的招牌……只要眼睛看到的一切,我都吃,因为我觉得只有吃东西,我的疾病才会消除。牡蛎睁着一双可怕的眼睛,令我恶心,我一想到它们就会发抖,但是我仍然想吃!吃!

"给我牡蛎吃!给我牡蛎吃!"我的胸腔里蹦出这样的呼喊,我向前伸出双手。

"先生们,帮一把吧!"这时我听到了父亲低沉、压抑的嗓音,"不好意思求你们,但是……天哪!……我无能为力啊!"

"给我牡蛎吃!"我揪着父亲风衣的后襟喊道。

"难道你也吃牡蛎?这么小一个人?"我听到身边的笑声。

我们面前站着两个戴高筒礼帽的先生,笑着看我的脸。

"你,小家伙,吃牡蛎?真的?这挺有意思!你怎么吃呢?"我记得有人使劲拖着我向灯火通明的餐馆里走。不一会儿周围聚集了一群人,好奇地笑着看我。我坐在餐桌边,吃着一种黏糊糊、滑溜溜、咸咸的、带有湿气和霉味的东西。我贪婪地吃着,不嚼、不看,也不知道自己在吃什么。我觉得,假如我睁开眼睛,就一定会看见发亮的眼睛,一对螯,尖利的牙齿……

我突然开始咀嚼一样坚硬的东西。我听到咔嚓咔嚓的脆响声。

"哈哈!他在吃壳!"那群人在笑,"傻瓜,难道这东西能吃?"

我记得这以后我渴得要命。我躺在自己床上,由于胃灼痛和感觉到发烧的嘴里有一股怪味,我无法入睡。我父亲从这一头到那一头不停地来回走,两只手比画着手势。

"我大概感冒了,"他喃喃地说,"我觉得脑袋里有什么东西……似乎里面坐着一个人……也许这是因为,我没有……这个……没有吃过东西……我这个人,真的,怪得很,也笨得很……我看到这些先生为牡蛎支付了十卢布,我干吗不走近前去,请求他们借我几卢布呢?说不定他们会给的。"

快到早晨的时候,我渐渐入睡了,我梦见一只长着长鳌的青蛙,蹲在贝壳里,眼睛滴溜溜地转。中午的时候,我渴得醒了过来,便用眼睛寻找父亲;他依然在来回踱步,比画着手势……

          1884年

普利什别叶夫中士

"普利什别叶夫中士！您被指控于今年九月三号用语言和行为侮辱了县警察局警察日京、乡长阿里波夫、乡警叶菲莫夫、见证人伊凡诺夫和加夫里洛夫以及六名农民，而且前三人是在执行公务时遭受您的侮辱的。您承认自己有罪吗？"

普利什别叶夫，一个满脸皱纹、脸上长满粉刺的中士，双手下垂，身子挺立，用嘶哑而沉闷的声音一字一句地回答着，仿佛在发布命令：

"大人，治安法官先生！也许根据所有的法律条款有理由让双方都有权来陈述一切情况。有罪的并非本人，而是其他所有的人。此案完全是由一具死尸——愿他的灵魂进入天国——引起的。三号那天，本人和妻子安菲萨平静而堂皇正派地在走路，我发现一群各式各样的人站在河岸上。百姓有何种充分的权利聚集在那里？——本人问。为什么？难道法律规定百姓可以成群结队地行走？本人就喊话：散开！本人开始将人们推开，让他们各自回家，并命令乡警揪住脖子把他们赶走。"

"请问，您既非警察，又非乡长，难道驱散民众是您的职责吗？"

"不是他的职责！不是他的！"从法庭的各个角落响起了声音，"他搅得大家没好日子过，大人！我们忍受他的折磨已经有十五年了。从他一退伍回来，村里人就巴不得从村里逃走了事。他开始折磨所有人！"

"正是这样，大人！"证人村长说，"我们大家都在诉苦。无论如何和他一起过不下去！不管我们捧着圣像走路也好，还是办喜事也好，或者比方说遇上什么事，他会到处大喊大叫，吵吵嚷嚷，总是要摆出他那套老规矩。他揪孩子耳朵，跟在女人后面偷看，生怕出什么事，好像他是她们公公似的……前几天还挨家挨户吩咐不许唱歌，不许点灯。说没有允许唱歌这样一条法律。"

"等等，您有时间做证，"法官说，"现在让普利什别叶夫继续说。接着讲,普利什别叶夫!"

"是!"中士用嘶哑的声音说,"大人,您说驱散不是我的职责……那好,大人……可如果没有秩序会怎么样呢?难道可以允许百姓无法无天?法律中哪儿写着可以放任百姓肆意妄为的?我不能允许,大人。如果本人不出面驱散并予以追究,那又有谁出面呢?谁也不知道现行的规定,整个村子就本人一个,大人。可以说,知道如何对付普通身份的民众,而且,大人,什么都逃不过我的眼睛。本人不是庄稼汉,是中士,退役的军需给养员,在华沙服过役,那是在司令部里,大人。打那以后,请听本人说,自从正式退役,本人在消防队干过,之后由于体弱有病离开了消防队,又在古典非完全男子中学[1]当过两年门卫……我知道所有规矩,大人。而庄稼汉是普通人,什么也不懂,应当听从本人,因为那是为他们好。就以本案为例吧……我是在驱散众人,可是岸边沙滩上躺着一具溺死的尸体。请问根据何种这样那样的理由他会躺在这里?难道是规定?那个县警干吗来着?我说你这个警察干吗不向

---

[1] 古典中学是旧俄时代以教授古希腊语、拉丁语和古希腊罗马文学为主的学校。

上级报告。也许这位溺水的死者是自己溺水而亡,也有可能案子涉及流放西伯利亚的事,也有可能这是一件刑事凶杀案……可是县警日京却毫不重视,只管抽他的烟。他说:'对你们发号施令的家伙是什么东西?这号人是从哪儿冒出来的?难道少了一个他咱们就连自己的行为举止都不知道了吗?'我说既然你这个十足的笨蛋站在这里又不闻不问,也许你是毫不知情咯。他说:'昨天我就报告区警察局长了。'我问:为什么报告区警察局长?根据法典的哪一条款?难道这样的案件,当事情关系到人淹死或者被勒死时,一个区警察局长管得了?我说现在是刑事案件,民事案件……我说现在应当向侦查员先生和法官们递送紧急报告,大人。我说首先你应该写成文书,派人送交治安法官先生。可他身为县警却只是听着,笑着。村里人也是这样。大家都在笑哪,大人。我发誓我指得出是谁在笑。这个人在笑,还有就是这个,还有日京,都在笑。我说你们干吗咧着嘴笑?可是县警却说:'这类案子不归治安法官管。'这句话简直叫我犯急。县警,这话你可是说过的?"中士向着县警日京说。

"说过。"

"大家都听见了，你当着所有百姓的面是怎么说的：'这类案子不归治安法官管。'大家都听见了，正是这句话你是怎么……大人我犯急了，甚至害怕了。再说一遍，我当时说，再说一遍，你这个没出息的东西，看你说了什么！他还是这句话……我对他说，你怎么能这样来说治安法官先生？你身为警察，竟然反对当局？啊？你是否知道，治安法官先生只要愿意，就可以凭你的这句话以你有不轨行为为由将你送交宪兵队？你是否知道，凭你这句政治性的言论，治安法官先生可以把你发配到什么地方？可是乡长却说：'治安法官，'他说，'不会管任何超越权限的事，他只管小案子。'他正是这样说的，大家都听见了……你怎么敢贬低当局？那好，别跟我开玩笑，老弟，否则就糟了。往常在华沙或者古典中学当门卫的时候，只要一听到什么不当言论，就往街上一瞅，看有没有宪兵，我说'老总请过来一下'，于是把一切都向他报告了。可今儿在乡下，跟谁说去？……我气极了。我感到受了侮辱，现如今的老百姓为所欲为、不听命令到了忘乎所以的地步了，所以我一拳打了出去……当然打得不重，而是这样，不错，轻轻打了一下，叫他不敢用这样的言论来议论您，大人……县警替乡长打抱不平，所以我也揍了县警……于是就乱起来……我是急躁了一点，大人，可是不打不行。要是遇见蠢货不打，心里就过意不去。尤其在遇到案件，在遇到破坏规矩的时候……"

"对不起！破坏规矩的事有人看见。这件事的见证有县警、村长、乡长……"

"县警一个人也没有照看好，再说，县警不理解我所理解的道理……"

"但是您得明白，这不是您分内的事！"

"为什么，大人？怎么不是本人分内的事？这令人难以置信，大人。有人说话没大没小，还不关我的事！难道我该去赞扬他们一番，是不是？他们控告我不许唱歌。唱歌会有什么好事？他们不做正经事，却在唱歌……还有，夜里点灯闲坐也成了风气。本该上床睡觉了，他们却在说说笑笑。我有记载，大人！"

"记了什么？"

"记了哪些人点灯坐着。"

普利什别叶夫从口袋里掏出一张油污的纸，戴上眼镜，念道："这些农民点灯坐着：伊凡·普罗霍罗夫、萨瓦·米基福罗夫、彼得·彼得罗夫。士兵舒斯特罗夫的遗孀和谢苗·基斯洛夫非法同居淫乱。伊格纳特·斯维尔乔克跳大神,他妻子马芙拉是巫婆,每逢夜间挤别人家的牛奶。"

"够了!"法官说,随后开始询问证人。

普利什别叶夫把眼镜推到前额上,惊讶地望着法官,因为后者显然不站在他这边。他那突出的双眼发着光,鼻子变得又红又亮。他望望法官,望望证人,怎么也无法理解法官竟会如此激动,为什么从法庭的每个角落里时而传来一阵絮语,时而传来一阵有克制的笑声。判决也使他难以理解——一个月监禁!

"为什么?"他不解地摊开双手说,"根据哪条法律?"

有一点是他明白了的,就是世道变了,这个世界无论如何再也无法待下去了。一些阴暗、心酸的念头涌上他的心头。然而当他走出法庭,看见村民们聚在一起说着什么时,由于他已无法控制的习惯,他又垂臂立正,用嘶哑而生气的嗓音喊道:

"百姓们,散开!不许聚会!各自回家!"

1885年

苦闷

我的烦恼向谁去诉说……[1]

薄暮时分天色一片昏暗。一片片硕大的湿雪懒洋洋地在方始点燃的路灯边飘舞，降落到屋顶、马背、人的肩头和帽子上，成为薄薄的一层松软的积雪。马车夫约纳·波塔波夫一身雪白，宛如一个鬼影。他尽一个活人的躯体能达到的程度蜷缩起身子，坐在驾车人的座位上，纹丝不动，这时即使整个雪堆掉到他的身上，他似乎也不会觉得有必要把雪从身上抖搂掉……他的马也一身雪白，纹丝不动。它那静止不动和表面粗糙的身影，外加那棍棒一般直挺挺的四条腿，

---

[1] 源自《圣经·旧约》的《诗篇》。

使它就近看来简直就像一块只消几戈比就能买到的马形饼干。看样子,它正在沉思默想。一匹马如果离开了犁杖,离开了它熟悉的灰蒙蒙的景色,被抛到这里,进入充满怪异的灯火、喧闹不绝以及往返奔波的人群的旋涡,它就不可能不沉思默想……约纳和他的马一动不动地停在这里已经很久。上午他们就驾车出了院子,可是还没有一个雇主。眼看着昏暗的夜色已经笼罩全城,苍白的灯光已让位于富有活力的色彩,于是街头的繁忙景象也变得越来越喧闹。

"马车,去维鲍尔格街!"约纳听到有人喊,"马车!"

约纳身子一颤,透过沾满雪花的睫毛缝看见一个穿着有风帽军大衣的军人。

"去维鲍尔格街!"军人又说了一遍,"你睡着了还是怎么的?去维鲍尔格街!"

为了表示已经答应,约纳拉紧了缰绳,所以从马背和自己的肩头抖落下一层层积雪……军人坐上雪橇。车夫吧嗒着嘴唇,像鹅一样伸直了脖子,稍稍欠起身,扬起了马鞭,这与其说是出于需要,不如说是出于习惯。马也伸直了脖子,弯动自己棍棒似的腿,迟疑地挪动起来……

"往哪儿驾,死鬼!"一开始约纳便听到了黑暗里从前前后后熙来攘往的人流中发出的叫喊,"鬼把你往哪儿带?靠右!"

"你车也不会赶!靠右边!"军人没好气地说。

一个车夫从马车上骂他;一个跑过街的行人肩膀碰到了马脸,恶狠狠地瞪着他,同时掸掉袖子上的雪花。约纳在驾车人座位上如坐针毡,片刻不宁,两个臂肘左冲右撞,瞪着眼左顾右盼,疯了似的,似乎不明白身在何方,又为何在此地。

"这些人都那么坏!"军人打趣说,"他们就一个劲地撞你,往你马蹄下面钻。他们是说好了的。"

约纳回头望了望坐车人,微微动动嘴唇……看来他想说话,可是喉咙里什么话也没有说出来,只有沙哑的嘶嘶声。

"什么?"军人问。

约纳嘴一撇露出一丝笑容,喉咙使了使劲,才逼出了沙哑的话音:

"老爷……那个……我儿子这个星期死啦。"

"嗯!……怎么死的?"

约纳向坐车人转过整个身子说道:

"谁知道！说不定害了热病……在医院里躺了三天就死啦……是天数。"

"拐过去，死鬼！"黑暗里有人叫骂，"瞎了眼是不是，老狗？眼睛看着点儿！"

"走吧，走吧……"坐车人说，"照这样我们明天也到不了。赶紧点儿！"

车夫又伸直了脖子，欠起身，做出很使劲的样子挥动着鞭子。随后他几次回过头去望车上的人，但是那一位闭着眼，看样子没兴趣听他说话。到维鲍尔格街，他下了车，车夫把车停在一家饭馆边，在驾车人的位子上蜷缩着身子，又一动不动了……湿雪又把他和马染成了白色。过了一个小时，又过了一个小时……

人行道上响起套鞋踩地的橐橐声和彼此的吵骂声，三个年轻人走了过来：其中两人个子高高瘦瘦，另一个长得矮小，是个驼背。

"马车，去警察桥！"驼子用发颤的声音喊道，"乘三个人……给二十戈比！"

约纳拉紧缰绳，嘴里吧嗒了几下。二十戈比的价钱不够公道，不过他顾不上价钱……无论一卢布还是五戈比,现在对他来说反正是一码事,只要有主儿就行……年轻人彼此推来搡去,嘴里说着不干不净的话,向雪橇走去,一下子三个人都向座位上爬去。于是开始商议解决的办法:哪两个坐下,哪一个站着。经过长久的吵骂、挑剔和指责,作出了决定:驼子应当站着,因为他个子最矮小。

"得啦,出发!"驼子一面站稳身子,一面用发颤的声音说,嘴里吐出的气直往约纳的后脑勺上呵,"鞭马!看你那帽子,老兄!整个彼得堡找不出比这更差的帽子啦……"

"嘿嘿……嘿……"约纳笑出声来,"是破得不行啦……"

"瞧你说的,破得不行啦,快赶车!你就打算这么着一路把车赶下去,是吗?要不要吃脖拐儿[1]?……"

"头痛得要炸开似的……"两个高个儿中的一个说,"昨天在杜克马索夫家我们俩和瓦西卡喝了四瓶白兰地。"

"我不明白,干吗要撒谎!"另一个高个儿气呼呼

---

[1] 方言,类似"嘴巴子"或"耳刮子"的意思。

地说,"跟畜生一样撒谎。"

"对天发誓,事实是……"

"这可是像虱子会咳嗽那样的事实。"

"嘿嘿!"约纳笑呵呵地说,"开心的爷们!"

"呸,见鬼!……"驼子气冲冲地说,"你这个老不死的,走还是不走?有你这么赶车的吗?用鞭子抽它!驾!鬼东西!驾!狠狠抽!"

约纳感觉到背后驼子的身子在转动,喉咙里发出颤动的声音。他听到了对他的咒骂声,见到了这些人,于是胸中的孤独感开始徐徐平息。驼子一直不停地骂人,直到一连串别出心裁、排山倒海似的骂人话把他呛住,从而爆发出一阵咳嗽为止。两个高个儿开始议论一个叫娜杰日达·彼得罗夫娜的女人。约纳回过头去看着他们。等他们的谈话出现一个短暂的间歇,他又一次回过头去喃喃说道:

"这个星期……嗯……我儿子……死了!"

"咱们大家都会死……"驼子咳嗽过以后,擦擦嘴唇,舒口气说,"得啦,你快点儿赶,快点儿赶!爷们,我绝对不能再这么乘下去了!什么时候他才能把咱送到哇?"

"那你给他稍稍鼓点儿劲……往脖子上!"

"老不死的,听见没有?小心让你吃脖拐儿!……和你们这号人讲客气,还不如走路呢!你听见没有,刁蛇精?莫非你把咱话不当一回事?"

于是约纳与其说是感觉到,不如说是听到后脑勺上啪的一响。

"嘿嘿……"他笑道,"开心的爷们……祝你们身体健康!"

"赶车的,你有老婆吗?"一个高个儿问。

"我吗?嘿嘿……开心的爷们!如今我只有一个老婆,那就是湿漉漉的黄土……嘻……嘿嘿……也就是坟墓!……儿子呢,这不是,也死了,可我还活着……怪事,死神也会认错人……本该找我的,偏找上了我儿子……"

约纳转过头去想告诉他们,儿子死去的经过。然而就在这时,驼子轻轻叹了口气,说谢天谢地总算到了。约纳收下二十戈比硬币后,久久目送着三个游荡者,直到他们在一个漆黑的门口消失。他又成了孤零零的一个人。寂寞又向他袭来……不久前刚沉静下去的忧愁又浮上心头,更强烈地充塞他的心口。约纳以惊惶和痛苦的目光扫视着街头过往的人群——这成千上万的人里头，会不会有哪怕一个人来倾听他诉说心中的苦闷？然而人们行色匆匆，既没有注意到他，也没有注意到他的苦闷……这苦闷硕大无朋，无穷无尽。如果让约纳的胸口裂开，让这苦闷从胸口流溢出来，那么它也许会淹没整个世界；然而即使如此，人们依然看不见它。它巧妙地掩藏在这样一个微不足道的躯壳里，纵然你白天点灯也照样发现不了它……

约纳看见手里拿一个小包的管院子的人，决计和他攀谈几句。

"亲爱的，几点啦？"他问道。

"十点……你干吗停这儿？把车赶过去！"

约纳把车赶开了几步，又猫起腰，沉浸在苦闷中……他认为再找人倾诉已无济于事。然而过了不到五分钟，他突然挺直了身子，抖了抖脑袋，仿佛感到了一阵尖锐的疼痛，于是拉紧了缰绳……他毫无办法。

"回院子去，"他忖道，"回院子去！"

他的马仿佛明白他的意思似的，开始快步小跑。大约一个半小时后，约纳已经坐在一只大而脏的炉子边。炉炕上、地上、长椅上，人们正酣然而眠。空气既浑浊又闷热……约纳望望熟睡的人们，搔搔头皮，惋惜自己回来早了……

"连买燕麦的钱都没有挣到呢。"他忖道，"怪不得心里那么难过。一个人如果对自己干的事胸有成竹，如果不仅让自己吃饱，也能让牲口吃饱，他心里总是很踏实的……"

一个年轻的车夫从一个角落里起身，睡眼蒙眬地吧嗒几下嘴巴，迫不及待地向盛着水的桶走去。

"想喝水？"约纳问。

"大概，想喝水！"

"是这样……那尽情喝吧……老弟，我儿子死了……听说过吗？这个星期死在医院里……真倒运！"

约纳想看看自己的话产生了什么效果，然而什么效果也没有见到。年轻人已蒙上头呼呼入睡了。老汉一面叹气，一面搔头皮……他身不由己地想说话，就如年轻人身不由己想喝水一样。儿子死去快一个星期了，可一路上他还没有跟一个人说说这件事……应当有条有理、从从容容说一说……应当说一说，儿子是怎么得的病，病得有多难受，临死前说了什么话，怎么死的……还得将葬礼和赶车到医院取死者衣物的事情形容一番。乡下还有一个女儿阿尼西娅……关于她也得说上几句……他现在该说的事还少吗？听的人应该啊啊惊叫，叹气，大声哭唱……和女人们说更好。女人们尽管傻，但是没听上几句就会号啕大哭。

"去瞧瞧马吧，"约纳想，"睡觉总来得及的……说不定还睡多了呢……"

他穿上衣服，向马厩走去，那里拴着他的马。他考虑着燕麦、干草、天气……当他独处的时候，他不能去想他的儿子……跟随便哪个人说说他还可以，但是要他自己去想他、描述他的形象，那就可怕得受不了……

"你在嚼草？"约纳望着自己的马那发亮的眼睛问它，"好，嚼吧，嚼吧……既然挣不到买燕麦的钱，咱只好吃草啦……不错……我赶车已经嫌老了……应该让儿子来赶，而不是我……要是那样，他会是个地道的车把式……要是他还活着……"约纳沉默了一会儿，又继续说下去，"如果那样，老弟，他可是干活的一把好手……库兹马·约内奇[1]没有啦……死啦……无缘无

---

[1] 这里的"库兹马·约内奇"从上下文看应是老汉的儿子，因为"约内奇"是父名，即"约纳之子"的意思。

故地突然死啦……打个比方，现在你有了一匹小马驹，那你就是小马驹的亲妈妈……再打个比方，正是这匹小马驹突然间死了……你说可怕不可怕？"

马儿嚼着干草，听着他说话，向它主人的手上呼着气……

约纳说着得意起来，便把一切都说给它听……

1886年

万卡

万卡·茹科夫,一个九岁的男孩,三个月前被送到鞋匠阿里亚欣那里学手艺,圣诞节前夜没有睡觉。等到东家和师傅们去晨祷了,他从东家的厨房里取出墨水瓶、笔尖生锈的蘸水笔,在面前摊开一张皱皱巴巴的纸,开始写信。在动笔写字前他战战兢兢地回头看了几下门和窗,斜过眼去望了望阴沉沉的圣像,圣像的两边延伸着一排排搁板架,架子上放着鞋楦头,接着断断续续地叹了叹气。纸张铺在长椅上,他自己则在长椅跟前跪着。

"亲爱的爷爷康斯坦丁·马卡雷奇!"他写道,"我在给你写信。向你祝贺圣诞节,愿上帝使你万事如意。我没有爸爸,也没有妈妈,只剩你一个亲人。"

万卡把目光移到黑黢黢的窗户上,窗户上反映出他那闪闪烁烁的烛光,于是逼真地想象出他替日瓦列夫老爷家打更的康斯坦丁·马卡雷奇爷爷的形象。这是个小巧、瘦削,但通常显得机灵、活泼的小老头儿,大约六十五岁光景,有一张总是带笑容的脸和一双醉意蒙眬的眼睛。白天他在仆人的厨房里睡觉,或者和厨娘们逗乐说笑,夜间就裹着一件宽大的皮袄在庄园四周巡逻、打梆子。老母狗卡什坦卡和公狗泥鳅耷拉着脑袋跟着他走;那条公狗之所以叫泥鳅是因为它浑身黑色,身子长长的,像只银鼠。这条泥鳅通常显得态度恭敬而和气,在望自己人和别家人的时候都挺温和,但是口碑并不好。它的恭敬和温和后面常常隐藏着最大的阴险狡诈。它会瞅准时机偷偷向人逼近,然后在腿上咬上一口,还会溜进冰窖里或偷食农民家的鸡,哪一条狗也比不上它。它不止一次被打断了后腿,有一两次被吊了起来,每个星期都被打个半死,然而每一次都活了过来。

也许爷爷现在正站在大门口,眯起双眼望着乡村教堂红光耀眼的窗户,一面用穿着毡靴的脚有节奏地踩着步子,一面和下人们说笑。他的梆子拴在腰间。他啪啪地击着手掌,身子冷得蜷缩起来,发出老年人嘻嘻的笑声,有时将女仆拧上一把,有时将厨娘拧上一把。

"闻闻烟草怎么样?"他把烟草盒递到女人们面前说道。

女人们一面闻,一面打喷嚏。爷爷变得难以形容地兴奋,发出欢乐的笑声,喊道:

"把烟草屑抹掉,黏住了!"

他们把烟草给狗闻。卡什坦卡打着喷嚏,嘴脸扭曲,感到受了欺负,便走到一边去。泥鳅出于恭敬没有打喷嚏,摇着尾巴。天气好极了。空气中一片宁静,清澈透明,沁人心脾。夜暗幽幽的,但是看得见整个村庄和它白色的屋顶,从烟囱里冉冉升起的一缕缕轻烟,披上银霜的树木,雪堆。整个天空撒满了欢乐地闪烁着的星星,银河勾画得如此清晰,仿佛在节日临近之前被白雪清洗、擦净了……

万卡叹了口气,将笔尖蘸了蘸墨水又继续写下去:

"昨天我被揪住头发狠狠揍了一顿。东家抓住我的头发把我拖到外面,用皮条抽我,因为我在摇晃他们家睡在摇篮里的婴孩时无意中睡着了。这个星期女东家吩咐我给鲱鱼刮鳞,我从尾巴刮起,她却拿起鲱鱼,用鱼嘴往我脸上戳。工匠们嘲笑我,差遣我到小酒馆去买伏特加,指使我偷东家的黄瓜,东家随便操起什么就往我身上打。吃的东西什么也没有。早晨给面包吃,中午给稀饭,晚上又是面包。至于茶和汤,都是主人自己喝。他们吩咐我在过道里睡,如果他们的婴孩哭了,我就压根儿没得睡,得摇摇篮。亲爱的爷爷,您行行好,带我离开这儿回家吧,回乡下去,我一点指望也没有了……我深深地向您鞠躬,我会永远向上帝祈祷,带我离开这儿吧,要不我就没命了……"

万卡撇着嘴,用他的黑拳头擦擦眼泪,饮泣了一声。"我会替你把烟草捣碎,"他接着写,"会向上帝祷告,如果我犯了什么过错,你就狠狠揍我。如果你觉得我没事可干,那么看在基督分儿上,我去求管家让我洗靴子,或者接替费季卡去放牧。亲爱的爷爷,我毫无指望,只有死路一条。我曾想徒步跑回乡下去,可是没有靴子,怕冻坏了脚。等我长大了,就凭这一点我也会养你,不让你受任何人的气。如果你死了,我会祈求你的灵魂安息,就像替妈妈彼拉盖娅祈祷一样。

"莫斯科是座大城市,房子都是老爷们住的,马很多,就是没有羊,狗也不凶。这里的小孩儿不举着星星走来走去[1]，也不让随便什么人进唱诗班唱歌。有一次我看见一家店铺的橱窗里有直接装好钓丝的钓钩卖，还有可以钓各种鱼的钓钩，可贵呢。有一种钓钩经得住一普特[2]重的鲇鱼。我还看见一些铺子卖各式各样的猎枪，跟老爷家的一样，大概每把得卖一百卢布……肉铺里有黑琴鸡、榛鸡、兔子，从哪儿打来的，伙计们不说。

"亲爱的爷爷，等老爷家放上有礼物的圣诞树时，给我拿个镀金核桃，放进绿色箱子里藏好。你就到奥尔加·依格纳季耶夫娜小姐那儿去求求，说替万卡要的。"

万卡猛然叹了口气，眼睛又呆呆地盯着窗望着。他想起爷爷每次到森林里为老爷家砍圣诞树总带着小孙孙。那真是欢乐的时光！爷爷得意地发出哈哈声，连严寒也发出得意的哈哈声，望着爷爷和严冬的景色，万卡也发出得意的哈哈声。爷爷在砍圣诞树前常常抽上一袋烟，拿鼻烟长久地嗅着，暗暗笑那个冻得发僵的小万卡……包裹着严霜的小枞树静静地挺立着，等待

1　基督教在圣诞前夜有此习俗。
2　1普特约合16.4千克。

着：他们中谁个先送命？不知从哪儿冒出一只兔子，沿着雪堆箭一般飞跑而过……爷爷情不自禁地喊起来：

"抓住它，抓住它……抓住它！唉，短尾巴的鬼东西！"

爷爷把砍下的圣诞树拖进老爷的屋子，于是大家开始收拾它……忙得最起劲的是奥尔加·依格纳季耶夫娜小姐，她同万卡最要好。万卡的母亲彼拉盖娅还在世并在老爷家里当用人的时候，奥尔加·依格纳季耶夫娜给万卡吃冰糖，因为无聊，还教他阅读、写字、数数数到一百，甚至还教会他跳卡德里尔舞。彼拉盖娅死了以后，孤儿万卡被送到下人厨房里他爷爷身边，后来又从厨房送到莫斯科，在鞋匠阿里亚欣身边学手艺……

"来吧，亲爱的爷爷，"万卡继续写道，"我以基督的名义求你，把我从这儿带走。可怜可怜我这个不幸的孤儿，否则我会不停地挨打，饿得要命，而且多么孤单，连话也没法说，只是不断地掉眼泪。前几天东家用鞋楦头打我脑袋，打得我倒在地上，好不容易才醒过来。我的生活毫无希望，比哪条狗都不如……我还向阿廖娜、向独眼的叶戈尔卡和车夫问好，我的手风琴可谁也不要给。我仍然是你的孙子伊凡·茹科夫[1]，亲爱的爷爷，来吧。"

万卡把写满字的纸页叠成四折，放进昨天花一戈比买来的信封里……他想了想，蘸了蘸墨水，写上了地址："乡下爷爷收"。然后搔搔头皮，想了想，又添上一笔："康斯坦丁·马卡雷奇"。他感到满意，因为没有人打扰他写信，他戴上帽子，也不披皮坎肩，只穿着衬衫出门向街上跑去……

昨天他向肉店的伙计打听过，他们告诉他信要投进邮筒里，三套马的驿车从邮筒取了信，由醉醺醺的车夫赶着，摇晃着响亮的铃铛，分发到各地。万卡跑到第一个邮筒前，把珍贵的信塞进了缝里……

他陶醉于甜蜜的幻想之中，一小时后深沉地睡着了……他梦见了炉炕，炉炕上坐着爷爷，耷拉着两条光脚的腿，在向厨娘们念他的来信……炉炕边泥鳅正摇着尾巴走来走去……

1886 年

---

[1] "伊凡"是本名，"万卡"是"伊凡"的贱称。

跳来跳去的女人

一

奥尔加·伊凡诺夫娜的婚礼上,她所有的朋友和要好的熟人都到了。

"你们瞧瞧他,他身上还有点儿气质,是吗?"她朝丈夫那边点点头说,仿佛想解释自己为什么要嫁给这么一个普普通通、极其平凡、一点也不起眼的人。

她的丈夫奥西普·斯捷潘诺维奇·德莫夫是个医生,享有九等文官的头衔。他在两所医院里做事:在一所任兼职住院医师,在另一所任病理解剖员。每天从上午九点到中午他接诊病人,在自己诊所看病;下午则乘有轨马车到另一所医院,在那里解剖已死的病人。他靠私人行医的收入堪称微薄,一年大约五百卢布。这就是他的全部情况。关于他还有什么可说的呢？不过奥尔加·伊凡诺夫娜，还有她的朋友和所有要好的熟人可不是等闲之辈。他们每个人都有自己的出色之处，也小有名气，已经有所声望，被当作名流看待，或者有的人即使尚未出名，也是前程远大。一位话剧院的演员，是位早已得到公认的天才，他风度翩翩、天资聪明且态度谦恭，还是个出色的朗诵演员，教过奥尔加·伊凡诺夫娜朗诵；一位歌剧演唱家，是个心地善良的胖子，曾经叹着气对奥尔加·伊凡诺夫娜说她毁了自己：如果她不懒惰，并且约束自己，她会成为一名杰出的女歌手。接下来是几位画家，为首的是利亚鲍夫斯基，一位风俗画家、动物造型画家和风景画家，一个非常英俊、长有浅色头发的年轻人，大约二十五岁。在画展上已经取得成功，最近一幅画以五百卢布的价卖出，他为奥尔加·伊凡诺夫娜修改过画稿，说她可能会有所成就。再接下来是个大提琴演奏家，演奏起来琴声如泣如诉，他坦率地承认自己所认识的女人中只有奥尔加·伊凡诺夫娜会伴奏。然后是一位文学家，年纪轻轻却已负盛名，写过中篇小说、话剧和短篇小说。还有谁呢？对了，还有瓦西里·瓦西里依奇，一个老爷、地主、初识门径的业余插图画家，也为书页的首尾画画花饰，他对于古老的俄国风格和壮士诗以及民间歌谣的韵味有强烈的感受，他在纸张、瓷器和熏黑的盘子上创造了名不虚传的奇迹。这群艺术界人士自由自在，被命运宠娇了，他们尽管态度和蔼、谦恭有礼，但是只在生病的时候才会想到医生这个行当。在他们眼里，德莫夫这个姓氏叫起来跟西多罗夫或塔拉索夫没有什么两样，德莫夫在他们中间似乎是个局外人、多余人和小孩子，虽然他身高体大。他身上那件燕尾服仿佛不是他自己的，那蓬胡子也仿佛是地主管家的胡子。不过，如果他是一个作家，他们或许会说他的胡子像左拉[1]的。

话剧演员对奥尔加·伊凡诺夫娜说，她那一头亚麻色头发和一身婚装，使她很像春日缀满纤秾白花的一棵亭亭玉立的樱桃树。

"别说了，您听我说！"奥尔加·伊凡诺夫娜抓起他的手对他说，"这件事是怎么突然发生的呢？您听我说，听我说……应当告诉您，家父和德莫夫在同一所医院工作。当可怜的父亲生病的时候，德莫夫整日整

---

[1] 法国作家。

夜地在他的病床边守了几天。多大的自我牺牲呀！您听着，利亚鲍夫斯基……还有您，作家，也听着，有趣得很呢。你们都靠近些。多大的自我牺牲和真诚的同情呀！我也整宿整宿地不睡觉，坐在家父身边，突然间——这不，年轻小伙子的善心取得了胜利！我的德莫夫狂热地坠入了爱河。是的，命运常常是如此奇妙。就这样，家父故世以后他时常来看我，在街头和我见面，于是有一天晚上——啪的一下！——他向我求婚了……真是意想不到……我哭了整整一宿，自己也没命地坠入了情网。就这么着，你们都看到了，我做了他的太太。可不是吗？他身上有某种强劲、壮实、像熊一样的力量。现在他脸部的四分之三面向我们这一边，光线不大照得到，等他转过脸来，你们瞧瞧他的前额。利亚鲍夫斯基，您对这个前额有什么可说的？德莫夫，我们说你来着！"她向丈夫喊道，"过来。把你真诚的手伸给利亚鲍夫斯基……对，就这样。你们做朋友吧。"

德莫夫露出善意和天真的笑容向利亚鲍夫斯基伸出手去，说道：

"非常高兴。和我一起毕业的也有个利亚鲍夫斯基,该不是您的亲戚吧?"

二

奥尔加·伊凡诺夫娜二十二岁,德莫夫三十一岁。婚后他们的日子过得挺不错。奥尔加·伊凡诺夫娜将客厅的四壁挂满了自己画的和别人画的画稿,有的装框,有的不装框;又用中国雨伞、画框、各色布片、小刀、半身雕像、照片把钢琴和家具旁边的空间装点起来,布置得满满当当,又很美观……她在餐室的墙上贴满了民间木版画,挂上了树皮鞋和镰刀,墙角里放上割草大镰刀和耙子,于是一种俄国风味就在餐厅里油然而生了。为了使卧室像山洞,她把墙壁和天花板蒙上一层深色呢子,床的上方挂上一盏威尼斯灯,房门口则放置一尊手执斧钺的人像。人人都认为新婚夫妇有一个非常温馨的小家。

奥尔加·伊凡诺夫娜每天十一点左右起床,然后弹一会儿琴,或者,如果遇上晴天,就画油画。接着在快一点钟的时候乘车去找裁缝。由于她和德莫夫手头相当拮据,只能勉强维持,所以为了在人前出现时总有新装或让装束使人赏心悦目,她和她的裁缝就得煞费苦心耍点花招。经常有这样的事：由一件染过的旧衣服、一块一文不值的透花纱、一块花边、一块长毛绒和一块绸料竟能幻化出一个奇迹，成了一件叫人赞叹不绝的东西，那不是一件衣服，而是一种理想。从裁缝铺出来后，奥尔加·伊凡诺夫娜通常去看一个熟悉的女演员，听听剧院新闻，顺便张罗一下某部新剧首演或次日专场纪念演出的门票。从女演员家出来后需要去一个画家的画室或画展，然后去看望某位名流——邀请他登门做客或回访，或者只是去聊聊闲天。所到之处人们对她都愉快、友好地相迎，说她漂亮、可爱，说这样的女人难得一见……那些被她称为名流和伟人的，都把她当作自己人，或可与之平起平坐的人那样接待，异口同声地发出预言，说凭她的天分、品位和智慧，只要专心致志，她一定会大有作为。她唱歌、弹琴、画水彩画、做泥塑、参加业余演出，不过这一切她都不是随意而为，而是体现了一种天分；不管做彩灯、化装或者为哪一个人打领结——处处都会体现出不同凡响的艺术品位和优雅温馨的情趣。然而无论她的才干表现在哪个方面，都不如她的一种才能那样鲜明：她善于和名人迅速结识，并且直截了当，立刻成为知交。只要有人即使稍有名气并使人说到自己,她就已经和他认识,当天就成为朋友,而且请他来家做客,每次结识新交对她来说都是不折不扣的喜事。她仰慕名人,为他们感到自豪,每夜在梦中见到他们。她渴望结识名人,而且这种渴望永难消解。旧的走了,被遗忘了,又有新的走来接替;但是即使对这些新来的,她又习以为常了,失去了兴趣,于是开始贪婪地寻找一茬茬新的伟人,寻到了又再寻找。为什么呢?

四点多钟她在家和丈夫一起进午餐。他的朴实、健全的思维和好心肠使她深受感动,欣喜若狂。有时她跳起来,激动地拥抱他的脑袋,在上面印遍她的热吻。

"德莫夫,你是个聪明、高尚的人,"她说道,"但是你有个至关重要的缺点:你对艺术毫无兴趣,你对音乐和绘画都持否定态度。"

"我不懂,"他温和地说,"我一辈子搞的都是自然科学和医学,顾不上关心艺术。"

"这可糟糕透了,德莫夫!"

"那为什么呢?你认识的那些人不懂自然科学,也不懂医学，可你并不打算就此责怪他们呀。每个人各有所好。我不懂绘画和歌剧，但我这样想：如果一些聪明人将毕生奉献给这些事，另一些聪明人为此而支付大把大把的钱，那么这就表明这些东西是为人所需的。我不懂，但是不懂并不意味着否定。"

"让我握握你真诚的手！"

餐后奥尔加·伊凡诺夫娜去看望熟人，然后去看戏或听音乐会，回家已是后半夜了。每天就这么过去了。

每逢星期三她家里常举行家庭晚会。在这些晚会上，女主人和客人们既不打牌也不跳舞，而是通过各种艺术活动打发时光。话剧院的那位演员朗诵，歌手唱歌，画家们在纪念册——奥尔加·伊凡诺夫娜有许多纪念册——上作画，大提琴手演奏曲子，女主人本人也作画、做泥塑、唱歌和伴奏。在朗诵、奏乐和唱歌的间歇就谈论与争论文学、戏剧和绘画等问题。没有女宾，因为奥尔加·伊凡诺夫娜认为除了女演员和她的裁缝，所有女人都枯燥乏味，俗不可耐。没有一次晚会在进行中不发生这样的事：每当门铃响起时，女主人就会颤然一怔，脸上露出胜利的神色说道："是他！"这个"他"指的就是应邀而至的某位新名流。德莫夫不在客厅里，没有人会想到他的存在。然而在十一点半，通往餐厅的门便会准时开启，德莫夫面含善意温和的笑容出现在门口，搓着双手说：

"先生们，请用点心。"

大家走进餐厅，每次都见到桌上一成不变的食品：一盘牡蛎，一块火腿或者牛肉，沙丁鱼，鱼子酱，蘑菇，伏特加和两瓶葡萄酒。

"我亲爱的伙食总管！"奥尔加·伊凡诺夫娜兴奋得拍着双手说，"你真迷人！先生们，瞧瞧他的额头！德莫夫，转过半边脸去。先生们，瞧瞧，他的脸像孟加拉虎，可表情那么善良可亲，跟鹿一样，哦，亲爱的！"

客人们吃着，望着德莫夫想道："真的，是个了不起的年轻后生。"不过不久大家就把他忘了，又继续谈剧院、音乐和绘画去了。

年轻夫妇过得很幸福，生活一帆风顺。但是蜜月的第三个星期却过得不太幸福，甚至有点凄凉。德莫夫在医院里感染了丹毒，在病床上躺了六天，还得把一头黑色的秀发剃个精光。奥尔加·伊凡诺夫娜坐在他身边，哭得很伤心，但是等他病情有所减轻，她用一块白色小巾将他剃光的头包起来，开始把他当模特儿画成一个贝都因人的形象，于是两人都乐了。康复后大约过了三天，他又去医院上班，这时他又受了一场虚惊。

"我的妈呀，我真晦气！"一次吃饭时他说道，"我今天解剖了四具尸体。我一下子割破了自己两个手指，而且回到家才发现。"

奥尔加吓坏了。他却淡淡一笑，说这不过是小事一桩，他在解剖时经常割破手。

"我入迷了，奥尔加，一不留神。"

奥尔加·伊凡诺夫娜提心吊胆，担心他的伤口感染了，每天夜里向上帝祈祷，不过总算万事大吉。于是生活又平安幸福地流淌过去，没有忧伤，没有担惊受怕。眼前的光景和和美美，接着而来的是日渐临近的春天，她已经在远处笑脸相迎，预示着将会有上千种赏心乐事。幸福是不知有尽头的！四月、五月和六月是到城外远郊的别墅散步，画画稿，垂钓，听夜莺的歌声，然后自七月至秋季开始之前，艺术家们将开启伏尔加河之旅，作为圈[1]内必不可少的一员，奥尔加·伊凡诺夫娜也将参加此行。她已经用麻布为自己缝制了两件出门穿的衣服，买了旅途用的颜料、画笔、画布和新的调色板。利亚鲍夫斯基几乎每天来看她，想看看她在绘画方面有什么长进。在她给他看自己画的风景画时，他把双手深深插进口袋里，紧闭双唇，鼻子里发出嘶嘶的吐气声，说道：

"是这样……您的这块云在大声呼唤：罩在它上面的不像是傍晚的光。前景似乎被吃掉了一点，您知道吗，那个……您画的这间小屋似乎被什么东西压着了，正在可怜巴巴地吱吱作响……这个角应当再暗些。总的说还不错……我喜欢它。"

他越是说得云里雾里，奥尔加·伊凡诺夫娜对他的话越容易理解。

三

在圣三主日[2]的第二天，德莫夫买了食品和糖果，乘车到别墅去看望妻子。他和她已经两个星期没有见

---

1 原文是从法文音译的俄文单词。
2 基督教节日，在圣灵降临节后的第一个主日。

面，想得厉害。当他坐在火车里，然后在大片的林子里寻找别墅的时候，他一直感到饥肠辘辘和劳累不堪，于是向往着自由自在地和妻子共进晚餐，然后躺下睡觉。所以望着那包食品，他心里乐滋滋的，那里有面包、鱼子酱、奶酪和白北鲑鱼肉。

等他找到自己的别墅并认出它来的时候，太阳已经开始下山了。当女佣的老婆子说太太不在家，大概很快会回来。这幢别墅样子很难看，用书写纸裱糊的天花板低低的，地板高低不平，都是缝道。里面只有三个房间。一间里放着一张床，另一间房里椅子上和窗台上胡乱堆放着画布、画笔、油污的纸张、男人的大衣和宽檐帽，在第三个房间里德莫夫遇见了三个不认识的男人。两个是留胡子的黑发男子，第三个胡子刮得光光的，是个胖子，看上去是个演员。桌子上茶炊里的水正开着。

"您有什么事？"演员用男低音问道，一面毫无礼貌地打量着德莫夫，"您找奥尔加·伊凡诺夫娜吧？请等一会儿，她马上就回来了。"

德莫夫坐下，开始等待她回来。黑发男子中的一个睡意未消，无精打采地望望他，替自己斟了杯茶，问道：

"也许您也来杯茶？"

德莫夫既想喝又想吃，但是为了不破坏自己的胃口，他谢绝了茶水。不久传来了脚步声和熟悉的笑声，门砰的一声响，于是奥尔加·伊凡诺夫娜跑进了房间，手里提着画箱，随她进来的是利亚鲍夫斯基，拿着一把大伞和一张折椅，高高兴兴，两颊通红。

"德莫夫！"奥尔加·伊凡诺夫娜叫起来，高兴得脸一下子红了起来。"德莫夫！"她又叫了一遍，说着把头和双臂靠到他胸口，"是你啊！为什么你这么久不来这里？为什么？为什么？"

"我哪有时间哦，妈呀？我老是忙，有空的时候呢，火车班次又不对。"

"可我见到你有多高兴！我整夜整夜地梦见你，担心你会生病。嘿，要是你知道，你有多可爱。你来得正是时候！你可是救我来了。只有你一个人能救我！明天这里将举行一个别具一格的婚礼，"她笑着，一面给丈夫打领结一面继续说，"结婚的是车站的一个年轻报务员，一个叫奇凯尔杰耶夫的人，是个漂亮的年轻人，当然不笨，而且，我告诉你，他脸上有一种强有力的、熊一样的表情……可以借他的相貌来画一个年轻的瓦兰吉亚人[1]。我们所有来别墅度假的人都答应出席婚礼……他不富有，只有孤身一人，胆子又小，谢绝参加他的婚礼当然很不好。你想象一下，午祷以后就举行婚礼，然后全体从教堂步行到新娘家里……你知道吗，一片小树林，鸟儿的欢歌，草地上的日影，我们大家都是鲜亮绿色背景上的一个个彩色的斑点——别具一格，带有法国表现主义的风味。可是，德莫夫，我穿什么去教堂？"奥尔加·伊凡诺夫娜哭丧着脸说，"我这里一无所有，名副其实的一无所有！既没有衣服，也没有鲜花，也没有手套……你应当救救我。既然你来了，那就是命运亲自吩咐你来救我了。亲爱的，把钥匙拿着，回家去，那里，从衣帽间拿出我那件玫瑰红的连衣裙。你记得这件衣服，它挂在最前面……然后在储藏室右边的地板上，你会看见两个纸板箱。只要你打开上面那个，那里除了透花纱还是透花纱，还有各式各样的零头布，下面放着花。你取花的时候可要小心，千万别——亲爱的——把它弄皱了，以后我

———
[1] 俄国历史上对诺曼人的称呼。

会挑选的……还有手套,你去买了来。"

"好,"德莫夫说,"明天我乘火车去,然后捎回来。"

"哪儿还有明天?"奥尔加·伊凡诺夫娜问道,同时惊奇地望着他,"明天你怎么来得及?明天头班火车九点发车,婚礼十一点就要举行。不,亲爱的,应当今天走,必须今天走!如果明天你来不了,就托邮递员捎来。好了,走吧……旅客列车马上要来了。别误车,亲爱的。"

"好。"

"唉,我真舍不得放你走,"奥尔加·伊凡诺夫娜说,于是泪水涌上了眼眶,"我这个傻瓜,干吗答应那个报务员?"

德莫夫匆匆喝了杯茶,拿起一个小面包圈,温和地微笑着去车站了。鱼子酱、奶酪和白北鲑鱼则留给了两位黑发男子和胖演员分享了。

四

在七月的一个宁静的月夜,奥尔加·伊凡诺夫娜站在伏尔加河上一艘轮船的甲板上,有时望着河水,有时望着美丽的河岸。她身边站着利亚鲍夫斯基，对她说水中的黑影不是影子，而是梦，由于这带有奇异光彩的神奇河水，由于这无限深邃的天空和忧郁沉思的两岸，这诉说着我们生活的空虚和某种崇高、永恒、幸福的事物存在的两岸，最好忘却自我，失去生命，使自己成为回忆。既往的已经逝去，了无趣味，而生活中这奇异、唯一的夜晚也行将结束，汇入永恒——干吗还要活着？

而奥尔加·伊凡诺夫娜在时而倾听利亚鲍夫斯基的话音，时而倾听黑夜的宁静时，也在想，她是不朽的，永远不会死，以往她从未见过的碧绿的河水、天空、河岸、黑影和充溢她心灵的说不清的喜悦，都在告诉她，她将成为一名大画家，而在远方某处，月色之夜的后面，无穷无尽的空间里，等待着她的是成就、光荣和人们的爱戴……当她目不转睛地久久凝望着远方的时候，她仿佛觉得那边有人群，灯火，庄严的音乐，欣喜若狂的欢呼，她自己穿着白色连衣裙的身影，还有从四面八方向她纷飞而来的鲜花。她还想到，那双肘支着船舷，和她并排而立的，是个不折不扣的伟人、天才、上帝的宠儿……他迄今为止所创作的一切都是出色、新颖和不同凡响的。而将来，当他罕见的才能随着自身的成熟而站稳脚跟的时候，那时他所创作的东西将是惊天动地、无可估量地崇高的。这一点凭他的神情、说话的风度和对大自然的态度就可以看见。在谈起水中的黑影、夜晚的色调、月亮的光辉时，他的口吻似乎是独特的，用的是他自己的语言，所以令人不由自主地感觉到他把握自然的一种魅力。他十分英俊，有独到见解，而他的生活，特立独行、自由自在，与世俗万物格格不入，和鸟类的生活相似。

"冷起来了。"奥尔加·伊凡诺夫娜说着打了个寒噤。

利亚鲍夫斯基把她裹进自己的披风，忧伤地说道：

"我感觉到自己在您的掌握之中。我是奴隶。您今天为什么这么迷人？"

他一直目不转睛地望着她，眼光挺吓人，所以她不敢去看他一眼。"我爱您爱得要发疯了……"他轻轻对她说，把气呼到她的面颊上，"只要对我说一句话，我就不要活了，就会抛弃艺术……"他极其激动地喃喃自语，"爱我吧，爱吧……"

"别这样说,"奥尔加·伊凡诺夫娜闭上眼睛说,"这太可怕。德莫夫怎么办?"

"德莫夫怎么办?为什么要提德莫夫?德莫夫关我什么事?伏尔加河,月亮,美景,我的爱,我的激情,可就是什么样的德莫夫也没有……啊,我什么也不知道……我不需要过去的事,只求给我短暂的一刻,一个瞬间。"

奥尔加·伊凡诺夫娜心怦怦跳起来。她希望想念丈夫,然而既往的一切,连同婚礼、德莫夫和晚会,在她看来似乎显得很渺小,不值一提,模模糊糊,毫无用处而且显得遥远又遥远……事实上,德莫夫怎么啦?为什么要提德莫夫?德莫夫关她什么事?再说大自然里究竟存不存在他这个人,他是否只是个梦?

"对他,一个普通而平凡的人来说,到手的那点幸福已经足够,"她双手捂着脸想道,"由那边责难去,诅咒去,我偏偏要叫大家气气,大不了一死,大不了一死……生活中一切都应当体验一番。天哪,多么可怕,又多么美好!"

"怎么啦?什么?"画家一面拥抱她,一面贪婪地吻她那双无力的试图避开他的手,自语,"你爱我?是吗？是吗？哦，多好的夜色！迷人的夜色！"

"是啊，多好的夜色！"她望着他泪水晶莹的双眼轻轻说，然后迅速回头环顾一下，一把将他抱住，使劲吻他的双唇。

"咱们正向基涅什马靠近！"甲板上另一边有人说。

传来沉甸甸的脚步声，是小吃部的一个人从旁边走过。

"喂，听着，"奥尔加·伊凡诺夫娜对他说，一边笑着，幸福地流着泪，"给我们拿葡萄酒来。"

画家因为激动而脸色苍白，坐到长椅上，用一双爱慕、感激的眼睛望着奥尔加·伊凡诺夫娜，然后疲惫地莞尔一笑说道：

"我累了。"

说着把头靠到船舷上。

五

九月二日是温暖、宁静，然而阴沉沉的一天。一清早伏尔加河上就弥漫着轻雾，九点以后就飘起了毛毛细雨。天空毫无转晴的希望。喝茶的时候，利亚鲍夫斯基对奥尔加·伊凡诺夫娜说,写生是一门最吃力不讨好也最枯燥乏味的艺术。他不是画家,只有一群傻瓜才认为他有天赋,说着他突然抓起一把餐刀,无缘无故地将自己的一幅画稿划上了几刀。喝过茶后,他闷闷不乐地坐在窗口望着伏尔加河。而伏尔加河已经失去光华,显出一派烟雨苍茫、寒气凛冽的样子。眼前万物都使人想到愁绪满怀、阴沉郁闷的秋季正在临近。如今两岸葱茏的绿茵,河面璀璨的反光,远方清澈蔚蓝的秀色,以及种种艳丽壮伟的美景,仿佛已经被大自然从伏尔加河上尽行脱去,连乌鸦飞经伏尔加河时也在对它调侃:"光啦!光啦!"利亚鲍夫斯基听着乌鸦的叫声心里想道,自己已经江郎才尽,失去天赋,世间万物都有定数,都是相对而且愚蠢的,所以他不应当再和这个女人纠缠在一起……总而言之,他心绪不佳,愁苦烦恼。

奥尔加·伊凡诺夫娜坐在间壁另一边的床上,在用手指梳摸自己漂亮的亚麻色头发时,想象着自己有时在客厅里,有时在卧室里,有时在丈夫的书房里;想象把她带进了剧院,带到了女裁缝身边,带到了那些大名鼎鼎的朋友面前。此时此刻他们在做什么?他们会想着她吗？秋季已经开始，该考虑举办晚会的事了。那么德莫夫呢？亲爱的德莫夫！他在信中那么温和，又如孩子一般那么哀婉地请求她赶快回家！他每月给她寄七十五卢布，当她写信告诉他自己借给了画家们一百卢布时，他连一百卢布也给她寄了过来。多么善良、慷慨的一个人！旅行使奥尔加·伊凡诺夫娜不胜疲惫，她觉得无聊，所以渴望尽快离开这些乡下人，离开河上的潮气，去掉身上肮脏的感觉，这种感觉在她住在农舍里的时候，和从一个村庄向另一个村庄不断迁徙的过程中，一直经受着。假如利亚鲍夫斯基没有答应画家们和他们在这里一直住到九月二十号，那么今天就可离去了。如能这样有多好！

"我的天！"利亚鲍夫斯基呻吟道，"究竟什么时候太阳才终于露面？没有阳光，这幅阳光下的风景，我就无法画下去！……"

"你不是有幅多云天的画稿吗？"奥尔加·伊凡诺夫娜从间壁后面走出来说，"你记得，右面的前景是森林，左边是一群奶牛和鹅。现在你该能够把它画完了。"

"唉！"画家蹙紧眉头说，"画完它！难道您认为我自己就这么笨，竟然不知道我需要做什么吗！"

"你对我的态度转变得太厉害了！"奥尔加·伊凡诺夫娜叹了口气。

"好，这才好。"

奥尔加·伊凡诺夫娜脸抽动起来，她走开去来到炉子旁边，哭了起来。

"是啊，眼泪总是不够用。别哭啦！我有几千条理由哭泣，可是我就是不哭。"

"几千个理由！"奥尔加·伊凡诺夫娜哽咽着说，"最主要的一个就是已经把我当成了累赘。不错，"她说着大哭起来，"如果说句实话，那就是您为我们的恋情感到丢人。您一直在努力不让画家们发觉，虽然这件事掩盖不了，而且早已尽人皆知。"

"奥尔加·伊凡诺夫娜，我只求您一件事，"画家一只手搁在胸口，用央求的口气说，"就一件事——别折磨我！除此以外，我别无所求！"

"那您发誓您仍然爱我！"

"这是折磨人的事！"画家从牙缝里含含糊糊地挤出这句话，然后霍地站了起来。"到头来要么我跳伏尔加河，要么我发疯！您别缠我啦！"

"那您杀了我，杀了我！"奥尔加·伊凡诺夫娜大声说，"杀了我！"

她又大哭起来，走到间壁后面。茅舍的草屋顶上响起淅淅沥沥的雨声。利亚鲍夫斯基两手抓着头，从一个屋角到另一个屋角踱着步，然后露出决断的表情似乎想向什么人证明什么，戴上鸭舌帽，把猎枪往肩头一背，走出了茅舍。

他离去以后，奥尔加·伊凡诺夫娜在床上哭了很久。起先她想最好服毒自尽，让利亚鲍夫斯基回来看到她已经死去，然后她的思绪又把她带进了客厅，带进了丈夫的书房，于是想象自己纹丝不动地和德莫夫并肩而坐，享受着生理上的安宁和洁净，晚上坐到剧场里听马西尼[1]演唱。于是对文明、对城市的喧嚣、对名流的思念使她揪紧了心。一个农妇走进屋来开始慢慢悠悠地生炉子做午饭。屋里冒出焦烟的气味，轻烟缭绕，使空气也呈现一片蓝色。画家们回来了，他们穿着泥污的高筒靴，被雨水淋得满脸湿漉漉的，仔细看着画稿，自我安慰说伏尔加河即使在坏天气也有

---

[1] 意大利男高音歌唱家。

它的迷人之处。壁上那口廉价的挂钟则顾自在走：嘀嗒——嘀嗒——嘀嗒……冷得发僵的苍蝇麇集在圣像边前面的角落里嗡嗡叫着，听得见长凳下厚厚的画夹子里面蟑螂在钻来爬去……

太阳下山的时候利亚鲍夫斯基回来了。他把鸭舌帽往桌子上一扔，脸色苍白，疲惫不堪，穿着满脚污泥的靴子，坐到长凳上，就闭起了双眼。

"我累了……"他说着挑起双眉，努力想睁开眼睛。

为了抚慰他，也为了表示自己并没有生气，奥尔加·伊凡诺夫娜走到他跟前，默默地吻他，用梳子梳梳他浅色的头发。她想把他的头发梳好。

"怎么回事？"他身子一颤，仿佛有什么冷冰冰的东西碰了他，然后睁开了眼，"怎么回事？让我安静一会，求您了。"

他用手挡开了她，走了开去，她似乎感到他的脸上露出了厌恶和烦恼的表情。这时农妇小心地用双手给他端来一盆素菜汤。奥尔加·伊凡诺夫娜看见她的两个大拇指浸到了汤里。无论这位肚子束得紧紧、脏脏的农妇，还是此刻利亚鲍夫斯基正在贪婪地吞食的菜汤，或者这茅屋和当初因其质朴与富有艺术趣味的

杂乱无章而令她如此喜爱的这里的全部生活,现在她都觉得可怕。她突然觉得自己受了侮辱,便冷冷地说:

"咱们需要分开一段时间,否则由于无聊我们会大吵一场。我对此已经厌烦了。今天我就走。"

"乘什么车走?骑棒[1]走吗?"

"今天是星期四,那就是说九点半有一班轮船。"

"啊?对了,对了……又怎么样呢,走吧……"利亚鲍夫斯基一面用毛巾代替餐巾擦着嘴,一面和婉地说,"你在这儿觉得无聊了,只好如此,要把你留住,就太自私了。走吧,二十号以后再见面。"

奥尔加·伊凡诺夫娜高高兴兴地收拾行李,因为高兴,连脸色也变得很红润了。难道这是真的吗,她心里自问,不久她就会在客厅里作画,在卧室里睡觉,吃饭也会铺上桌布,她心里感到轻松,已经不再生画家的气了。

"颜料和画笔,我留给你,里亚布沙[2],"她说,"还落下什么,你带回来……注意,我不在这儿,你可别懒惰,也别为此愁眉苦脸,得干活。在我眼里,你可是好

---
[1] 根据俄国民间传说,巫婆是骑棒行走的。
[2] 利亚鲍夫斯基的爱称。

样儿的,里亚布沙。"

九点钟利亚鲍夫斯基和她吻别,这和她想的一样,是为了不在轮船上当着画家们的面吻她,然后送她到码头。不久,轮船靠近,载着她开走了。

她经过了三天三夜才回到家。她顾不上摘帽子和脱雨披,因为激动而喘着大气,走进客厅,又从那里走进餐厅。德莫夫没有穿西服,穿着解开扣子的坎肩,坐在餐桌前,在叉子上磨着餐刀;他面前的盘子里放着一只榛鸡。奥尔加·伊凡诺夫娜在进屋时深信不疑地认为必须把一切都瞒着丈夫,而且凭她的能耐对付这件事根本不在话下。然而现在,当她见到宽容、温和而幸福的笑容以及闪耀着喜悦的双眼时,她感到对这样一个人隐瞒真相,太卑鄙、太恶心,而且就如去诽谤、偷窃和杀人一样不可能,她也无力去做,所以转瞬之间她决计把发生的事都告诉他,她让他吻了她,拥抱了她,然后就在他面前跪下,捂住了脸。

"怎么啦?怎么啦?妈呀?"他和蔼地问,"太想家了吧?"

她抬起羞赧的脸,用愧疚和央求的目光望着他,然而恐惧和羞耻感使她难以启齿,道出真相。

"没什么……"她说,"我是这样的……"

"咱们坐下,"他扶她起来,让到桌边说,"就这么坐……吃榛鸡吧。你饿了,小可怜。"

她贪婪地吸进家乡的空气,吃着榛鸡,他则动情地看着,露出喜悦的笑容。

六

看来到仲冬时,德莫夫开始猜到自己受了骗。仿佛于心有愧似的,他已经不能对妻子正眼相看,和她相见的时候也没有了喜悦的笑容,为了减少和她单独相处的机会,他常带自己的同事科罗斯捷廖夫到自己家吃饭。那是一个剪短发、个子小小的人,一张脸皱皱巴巴的,他见到奥尔加·伊凡诺夫娜时由于腼腆常把上衣的扣子全部解开又全部扣上,接着用右手去捻左边的唇须。吃饭的时候两个医生谈到在横膈膜处于高位的情况下有时会出现心律不齐,近来能观察到许多神经突的机会非常多。昨天德莫夫剖开一具诊断为"恶性贫血"的尸体后,发现了胰腺癌。两个医生就医学方面的谈话,似乎只是为了给奥尔加·伊凡诺夫娜沉默的机会,即不用撒谎。吃完饭,科罗斯捷廖夫坐

到钢琴前,德莫夫却叹着气对他说:

"唉,老兄!可是干吗呢!你就随便弹首忧伤的曲子吧。"

科罗斯捷廖夫耸起肩,大幅度地张开十根手指,弹了几个和弦,便开始用男高音唱"告诉我俄罗斯农民不需要呻吟的地方",德莫夫又叹了口气,握拳支着脑袋,陷入了沉思。

近来奥尔加·伊凡诺夫娜的举止极不谨慎。每天早晨醒来的时候,她的情绪都坏到了极点,认为利亚鲍夫斯基已经不再爱她,而且谢天谢地一切已经终了。然而喝过咖啡后,她想明白了:利亚鲍夫斯基从她身边把她丈夫夺走了,如今她已落得个既无丈夫又无利亚鲍夫斯基的下场;后来她又想到熟人们曾谈起利亚鲍夫斯基正在绘制一幅惊人之作,准备送展,这是一幅将风俗画和风景画交织在一起的作品,具有波列诺夫[1]的风格,为此所有经常光顾他画室的人兴奋到了极点;但是她认为这是在她影响下他才创作出来的,而且总的说多亏了她的影响,他才明显地向好的方向转

---

[1] 波列诺夫(1844—1927),俄国画家。

变。她的影响十分有益，也十分重要，如果她不去管他，也许他就毁了。她同样想起他最近一次来看她，身穿一件灰色常礼服，上面绣有点点星火，系一根新领带，有气无力地问她："我帅气吗？"事实上，他风流倜傥，那一头长长的卷发和一双蓝蓝的眼睛使他非常帅气（或者说这可能是给人的一种印象），而且对她十分亲切。

回想了好多事并且理出个头绪后，奥尔加·伊凡诺夫娜穿好衣服，异常激动地乘车去找利亚鲍夫斯基。她见到他时他正高兴，而且正为自己那幅确实气势不凡的画作陶然自得。他蹦着跳着，逗着乐着，用说笑来回答认真的问题。奥尔加·伊凡诺夫娜妒忌利亚鲍夫斯基的画，恨它。但是出于礼貌在它前面站了大约五分钟，接着叹了口气，就如人们对圣物叹息一样，轻轻说道：

"你可从来不曾画过任何类似的东西。你知道吗，简直令人害怕呢。"

然后她开始央求他爱她，别甩了她，央求他怜悯她这个可怜而不幸的人。她哭泣着，吻他的双手，要求他发誓爱她，向他证明如果没有她的影响，他就会迷失方向，毁灭自己。将他的好心情破坏以后，她觉得自己受到了侮辱，便驱车去找她的女裁缝，或者去找那位熟识的女演员张罗戏票。

如果在他画室她没有遇见他，她就给他留下信函，在信中发誓如果他今天不来看她，她就一定服毒自尽。他害怕了，就来看她并留下吃饭。他当着她丈夫的面也无所顾忌，对她说粗鲁无礼的话，她也以牙还牙。彼此纠缠在一起，两人都觉得对方是暴君和仇敌。于是发脾气，由于气恼竟没有发觉他们两人都有失体统。连剪短发的科罗斯捷廖夫也什么都看出来了。餐厅里利亚鲍夫斯基匆匆道过别就走了。

"您去哪儿？"在前厅奥尔加·伊凡诺夫娜狠狠地瞧着他问。

他皱起眉头、眯起眼睛说出某个大家都认识的女士的名字，虽然他是为了嘲弄她的醋劲，成心扫她的兴。她走进卧室，躺在床上。由于醋劲、懊丧、受辱和羞耻感，她咬着枕头，开始号啕大哭。德莫夫撇下客厅里的科罗斯捷廖夫，走进卧室，局促不安，手足无措，轻声说道：

"别哭得那么大声，妈呀……为了什么？这事不能声张……应当不露声色……要知道已经发生的事是无法挽回的。"

她不知道如何克制内心的醋意,这醋意甚至使她两边的太阳穴都隐隐作痛,又想到事情尚可挽回,于是洗了脸,往刚才泪痕纵横的脸上扑粉,飞也似的驱车找那个认识的女士去了。她在那里没有找到他,于是去找另一位女士,继而又找第三位……开头她对自己那样驱车奔波还觉得不好意思,后来就习以为常了,于是常常会一个晚上驱车走遍所有女士的家去寻找利亚鲍夫斯基,大家对此也都心领神会了。

有一次她对利亚鲍夫斯基说到丈夫:"这个人用自己的宽宏大量来压迫我!"

她非常喜欢这个句子,甚至在遇见知道她和利亚鲍夫斯基那桩风流韵事的画家们时,她每次都会用手做出一个有力的动作来说她丈夫:

"这个人用自己的宽宏大量来压迫我!"生活的秩序依然和过去一样。每逢星期三举行晚会,演员朗诵,画家挥毫,琴手奏曲,歌手唱歌,十一点半通往餐厅的门必然打开,于是德莫夫微笑着说:

"先生们,请用点心。"

奥尔加·伊凡诺夫娜依然寻找伟人，找到了又觉得不满足，于是又找。她依然每日深夜回家，不过德莫夫已和去年不同，没有睡觉，而是坐在自己的书房里做着什么工作。他大约三点上床，八点起床。

一天傍晚她准备去戏院，正站在窗间镜的前面，这时德莫夫穿着一件燕尾服，系一个白领结，走进了卧室。他和以往一样温和地面露笑容，兴奋地正眼看着妻子。他的脸上容光焕发。

"我刚做过学位论文答辩。"他坐着，用手抚着双膝说。

"通过了吗？"奥尔加·伊凡诺夫娜问。

"嘿嘿！"他笑着说，为了看得见镜子里妻子的脸，他伸长了脖子，她依然背对着他站着，整理着发式。"嘿嘿！"他再一次笑着说。

"告诉你，很可能会建议授予我普通病理学的编外副教授职称。这一点能预感到。"

从他脸上怡然自得、容光焕发的表情看得出来，假如奥尔加·伊凡诺夫娜能和他分享喜悦和欢欣，他会原谅她的一切，无论现在的还是以后的，一定会忘记这一切，但是她不懂什么叫编外副教授和普通病理学，而且还担心在戏院里会迟到，所以什么话也没有说。

他坐了两分钟，歉疚地笑了笑，就走了出去。

七

这是最为惊恐不安的一天。

德莫夫头痛得厉害，一清早他就没有喝早茶，也没有去医院，一直躺在自己书房的土耳其沙发上。奥尔加·伊凡诺夫娜按例在一点钟去利亚鲍夫斯基那儿，给他看自己的画稿《静物写生》[1]，同时问他昨天为什么不来。这幅画稿在她看来倒是不值一提，她画它只是为了多一个到画家那儿走一趟的借口。

她没有按门铃就走进了他的屋子，在前厅脱套鞋时她听到画室里似乎有衣服窸窸窣窣作响的声音，等她赶紧往画室里窥视的时候，只见到一角咖啡色的裙子，那裙子只一闪，就藏到了一幅大画后面，那幅画和画架一起被一块拖到地面的黑布罩着。毋庸置疑，那里藏的是个女人。奥尔加·伊凡诺夫娜本人也有多

---

[1] 原文为法文，下同。

少回在这幅画后面寻找自己的藏身之地!看样子利亚鲍夫斯基非常尴尬,对她的到来做出十分惊讶的样子,向她伸出两只手去,强装笑颜说:

"啊——啊!很高兴见到您。有什么好消息说来听听?"

奥尔加·伊凡诺夫娜的双眼满含着泪水,她感到耻辱,痛苦。旁边一个女人,一个情敌在场,无论如何她也不会说话。那个女人现在正站在画背后,也许正在幸灾乐祸地嘻嘻窃笑呢。

"我带画稿给您看来了……"她胆怯地用细细的声音说,嘴唇却在颤抖,"《静物写生》。"

"啊——啊……是画稿?"

画家把画稿拿在手里,仔细看着,似乎下意识地走进另一个房间。

奥尔加·伊凡诺夫娜顺从地跟着他。

"《静物写生》……品级第一,"他挑选着押韵的词喃喃自语,"疗养胜地……见鬼断气……港口停栖……"[1]

---

[1] 原文是顺着"上等"的"等"字的韵列举了俄文中同韵的三个词,意思分别为"疗养地"、"鬼"和"港口",无实际意义,只是文字游戏。

从画室传来急促的脚步声和衣服的窸窸窣窣声，就是说她已经离开。奥尔加·伊凡诺夫娜真想大喝一声，拿起一样沉重的东西砸向他的脑袋，然后离去，但是隔着泪水她什么也看不见。她被耻辱压倒了，感到自己已经不是奥尔加·伊凡诺夫娜，也不是女画家，而是微不足道的一个小东西。

"我累了……"画家望着画稿，为了克服睡意，摇晃着脑袋，懒洋洋地说，"这些当然很可爱，然而今天是画稿，过去也是画稿，一个月以后还是画稿……您怎么不感到腻烦？我要是处在您的位置就不再画画了，去搞严肃的音乐或其他什么事。您可不是画家，是音乐家。不过我告诉您，我累了！我现在就让人送茶……好吗？"

他走出了房间。奥尔加·伊凡诺夫娜听到他对自己的仆人吩咐着什么。为了避免告别、解释，主要是为了避免大声哭出来，趁利亚鲍夫斯基还未回来，她急忙跑进前厅，穿上套鞋，到了屋外。这时她轻松地舒了口气，感到自己永远自由了，既摆脱了利亚鲍夫斯基，又摆脱了绘画，更摆脱了画室里如此使她感到压抑的耻辱。一切都结束了！

她乘车去找了女裁缝,然后又去找了昨天刚到的巴尔纳依[1],从巴尔纳依那里出来以后,又前往乐谱商店,一路上一直在思忖着如何给利亚鲍夫斯基写一封言辞冷漠、激烈,又充满个人尊严的信,如何在春季或夏季偕同德莫夫去克里米亚,彻底从过去中自拔出来,开始过崭新的生活。

深夜她回到家以后没有更衣,便在客厅里坐下来写信。利亚鲍夫斯基说她不是画家,她现在要写信回敬他,说他每年的画都是老套路,每天说的都是老生常谈,他已经僵化,除了已经做过的,他再也做不出任何别的事来。她想在信里告诉他,在许多方面他多亏了她的好影响,如果她做得不好,那是因为各式各样没规矩的女人,就如今天躲在画后面的那位,抵消了她的影响。

"亲爱的!"德莫夫在书房里叫她,没有开门,"亲爱的!"

"你怎么啦?"

"亲爱的,你别进我屋里来,只到门口就行了。是

---

[1] 巴尔纳依(1842—1924),德国演员。

这样……前天我在医院感染上了白喉,现在……觉得不舒服。快去把科罗斯捷廖夫找来。"

奥尔加·伊凡诺夫娜对丈夫,就同对所有熟悉的男人那样,一直不叫名字,只称呼姓氏;她不喜欢他的名字奥西普,因为这使人想到果戈理的奥西普[1]和同音双义的文字游戏——"奥西普奥赫里普,阿尔西普奥西普。"[2]可现在她却叫了起来:

"奥西普,这不可能!"

"去吧,我情况很糟糕……"德莫夫从门里说道,听得出他走到沙发跟前躺了下来。"去吧!"听得出他轻轻的声音。

"这究竟是怎么回事?"奥尔加·伊凡诺夫娜吓得身上都发冷了,心里想道,"这病可是很危险的!"

她无缘无故地拿起蜡烛,走进了自己的卧室。在

---

[1] 指果戈理名剧《钦差大臣》里主人公赫列斯塔科夫的仆人,亦名"奥西普"。
[2] 这句是音译,原文里"奥赫里普"作ОХРИП,意为"声音变嘶哑","阿尔西普"作АРХИП,系俄国男人名,"奥西普"作ОСИП,形式上刚好是动词ОСИПНУТЬ的过去式,意思也是"声音变嘶哑"。此句意译为"奥西普声音变嘶哑了,阿尔西普声音也变嘶哑了",如不音译,看不出其押韵的文字游戏。

这里，在思考着怎么办时，她无意间看了看镜子里的自己。她脸色苍白，满面惊惶，穿着一件袖口收得高高、胸口镶有黄色绦边的套衫，裙子上条纹的走向也异乎寻常，她觉得自己的样子可怕又可憎，突然间她痛心地怜悯起德莫夫来，怜悯起他对她无限的爱和他年轻的生命来，甚至怜悯起这张冷清无主的空床来，于是想到了他平时温和恭顺的笑容。她伤心地哭泣起来，给科罗斯捷廖夫写了一封求告的信。这时是半夜两点。

八

早晨八点，奥尔加·伊凡诺夫娜走出卧室，她因一宿未眠而头昏脑涨，头也不梳，模样难看，面带愧色。这时一个蓄着黑胡子的先生从她身边走过，去到前厅，看样子是位医生。闻得到药的气息，通向书房的门边站着科罗斯捷廖夫，正用右手捻着左边的唇须。

"对不起，我不能放您进去见他，"他忧愁地对奥尔加·伊凡诺夫娜说，"会传染的。而且实际上您没有必要去见他。他在说胡话。"

"他患的真是白喉吗？"奥尔加·伊凡诺夫娜轻声问。

"说实在的,那些铤而走险的人是应该受点教训,"科罗斯捷廖夫没有回答奥尔加·伊凡诺夫娜的问题,自言自语,"您知道他是怎么被传染上的吗?星期二那天他用一根吸管为一个病孩吸去因白喉长出的膜[1]。干吗要这样做?愚蠢……所以一时糊涂……"

"危险吗?很危险吗?"奥尔加·伊凡诺夫娜问。

"听说是急性。实际上应当请施列克来。"

来了一个小个子的人,长着一头棕红色头发和一个长长的鼻子,带犹太口音;接着来的人是个高个子,身躯伛偻,头发蓬松,像个大辅祭[2];然后来了一个年轻人,身子胖胖,脸孔红红的,戴一副眼镜。这是为自己同事值班守护的医生。科罗斯捷廖夫值完自己的班后没有回家,仍然留了下来,他像个影子似的在一个个房间里游来荡去。女仆给医生们端茶送水,还常常要跑药房,所以无人收拾屋子。屋里静悄悄的,一片凄清。

奥尔加·伊凡诺夫娜坐在卧室里,心想是上帝为

---

[1] 白喉的症状除发烧和咽痛,最典型的特征是鼻和咽部长出灰白色的假膜。
[2] 东正教神职人员。

她欺骗丈夫而罚她来了。一个沉默寡言、不知怨艾、不被理解的人，因为性情温和而失去了个性，优柔寡断；因为过于善良而显得软弱，此刻正躺在沙发上默默无声地受着煎熬，一声抱怨也没有。要是他抱怨几句，即使是病中的呓语，那么值班的医生们就会知道，有罪的不仅是白喉。他们也许会从科罗斯捷廖夫那里问知：他知道全部情况，怪不得他用那样的眼光瞧自己朋友的妻子，仿佛她才是最主要的真凶，而白喉只是从犯。她已经不记得伏尔加河上的月夜，也不记得爱情的表白，更不记得农舍里诗一般的生活，只记得她由于自己空虚无聊的怪癖和任性的脾气，已经连手带脚陷进一种污秽黏稠的东西里将全身弄脏，永远也洗不干净了……

"啊，我说了那么多可怕的谎话！"在回忆她和利亚鲍夫斯基之间那段忐忑不安的恋情时她想道，"真是太该死了！"

四点钟的时候，她和科罗斯捷廖夫一起吃午饭。他什么也没有吃，只喝红葡萄酒，皱着眉头。她同样一点东西也不吃。有时她心里在祈祷，向上帝发誓，如果德莫夫能够病愈，她会重新爱他，并做他忠诚的妻子。有时她在瞬间想得出了神，望着科罗斯捷廖夫，想道："做这样一个普普通通、毫无杰出之处、默默无闻，而且还长着这样一张皱皱巴巴的脸、行为不知礼仪的人，难道不枯燥乏味吗？"有时她觉得由于她因害怕传染而一次也没有去过丈夫的书房，上帝立刻要将她处死了。总之，有一种迟钝而忧郁的感觉，她深信生活已经被毁，没有任何东西可以将它挽回……

午餐后暮色开始降临。奥尔加·伊凡诺夫娜走到客厅时科罗斯捷廖夫正睡在长沙发上，头下枕了一个用金线绣的丝绸靠垫。"呼——哈……"他在打呼噜，"呼——哈。"

值班的医生来了又去，没有人注意这乱糟糟的景象。一个外人在客厅里打呼噜，墙上挂的画稿和屋内离奇古怪的氛围，女主人未曾梳洗、衣衫不整，这些现在不会激起丝毫兴趣。一个医生无意间不知为什么笑了起来，这笑声响得似乎有点古怪和胆怯，气氛甚至变得叫人害怕。

奥尔加·伊凡诺夫娜第二次来到客厅时科罗斯捷廖夫已经不再睡觉，他坐着，在抽烟。

"奥西普鼻腔感染了白喉，"他压低声音说，"心跳已不大好。真的,情况很糟。"

"您派人去请施列克吧。"奥尔加·伊凡诺夫娜说。

"来过了。他也发现白喉已转移到了鼻腔。唉,施列克来了又怎么样!实际上,施列克也没什么用。他是施列克,我是科罗斯捷廖夫——没什么更大的区别了。"

时间过得极其缓慢。奥尔加·伊凡诺夫娜和衣躺在自早晨起一直没有整理过的床上,打着盹儿。她仿佛觉得整套住宅从地面到天花板都被一块硕大无朋的铁块占据了,只要把这块铁块拿出屋去,大家马上会变得快乐而轻松。清醒过来后她想起来了,这不是铁块,而是德莫夫的病。

"静物写生,港口停栖……"她又进入昏昏欲睡的状态,一面想着,"锻炼身体……疗养胜地……关于施列克怎么说好呢?施列克,希腊来的,甫列克……克列克[1],可是我的朋友现在在哪里呢?他们知不知道我

---

[1] 这是奥尔加在半睡眠状态接着利亚鲍夫斯基对她画稿题目的笑话而说的谐音文字游戏,本身并无多少意思,只是一种开玩笑的俏皮话。由于文化背景不同,译文中很难将原文押韵的词各义完整地表达出来,只好意译加拟音,有的词有意思,如"希腊来的",原文是"希腊人",读如"格列克",正好与人名"施列克"押韵;有的并无意义,如"甫列克","克列克",只是音似。

102

们正在受苦？上帝啊，救救我们，让我们逃过一劫吧。施列克，希腊来的……"

又是铁块……时间过得非常缓慢，而楼下的时钟却经常在敲打。不时传来门铃声；医生接二连三地到来……女仆拿着放有空杯的托盘进来问：

"太太，您要我把床铺收拾一下吗？"

没得到回答，又走了出去。楼下钟声敲响了，她梦见伏尔加河上的雨水，又有人走进卧室来，似乎是局外人。奥尔加·伊凡诺夫娜一骨碌跳将起来，认出是科罗斯捷廖夫。

"几点啦？"

"三点光景。"

"有什么事吗？"

"还有什么事呢！我是来说，他快断气了……"

他哽咽住了，在她床上并排坐下，用袖子擦去眼泪。她没有当即明白，然而浑身感到一阵寒意，于是开始缓慢地画起十字来。

"他快断气了，"他用细细的声音重复说了一遍，又哽咽住了，"他快死了，因为他牺牲了自己……对科学是个多大的损失！"他痛心地说，"如果把我们大家和他相比,那么这是一个伟大而不平凡的人!多么有才气!对我们大家来说,他是多么有前途的一个人!"他一面扼着双手,一面继续说,"我的天哪,这可是现如今打了灯笼也没处找的学者啊。奥西卡[1]·德莫夫,奥西卡·德莫夫,你是怎么搞的!啊——呀呀,我的天哪!"

科罗斯捷廖夫在绝望中用双手捂住了脸,摇着头。

"那是多么大的道德力量啊!"他接着说,仿佛冲着某个人在发越来越大的火,"一个善良、纯洁、博爱的灵魂——这不是人,而是水晶!为科学服务,又为科学而献身。工作起来像头牛,没日没夜,谁也不爱惜他,一个年轻学者,未来的教授,竟然还要为自己谋生而私人行医,每天晚上还要搞翻译,就是为了去买这些破衣烂衫!"

科罗斯捷廖夫恨恨地瞪了奥尔加·伊凡诺夫娜一眼,双手抓起床单,气呼呼地把它撕破,仿佛它有什么过错似的。

"他自己也不爱惜自己,别人也不爱惜他。唉,说

---

[1] "奥西卡"是"奥西普"的昵称。

他干吗!"

"是啊,真是个难得的人!"客厅里有人用男低音在说。

奥尔加·伊凡诺夫娜回想起和他共同度过的全部生活,从头至尾,连同所有的细节,突然间她明白了,这确确实实是个不平凡的人、难得的人,而且和她所认识的那些人相比,还是个伟大的人。她回想起她已故的父亲和所有与他共事的医生对他的态度,才明白他们大家都从他身上预见到了未来的名望。墙壁、天花板、灯和地毯都在嘲弄地向她眨眼睛,仿佛想对她说:"你错过了!错过了!"她哭泣着冲出卧室,在客厅里从一个陌生人身边悄悄溜过,跑进丈夫的书房。他纹丝不动地躺在土耳其沙发上,盖着罩到腰部的毯子。他的脸可怕地瘪了进去,消瘦了下去,颜色是灰黄的,这样的颜色活人脸上是从来不会有的;只有从他的前额,从那对黑色的眉毛和熟悉的笑容,还能认出这是德莫夫。奥尔加·伊凡诺夫娜急忙摸了摸他的胸口、额头和双手。胸口尚有余温,但额头和双手冷得令人难受。他那对半闭的眼睛没有向着奥尔加·伊凡诺夫娜,而是望着毯子。

"德莫夫!"她大声呼喊道,"德莫夫!"

她想对他说,那以往的事是个错误,并非什么都已失去,生活还有可能变得美好和幸福,他是个罕见的、不平凡的、伟大的人,她将终生对他怀有景仰之情,祈祷并体验神圣的恐惧……

"德莫夫!"她呼唤他,摇着他的肩膀,不相信他已经永远不会醒来,"德莫夫,德莫夫啊!"

在客厅里科罗斯捷廖夫对女仆说:

"现在还有什么要问的呢?您到教堂的门房去问一下,养老院的老婆子在哪儿。她们会清洗尸体和收拾干净——所有需要做的事都会做。"

1892年

六号病房

一

　　医院的院子里有一座附属于它的厢屋,这房子被刺果植物、荨麻和野大麻组成的"林子"整个儿团团围住了。房子的屋顶已经生锈,烟囱已有一半倒塌,门廊台阶的梯级已经朽烂,杂草丛生,墙灰只留下斑驳的痕迹。它的正面朝向医院,后面向着田野,它和田野之间被一堵插着钉子的灰色医院围墙分隔着。这些尖头向上的钉子,还有围墙和这间房子本身,都具有一种独特的凄凉和罪恶的模样,那种模样是医院和监狱之类的建筑物上常见的。

　　假如你不怕被荨麻刺痛,那就让我们沿着通向屋子的狭窄小道走去,看看屋子里是什么名堂。打开第一道门后我们就进入了穿堂间。这里墙边和炉旁放着整堆整堆山样的医院垃圾。床垫、撕得粉碎的旧睡袍、裤子、蓝条纹的衬衫、毫无用处的破鞋子——所有这些破烂一堆堆地堆着,几经挤压,彼此错杂,正在腐烂,发出的气味叫人透不过气来。

垃圾堆上总是躺着嘴里咬着烟斗的看门人尼基塔,他是个退伍士兵,衣服上的绦带已褪成了红褐色。他有一张严厉、枯瘦的脸,一对倒挂眉毛,这眉毛使他的脸部表情像一只草原上的牧羊犬,还有一个红彤彤的鼻子;他个子不高,看上去干瘦,青筋暴突,但是神色威严,拳头粗壮。他属于头脑简单、办事牢靠、忠于职守和愚顽鲁钝的那类人,这些人最喜欢世界上有秩序,因而深信他们应该挨揍。他往人的脸部、胸口、背部和随便什么地方打,相信不这样就没规没矩了。

接着您走进一个巨大宽敞的房间,如果不计穿堂间的话,这个房间占据了整座房子。这里的四壁涂着肮脏的蓝色涂料,天花板熏得漆黑,就如没有烟囱的农舍那样,显然冬天这里生的炉子都烟熏火燎,屋里经常充满煤烟味。窗户被从里往外钉的铁栅栏弄得十分难看。地板呈灰色,刨得十分毛糙。酸白菜、灯芯的烟焦味、臭虫和氨气的臭味扑鼻而来,一开始这股臭味会给您这样的印象：您仿佛走进了一个动物园。

房间里放着一张张用螺丝固定在地板上的床铺。床上坐着或躺着的人都穿着医院蓝色的睡袍，而且按旧时的老规矩，戴着尖顶帽。这些人都是疯子。

这里一共有五个人。只有一个有贵族身份，其余的都是平民百姓。靠门口第一个人，是个高高瘦瘦的小市民，他长着亮光光的红褐色唇须，一双泪汪汪的眼睛，手托着头坐着，盯住一点望着。他整日整夜都闷闷不乐，经常摇头叹气，面露苦笑；他很少加入别人的闲谈，对提问通常不作回答。送来饮食时他机械地吃着、喝着。从他痛苦而迫促的阵阵咳嗽、消瘦和潮红的双颊来判断，他染上了肺结核。

挨着他的是一个活泼、非常好动的小老头儿，蓄着一撮尖尖的胡子，长一头和黑人一样鬈曲的黑发。白天他从一个窗口到另一个窗口来回在病房里踱步，或者像土耳其人那样盘起双腿坐在床上，像灰雀一样不停地吹口哨、轻轻地唱歌和嘻嘻傻笑。他这种童稚般的欢乐和活泼的性格即使在夜间也会表现出来，这时他从床上起来向上帝祈祷，也就是用拳头捶打胸口和用手指向门缝里抠。这是犹太人莫伊谢伊卡，一个呆子，大约二十年前他的帽子作坊毁于火灾，他就精神失常了。

六号病房内的病人只有他一个被允许走出这间屋子，甚至走出医院院子到外面。他享有这种特权由来已久，大概作为常年住院的老病号，一个安分无害的呆子，城里供人逗乐取笑的人物，人们看到他在街上被围在一群小孩子和狗中间，早已习以为常了。他身穿睡袍，头戴可笑的尖顶帽，脚着便鞋，有时光着脚板，甚至不穿裤子，在街上游来荡去，同时在人家大门口或小铺子边停留下来，乞讨一点小钱。在一个地方人们给他喝格瓦斯[1]，另一个地方给他吃面包，第三个地方给几个小钱，所以回到屋子里来的时候，他通常吃得饱饱，囊中富裕。尼基塔把他随身带回的一切都搜走，成了自己的外快。士兵做这件事的时候态度粗暴，怒气冲冲，一面把他的口袋一只只翻过，呼唤上帝来做证，说他以后无论如何再也不放犹太佬出门了，还说对他来说不守规矩是世上最坏的事。

莫伊谢伊卡喜欢为别人效劳，他给病友们端水，

---

[1] 一种用面包发酵制成的清凉饮料。

他们睡着时帮他们盖上被子，答应从街上给每个人讨来一戈比小钱，给每个人缝顶新帽子；他甚至给自己左边的邻床，一个瘫痪的病人，用调羹喂食。他这样做并非出于同情，也非出于某种人道本性的考虑，而是对自己右边的邻床格罗莫夫的模仿和不由自主的服从。

伊凡·德米特里奇·格罗莫夫，一个大约三十三岁的男人，出身贵族，曾经当过法警和省城的秘书，患的是受迫害妄想症。他或者把身子蜷缩成一团躺在床上，或者从屋子的一头到另一头来回走动，仿佛是为了活动身子，很少有坐着的时候。他总是兴奋、激动和紧张地在期待着某种模糊不清、捉摸不定的东西。穿堂里有一丁点窸窣声或外面传来叫喊声，就足以使他抬起头、张耳谛听：是不是冲着他来的？该不是来找他吧？这时他的脸部便出现不安和反感的表情。

我喜欢他那张宽阔、颧骨突出的脸庞，它总是显得苍白和神情凄楚，如同镜子似的，反映出被争斗和持久的惊恐所折磨的心灵。他的面相是奇怪而病态的，然而被深沉和真诚的痛苦印上脸盘的细腻特征，却是理智和知识分子型的，眼光也是温和而健康的。他本人也叫我喜欢,他彬彬有礼,热忱殷勤,与所有人相处都显得异常和蔼可亲,只有尼基塔例外。要是有人掉下一个纽扣或调羹,他会迅速从床上一跃而起,把它捡起来。每天早晨他和病友们道早安,就寝时则祝他们晚安。

除了经常的紧张状态和扮鬼脸外,他精神失常还表现在以下方面。有时一到晚上他就把自己紧紧地裹在睡袍里,浑身发抖,牙齿碰得咯咯响,开始迅步在房间的两头儿或病床间来回走动。那种样子仿佛他得了严重的疟疾。他会突然停下脚步仔细瞧着病友们,凭这一点可以看出他想对他们说一件非常重要的事情,但是看样子又认为他们不会听他或听不懂,他于是烦躁地摇着脑袋又继续走动了。然而不久说话的愿望又压倒了各式各样的想法,他就率性而为,热烈而激昂地说起话来。他语无伦次,言辞激烈,似乎在说胡话,断断续续,并非总是让人都能听懂,但是从他的话里,从他的言辞和声音里可以听出某种异常美好的东西。他说话的时候您能认出他是个疯子,又是个人。他那些精神失常的话语是难以在纸上传达的。他说到人的卑劣品性,压制真理的暴力,将来会出现在世界上的美好生活；说到窗上的栅栏，这使他每时每刻都会想到施行暴力的人的愚钝与残忍。结果这就成了取材于未唱完的古老歌曲的一首杂乱无章、不协调的奏鸣曲。

二

大约二十或十五年前，城里最主要的一条街道上，有一位官员格罗莫夫住在自己的房子里，他颇有声望、家境殷实。他有两个儿子：谢尔盖和伊凡。念大学四年级时谢尔盖得急性肺结核一命归阴；他这一死仿佛成了骤然降临格罗莫夫家庭的一连串不幸事件的开端。谢尔盖下葬后过了一个星期，年老的父亲因为作伪和盗用公款被送上法庭，不久因伤寒死于监狱医院。房屋和一切动产被悉数拍卖，所以伊凡·德米特里奇和母亲就一贫如洗了。

以往父亲在世时，伊凡·德米特里奇住在彼得堡，他在那里上大学，每月得到六十七卢布，对贫困二字毫无概念，如今他不得不面对生活发生的急剧变化。他必须从早到晚为菲薄的报酬上课，去抄写，却仍然免不了挨饿，因为全部劳动所得都寄给母亲糊口了。伊凡·德米特里奇忍受不了这样的生活；他垂头丧气，开始萎靡不振，然后就抛弃了学业，回到家里。在此地——这座小城里他托人情谋得了一个在县立学校教书的职位，但是和同事们相处不好，学生也不喜欢他，不久就丢了这份工作。母亲死了。大约半年时间他没有工作，只靠面包和水糊口，后来去当了法庭的庭警。这份差事他一直做到因病解职为止。

即使在念大学的年轻岁月，他也从来没有给人以身体健康的印象。他总是面色苍白，消瘦，易受风寒，吃得很少，睡眠不佳。只要喝上一杯酒，他就会头脑发晕，癔症发作。他一直渴望和人们亲近，但是由于易激动的性格和生性多疑，他跟谁也亲近不起来，也没有朋友。对城里的市民他总是不屑一顾，说他们的粗鲁无知和出于本能的醉生梦死的生活，使他厌恶和反感。他说话用的是男低音，嗓门大，情绪热烈，而且必定显出怒气冲冲或义愤填膺的样子，或者怀着兴奋和惊讶的心情，但永远是真诚的。不论你和他谈起什么，他往往归结到一点：城里令人感到烦闷，生活毫无趣味，人们没有高尚情趣，过着浑浑噩噩、毫无理性的生活，社会又通过暴力和严重的腐化以及伪善使这种生活呈现各种面貌;卑鄙的人锦衣玉食,诚实的人食不果腹;我们需要办学校,诚实报道的地方报刊,剧场、公众朗诵会,需要知识力量的团结;要让社会认清自我并大吃一惊。他在自己关于人的议论中加入了浓重的色彩,只有黑色和白色,不承认任何色差;人类在他那里只分为诚实和卑劣这两种,居中者是没有的。谈到女人和爱情时他总是很热烈,很兴奋,但一次也没有堕入过情网。

尽管他言辞激烈,又有点神经质,城里的人还是喜欢他,背地里称他为瓦尼亚[1]。一方面,他与生俱来的彬彬有礼,热心殷勤,正派的作风,纯洁的精神和破旧的西服,病态的面容和不幸的家庭,都激起人们美好、温和与忧伤的感情;另一方面,他受过良好教育,博览群书,按照城里居民的看法还无事不晓,是一个类似活字典的人物。

他读得很多。常常是这样:他一直坐在俱乐部里,神经质地揪着胡子,不停地翻阅期刊、书籍;从他的面部可以看出他不是在阅读,而是稍有点懂就生吞活剥

---

[1] 瓦尼亚是伊凡的昵称。

地接受了。应当认为阅读是他病态的习惯之一,因为任何到他手边的东西,甚至隔年的报纸和日历,他都如饥似渴地抓来就看。在自己家里时他总是躺着阅读。

三

在一个秋天的早晨,伊凡·德米特里奇竖起大衣的领子,沿着街巷和户外的空地,踩着泥泞的道路吧嗒吧嗒地走着,根据一份法院的执行书去一个市民家收钱。一如往常,每逢早晨他的心情总是闷闷不乐的。在一处街角他遇见两个戴着镣铐的人,被四个带枪的士兵押解着。以前伊凡·德米特里奇多次遇见被拘捕的人,每次他们都在他心里激起同情和不自在的感觉,而眼下这次相遇却在他身上留下了独特、奇怪的印象。不知为什么他突然觉得自己也有可能被铐起来,也以这种方式踩着泥泞的道路被送进监狱。到过那个市民家以后,回家的路上,在邮局附近他遇见了一个熟悉的警监,后者向他问了好,还和他在街上一起走了几步,不知什么原因他竟然觉得此事值得怀疑。在家一整天,他脑子里始终忘不了那两个被拘捕者和带枪的士兵,一种朦朦胧胧的内心恐惧使他无法阅读,心思也无法集中。到傍晚他没有点灯，夜间也没有入睡，一直在想他可能被捕，被戴上手铐，关进监牢。他知道自己没有背上任何罪名，而且可以保证今后永远也不会去杀人，去放火，去偷窃；然而偶然的、身不由己的犯罪难道不是很容易的事吗？再说，难道不可能出现栽赃，最终导致法庭错判的事吗？千百年来民间的经验教诲人们不要发誓说自己永远不会讨饭和坐牢，这可不是毫无道理的。而法庭错判在如今的司法程序中是非常可能发生的，这中间什么事都难以预料。与他人的苦难具有公务、业务关系的人们，例如法官、警察、医生，天长日久，由于习惯成自然，已经磨炼到随心所欲的地步，他们对待当事人的态度，除了表面应付，不可能有其他；从这方面说，他们和在农舍后面荒地里宰杀牛羊而对满地血污视而不见的农民毫无区别。在对人采取表面应付、冷漠无情态度的情况下，要使一个无罪的人丧失全部财产并被判服苦刑，法官只需要一样东西——时间。只需要履行某些手续的时间，因这些手续法官将收到报酬，随即万事大吉。然后你在这个肮脏泥泞的小城，远离铁路二百俄里以外的地方寻求公正、保护去吧！而且当形形色色的暴力作为一种理性和合理的必要存在,与社会遭遇的时候,当任何一种仁慈的行为,譬如宣判无罪,会引起一系列不满、复仇情绪爆发的时候,去思考公正两字不显得可笑吗?

清晨伊凡·德米特里奇从床上起身时心中惊恐万分,额头上直冒冷汗,他已完全确信自己随时都有可能被捕。他想既然昨天那些沉重的想法在他身上那么久都摆脱不了,那就是说其中有点真实的成分。事实上这些想法钻进脑子里不可能是无缘无故的。

一个警察从容地从窗外走过——这可不是毫无缘由的。你看有两个人在屋子旁边停留而且不说话,他们为什么不说话?

对于伊凡·德米特里奇来说,难熬的日日夜夜来临了。凡是从窗外走过和走进院子的人仿佛都是奸细和密探。通常在中午时分警察局局长乘坐双套马车在街上驶过,他这是从城郊的庄园去警察局,但是伊凡·德米特里奇每一次都觉得他行驶得太快,而且表情非同寻常——显然他是赶去宣布城里出现了一个非常重要的罪犯。每次门铃响起或有人叩门,伊凡·德米特里奇都会心惊肉跳;在女房东家遇见新来的人他就不胜苦恼;与警察相逢时他便面露笑容,打着呼哨,以示自己若无其事。每天夜间他都通宵不眠,等待着有人抓他,但是为了让女房东以为他睡着了,他便大声打鼾、呼吸沉重,仿佛睡熟似的;因为如果他睡不着,那就表示他受良心谴责而难受——多么有力的证据!事实和合理的逻辑都在说服他相信所有这些恐惧都是无稽之谈和病态心理,如果眼光放长远一点看,从本质上讲被捕和坐牢也没有任何可怕之处——只要问心无愧;然而他越是理智和有逻辑地思考,内心的惊恐就越强烈和难受。这就像一个隐士想在原始丛林中为自己砍出一小块地方,他越是勤勉地用斧子劳作,林子长得越密越猛。最后伊凡·德米特里奇看到这样下去毫无益处,就完全不去思考了,他陷入了绝望和忐忑之中。

他开始孤立自己,避免与人接触。对公事他以前就反感,现在则已经不堪忍受。他生怕有人设法陷害他,不露痕迹地把贿赂放进他的口袋,然后再告发他;或者他本人无意间在官方文书中犯下与作伪证有相同后果的错误,或者丢了别人的钱。奇怪的是在其他时间他的思维从来没像现在那样灵活机敏和富于创造力，如今他每天在臆造出成千上万个形形色色的理由，叫他为自身的自由和名誉严重担忧。但是他对外部世界，尤其对书籍的兴趣却大大减退了，记忆力开始严重衰退。

春天积雪化尽的时候峡谷里的墓地边发现了两具半腐烂的尸体——一个老太婆和一个男孩，具有暴力致死的特征。城里沸沸扬扬议论的都是关于这两具尸体和尚未查明的凶手的事。为了使人们不认为是他杀的，伊凡·德米特里奇便在一条条街上走来走去，还面带笑容，但是遇见熟人时脸上却白一阵红一阵，并且开始说服对方相信，罪行的卑劣莫过于杀害弱者和无自卫能力的人。然而这种虚言假语不久就使他腻烦了，经过一番思考他决定了，处在他的地位最好的办法就是躲进女房东的地窖里。他在地窖里坐了一天一夜又一个白天，感到浑身冷得不行，等到天黑就像贼一样偷偷溜回自己房间。他站在房间中央，纹丝不动，侧耳谛听，直到天明。一清早，太阳升起前女房东家来了几个修炉工。伊凡·德米特里奇明明知道他们是为了在厨房里重砌炉灶而来的，但是内心的恐惧却向他暗示这是化装成修炉工的警察。他悄悄溜出屋子，心里充满了恐惧,既没有戴帽子也没有穿外衣,满街乱跑。狗吠叫着在后面追他,一个农民在后面叫喊,空气在耳边呼呼直响,而伊凡·德米特里奇则觉得全世界的暴力都汇集到了他的背后,正在追赶他。

有人把他截住了,送回家里,派了女房东去请医生。医生安德烈·叶菲梅奇(关于他以后我们将会说到)的处方是进行头部冷敷并使用桂樱汁滴剂,他对女房东说他不会再来了,因为不该去打扰一个人发疯,说完忧郁地摇了摇头走了。由于在家中他既无赖以生活的条件,又无法接受治疗,最终被送进医院,安置在花柳病患者的病房。他整夜整夜不眠,常使性子,搅得病人们不得安宁,不久按照安德烈·叶菲梅奇的吩咐被转到了六号病房。

一年以后城里已完全无人记得伊凡·德米特里奇,他的那些书被女房东堆在遮阳棚下的雪橇上,也让小孩子们给拖散了。

四

伊凡·德米特里奇左边的邻床是犹太人莫伊谢伊卡——正如我已经说过的,右边的邻床是一个鼓着一身肥肉、身子几乎呈圆形的农民，他面部表情迟钝，完全痴呆。这是一只不会动弹、贪食和肮脏不堪的动物，早已丧失思维和感知的能力。他身上不断发出令人窒息的刺鼻臭气。

替他收拾的尼基塔狠狠地毒打他，不知心疼自己的拳头；可怕的不是他挨打这件事——对此可以习惯——而是这只迟钝的动物对挨打的反应，既不吭声又不动弹，连眼神也毫无表示，只是像只沉重的木桶那样微微地晃动。

六号病房内住着的第五个，也就是最后一名病人，是个小市民，曾经在邮局里当信件分拣员，一个小小瘦瘦、淡黄头发的男子，长着一张善良但是有点调皮的脸。从他那双明朗、愉快地望着的眼睛中透出的聪明而安详的神色判断，他有一个非常重要而得意的秘密藏在心底。他的枕头和褥子下面藏着某种永不示人的东西，但不是怕被夺走或偷走，而是由于不好意思。有时他走到窗前，转身背对病友，在自己胸前戴着什么，低下头去看着；如果此时走到他跟前，他会显得忸怩不安，把某样东西从胸前摘下来。不过要猜出他的秘密并不难。

"祝贺我吧，"他常对伊凡·德米特里奇说，"我被提名呈请授予二级圣斯坦尼斯拉夫带星勋章。二级带星勋章只授予外国人，但是不知何故他们愿意为我破例，"他笑吟吟地说，一面百思莫解地耸耸肩，"老实说，真没有料到！"

"对此我一窍不通。"伊凡·德米特里奇闷闷不乐地说。

"可是您知道我早晚会得到什么吗？"前信件分拣员狡黠地眯起眼睛接着说，"我一定会得到瑞典'北极星'勋章。为这枚勋章是值得忙活一阵的。白色十字章，黑色的带子。挺漂亮呢。"

大概任何别处的生活都没有像这座厢屋里的那么单调。早晨，除了瘫痪在床的那位胖农民，所有病人都在穿堂间从一只木桶里舀水洗脸，用睡袍的里襟擦干。这以后就喝锡制把缸里的茶，茶是尼基塔从医院主楼里取来的。每人按规定喝一把缸茶。中午吃酸菜做的汤和粥，晚上的饭菜就是中午剩余的粥。这些事之间的空隙，就在床上躺着，睡觉，望窗外和从房间一头到另一头来回走动。天天如此。就连前信件分拣员说的也总是关于勋章的那几句老话。

六号病房里难得见到新来的人。很久以前医生就不再接收精神病患者，而喜欢访问疯人院的人在这个世界上并不多。剃头匠谢苗·拉扎里奇每两个月到一趟厢屋。他如何给疯子剃头，尼基塔如何帮他做这件事，以及每次在酒醉糊涂、笑容满面的剃头匠出现时病人如何惊惶不安，我们就不谈了。

除了剃头匠，谁也不往厢屋里瞅一眼。病人们命中注定日复一日只和尼基塔一个人照面。

但是有一则相当奇怪的流言不久前传遍了医院大楼。

有人放出风声，似乎医生开始光顾六号病房了。

五

奇怪的流言！

安德烈·叶菲梅奇·拉京医生从某些方面来说是个出色的人。据说在年轻时代的早期他非常虔诚地相信上帝，准备担任神职，1863年中学毕业后他打算进神学院，但是他父亲，一个医学博士和外科医师，似乎狠狠地将儿子嘲笑了一番，断然扬言如果儿子去当神父，就不认他为儿子。这件事有几分可信，我不知道，然而安德烈·叶菲梅奇本人却不止一次说过实话，觉得他不是搞医学的料，而且总的说不是搞专门学科的料。

不管怎么说，医学系毕业后他并未去当教士。他没有表现出对神的笃信，从医之初也和现在一样，不大像一个神职人员。

他外形敦实、粗犷，像个农民；他的脸，胡子，一头扁平的头发和结实、笨拙的身材，使他像个大路旁小饭馆里饮食过度、放荡不羁、刚愎自用的老板。他面部表情严厉，脸上布满青筋，眼睛小小的，鼻子红红的。与他高大的身材和宽阔的肩膀相匹配的是一双大手和大脚；看样子只要一拳下去，保管叫人一命呜呼。但是他脚步轻巧，走起来小心翼翼，轻手轻脚；在狭小的走廊里与人相遇时他总是先停下来让路，而且不是如你预料的那样粗声粗气，而是清细柔和尖声尖气地说："对不起！"他的脖子上有一个不大的瘤子，所以他穿不了领子浆硬的衣服，总是穿柔软的亚麻布或印花布衬衫。总之他不按医生的样子穿着。同一套衣服他会穿上十年左右，新衣服他一般是在犹太人开的铺子里买的，穿在他身上仿佛旧衣服似的，显得那样陈旧、皱皱巴巴。穿着同一件衣服他既接诊病人,又用餐,又外出做客;然而这并非由于吝啬,而是由于他根本没有把自己的外表放在心上。

安德烈·叶菲梅奇到城里来报到上班时,慈善机构的状况非常糟糕。病房、走廊和医院院子里臭得叫人透不过气来。医院的勤杂工、助理护士和他们的孩子跟病人一起在病房里睡觉。他们抱怨说由于蟑螂、臭虫和老鼠,没有地方住。在外科,丹毒还没有消灭干净。全医院只有两把手术刀,浴室里存放着马铃薯。总务主任、女看门人和医士勒索病人;关于安德烈·叶菲梅奇的前任老医生,大家说他似乎在暗中出售医院的酒精,而且妻妾成群(由助理护士和女病人组成)。城里的人清楚地知道这种混乱情况,甚至估计情况还要更严重,然而都泰然处之。有些人为此开脱说医院里住的只是小市民和庄稼汉,他们不可能不满意,因为他们家里的居住条件比医院的要差得多;又不是让他们来吃山珍海味的!另一些人则辩解说没有地方自治局[1]的资助,光靠一座城市是无力维持一家良

---

[1] 1864年俄国设立的省、县地方自治机构,受省长及内外部监督,职权仅限于经济方面。

好医院的；托上帝的福，尽管不好，毕竟有一家了。刚成立的地方自治局则既不在城里，也不在附近开办任何诊所，理由是城里已经有医院了。

安德烈·叶菲梅奇巡视了医院后得出结论，说这是一个不道德，并且对住院者的健康高度有害的机构。按照他的意见，最明智的做法是放病人出院，将医院关闭。不过他考虑再三，认为要做到这一点光凭他一个人的意愿是不够的，这是无济于事的，如果把肉体和精神的污秽从一个地方驱除，它就会转移到另一个地方；只能等它自行风化。而且，人们既然开办了医院又能容忍它在身边存在，那就表示他们需要它；成见和所有这些生活中的污秽以及丑恶现象都是需要的，因为随着时间的推移它们将转化为某种有用的东西，就如粪便化为黑土一样。在自己原始阶段就没有污秽，世界上是不存在那样的好东西的。

安德烈·叶菲梅奇上任以后，对待混乱现象看上去相当漠然。他只要求男勤杂工和助理护士别在病房过夜，他还添置了两个放置器具的柜子。总务主任、女看门人、医士和外科的丹毒则依然故我。

安德烈·叶菲梅奇非常喜欢智慧和诚实，然而要在自己身边建立起智慧与诚实的生活,他还缺乏坚定的性格和对自己权力的信心。要他命令、禁止或坚持什么,肯定是做不到的。仿佛他曾经发誓永不提高嗓门说话和使用命令口气似的,要他说"给我"或"拿来"是困难的;他想吃饭的时候,便犹豫地咳嗽几声,对厨娘说"我最好能喝点茶……"或者"如果我能吃午饭"。要他对总务主任说不要偷东西,或者把他赶走,或者完全废除这个毫无必要、尸位素餐的职务,这对他来说是无能为力的。当别人将他欺骗或向他讨好,或将一份明显有诈的账单拿到跟前要他签字时,他便会面红耳赤,觉得自己做错了事,不过账单还是照签不误。当病人向他诉说吃不饱或助理护士粗暴时,他显得局促不安,歉疚地喃喃说:

"好,好,我待会儿了解一下怎么回事……也许这里有误会……"

起初安德烈·叶菲梅奇工作十分勤勉。他每天从清早到午间接诊病人,做手术甚至接生。女士们说他细心,能出色地诊断出病症,尤其是儿科和妇科疾病。但是渐渐地由于单调和明显的徒劳无功,这份工作使他感到乏味了。今天接诊三十个病人,你看着,明天就会涌来三十五个，后天四十个，就这样日复一日，年复一年，而城里的死亡率却并未下降，病人也没有停止就诊。从清早到午间给予上门就诊的四十个病人认真的帮助，在体力上是没有可能的，那就是说不由自主地产生了一个谎言。一个会计年度接诊一万二千个病人，说简单一点就是一万二千人上当受骗。把重病号安置到病房并按科学的规定给他们以照料也做不到，因为规定虽有，科学则无。如果抛开空头议论，像其他医生那样死死照章办事，那么为此首先需要的是清洁和通风，而不是满地污秽，是健康的食物，而不是发臭的酸菜做的汤，是良好的助手，而不是小偷。

再说，既然死亡是每个人正常与合法的结局，为什么要限制人们死亡？如果一个商人或官吏多活五年、十年，会有什么结果呢？如果从药物能减轻病痛这一点上看到医学的目的，那就不由得要引出一个问题：为什么要减轻病痛？第一，据说病痛能把人引向完善；第二，如果人类真的学会用药丸和药水减轻自己的病痛，便会彻底抛弃宗教和哲学，而迄今为止人类不仅在这两者中寻求借以躲避不幸的庇护，甚至寻求着幸福。普希金临死前经受了可怕的折磨，苦命人海涅也曾经数年瘫痪在床；为什么随便哪一个安德烈·叶菲梅奇或玛特莲娜·萨维什尼娅就不该生病呢？再说，他们的生活空虚无聊，于是没有病痛就会变得空无一物，与阿米巴虫的生活一样。

这样的想法使安德烈·叶菲梅奇心情沮丧，无心工作，不再每天去医院了。

六

他的日子是这样打发的。平常他大约早晨八点起床、穿衣和喝茶，然后坐进自己书房阅读或去医院。在这里，医院狭窄幽暗的走廊上坐着等待看病的门诊病人。在他们身旁，快步走着男勤杂工和助理护士，他们的靴子橐橐地敲着砖铺的地面，走过形容消瘦、穿睡袍的病人，抬过死者和盛污物的器皿，孩子在哭，穿堂风长驱直入。安德烈·叶菲梅奇知道，对疟疾患者、结核病患者和原本敏感的病人来说，这样的环境是十分难受的，可是有什么办法呢？在门诊间里遇见他的是医士谢尔盖·谢尔盖伊奇，这个人个子小小，胖胖，胡子刮过，洗得干干净净，有点肿，举止温和，从容不迫，穿一件宽大的西服，说他像个医士，还不如说像个议员。他在城里私自接诊大量病人,戴着白领结,认为自己比一个根本没有私自行医的医师对业务更精通。门诊间的一角,神龛里竖立着一尊大圣像,吊着一盏沉甸甸的长明灯,旁边是一个罩着白色套子的大烛台;墙上挂着高级神职人员的肖像,一幅斯维雅托格尔斯克修道院的风景画和几个用干矢车菊编的花环。谢尔盖·谢尔盖伊奇信仰宗教,喜欢壮伟的场面。圣像是他供奉的。每逢星期日有一位病人按他的吩咐诵读赞美上帝的颂歌,诵读完毕后谢尔盖·谢尔盖伊奇手提香炉巡视每一个病房,摇动香炉让香气散发出来。

病人很多,而时间很少,所以只能限于简单地问询一下,开点氨搽剂或蓖麻油之类的药了事。安德烈·叶菲梅奇坐着,用拳头托着腮帮子,机械地发问。谢尔盖·谢尔盖伊奇也坐着,搓着双手,有时插几句话。

"我们生病,受穷,"他说道,"是因为没有好生向仁慈的上帝祈祷。是的!"

安德烈·叶菲梅奇出诊不做任何手术;这项工作他早已荒疏,而且见了血他会心神不宁,感到难过。

当他不得不让婴孩张口,以便察看咽喉,而婴孩哭叫着用小手挡护自己时,由于耳际的噪声他会头晕,眼泪也会夺眶而出。他匆匆开了药,挥挥手让女人赶快把婴孩抱走。

他看病的时候,病人的胆怯和头脑不清,近在身旁的外表华丽的谢尔盖·谢尔盖伊奇,墙上的画像以及他自己那些一成不变地提了二十多年的问题,很快使他厌烦了。看过五六个病人以后他就走了。剩下的病人就由医士来看。

他高兴地想到,托上帝的福他早就不再私人行医,没有任何人会来打扰他,当他怀着这样的思绪回到家后,立刻坐到书房里的桌子前,开始阅读。他阅读的东西很多,总是看得津津有味。他一半的薪水花在了购书上,家里的六个房间中有三个堆满了书和旧期刊。他最喜欢看的是历史和哲学方面的著作;医学方面他只订一本《医生》杂志,这本杂志他总是从最后面读起。每次阅读都会不间断地持续几个小时,而且不会觉得疲劳。与伊凡·德米特里奇当初的阅读不同,他的阅读速度不快,情绪也不激动,多是慢慢地细细体味,常常在他喜欢或尚未读懂的地方停顿下来。书旁总是放一个装着伏特加的长颈酒瓶,还有腌黄瓜或渍苹果,直接放在呢桌布上,不装在盘子里。每过半个小时,他眼不离书本,给自己斟上一杯酒,喝干了,然后仅凭直觉,摸过来一根黄瓜,咬下一口。

到三点钟时他小心地走到厨房门口,咳几下说:

"达里尤什卡,如果我能现在吃午饭……"

吃过相当糟糕和马虎的午饭以后,安德烈·叶菲梅奇把双手交叉在胸前,在自己的房间里踱来踱去,思索着。钟敲四下,然后五下,可他还是在踱步,思考。有时厨房的门咯吱一响,从里面探出达里尤什卡红彤彤、睡眼惺忪的脸。

"安德烈·叶菲梅奇,您是不是该喝啤酒啦?"她关切地问。

"不,还没有到时间……"他答道,"我等一会儿……等一会儿……"

傍晚时一般是邮政支局局长米哈伊尔·阿维里扬内奇来访,他是城中唯一一对安德烈·叶菲梅奇来说与之交往不会觉得难受的人。米哈伊尔·阿维里扬内奇曾经是个十分富裕的地主,并在骑兵部队服役,但是破产了,由于贫困,临近老年进了邮政部门。他的外表显得朝气蓬勃而且健康,长着茂密而秀美的灰白色连鬓胡,举止风度富有教养,嗓音洪亮悦耳。他心地善良,多愁善感,但是性情急躁。如果邮局里的顾客中有人提出不同意见,不愿配合或争执起来,米哈伊尔·阿维里扬内奇就会面孔涨得通红,浑身颤抖,用雷鸣般的声音喊道:"住口!"所以邮政支局就有了"叫人怕进门的机关"这样的名声。米哈伊尔·阿维里扬内奇敬重并喜欢安德烈·叶菲梅奇,因为他有学问,心灵高尚;对其他居民的态度则居高临下,就如对待下属一般。

"是我来啦!"他走进安德烈·叶菲梅奇家门时说道,"您好,亲爱的!我该不会让您讨厌了吧,啊?"

"相反,非常高兴,"医生回答他说,"见到您我总是高兴的。"

两个朋友在书房里坐到沙发上,默默地抽上一阵子烟。

"达里尤什卡,最好能给我们喝点啤酒!"安德烈·叶菲梅奇说。

第一瓶啤酒是不声不响地喝完的:医生若有所思,米哈伊尔·阿维里扬内奇现出快乐而兴奋的神色，仿佛有非常有趣的事要说似的。总是医生先打开话匣子。

"真遗憾，"他摇摇头，也不正视自己谈话的对手（他从来不直视他人），慢条斯理地轻轻说，"真是深深的遗憾，尊敬的米哈伊尔·阿维里扬内奇，我们城里居然根本没有会进行聪明而有趣味的谈话的人，而且他们还不喜欢这样的交谈。这可是我们的巨大损失。连知识分子都不能免俗而超然卓立；他们的发展水平，我告诉您，丝毫不比下层人高。"

"完全正确，我同意。"

"您自己知道，"医生轻轻地、慢条斯理地接着说，"这个世界上一切都微不足道，没有趣味，除了人的智慧在高级精神活动中的表现。智慧在动物和人之间划分了一条十分鲜明的界线，暗示着后者的神性，而且在某种程度上甚至替代着他并不存在的不朽性。从这一点来说，智慧是快乐的唯一可能的源泉。我们自己身边看不见智慧之人也听不到智慧之音，那就意味着我们丧失了快乐。不错，我们有书籍，但这完全不是生动的交谈和交往。如果您允许我用一个不完全恰当的比喻，那么书就是乐谱，而交谈则是演唱。"

"完全正确。"

又开始沉默。这时达里尤什卡从厨房里出来,带着迟钝、哀伤的表情,握拳支着腮帮子,在门口停住脚步想听他们谈话。

"唉!"米哈伊尔·阿维里扬内奇叹气说,"你是寄希望于当前有智慧的人!"

于是他讲述以前的日子过得多么健康、欢乐和有滋有味,俄国曾经有过多么聪慧的知识分子,他们把关于名誉和友谊的概念放到多么崇高的地位。借钱不用开借据,如果不向有急需的朋友出手相助,就被认为是一种耻辱。曾经有过什么样的征战、历险、冲突,有过什么样的伙伴和女人!高加索又是多么神奇的地方!一位营长的妻子,一个古怪的女人,穿上军官的服装,每到夜晚就只身进山,压根不需要向导。据说她和当地山村的某个首领之间有过一段风流韵事。

"真是一位圣母啊,我的妈啊……"达里尤什卡赞叹道。

"再看他们的豪饮!他们的饕餮大餐!这是一群多么不可救药的自由主义分子!"

安德烈·叶菲梅奇听着,却没有听进去;他在想着什么，一小口一小口地啜饮着啤酒。

"我经常梦见聪明的人，并和他们交谈，"他突然打断米哈伊尔·阿维里扬内奇的话说道，"我的父亲让我受到良好的教育，但是在六十年代思潮的影响下硬叫我当了个医生。我觉得如果当初没有听从他，那我现在也许就处于思想运动的中心了，说不定是大学某个系的一分子。当然，智慧也不是永恒的，也是易逝的，不过您已经知道我为什么对它有所偏爱。生活是个讨厌的陷阱。当一个会思索的人到达成熟的阶段，意识成熟时，他情不自禁地会感到自己仿佛走进了一个没有出路的陷阱。事实上他是违背自己的意愿，受某些偶然性的引诱，从虚无走向了生活……为什么？他想知道自己存在的意义和目的，人们没有告诉他，或者告诉了他荒诞的东西；他叩响了门，但是人们没有为他开门；死亡正向他走来——同样违背他的意愿。在监狱里，当因共同的不幸而相互维系的人们聚集在一起时，反而觉得更轻松；同样，在生活中，当喜欢分析和总结的人们聚集在一起，并在交流高傲、自由思想的过程中打发时光时，你也发现不了陷阱。在这个意义上,智慧是一种不可替代的享受。"

"完全正确。"

安德烈·叶菲梅奇不直视对方的面孔,轻轻地、说说停停,继续讲述着聪明的人以及与他们的对话,米哈伊尔·阿维里扬内奇则专注地听着他的讲述,表示赞同:"完全正确。"

"您不相信灵魂不死吗?"邮政支局局长突然发问。

"对,不相信,尊敬的米哈伊尔·阿维里扬内奇,而且没有理由相信。"

"说实话,我也怀疑。不过,虽然我有这样一种感觉,似乎我永远不会死。哎哟,我暗自想道,你这个老东西,该死了!可是心里面有另一个声音在说:别相信,你不会死!……"

十点钟开始的时候,米哈伊尔·阿维里扬内奇要走了,在前厅他一面穿衣服,一面叹口气说:

"可是命运把我们引到了多么荒凉的地方!最讨厌的是不得不在这儿死。唉!……"

七

送走朋友后,安德烈·叶菲梅奇在案前坐下,又开始阅读。没有任何一个声音来破坏傍晚,夜色宁静,时间仿佛停步了,和医生一起在书本上凝滞了,似乎除了这本书和罩着绿色罩子的灯火,什么也不存在。医生粗犷、农民般的脸庞上渐渐映现出对人类智慧运动的欣慰和兴奋的笑容。"哦,为什么人不能不死呢?"他忖道,"为什么要有大脑中枢和脑回,为什么要有视觉、语言、自我感觉、天才呢,既然这一切注定要进入土壤并最终和地壳一起冷却,然后和地球一起围绕太阳毫无意义、毫无目的地转上几百万年?为了冷却然后旋转,完全不必使人连同他高级的、几乎神圣的智慧从虚无状态摆脱出来,最后又嘲弄似的,使它化作泥土。"

新陈代谢!然而用这种替代不灭的理论来安慰自己的做法是何等怯懦的行为!发生在自然界的毫无意义的过程县全比人类的愚蠢行为还要低下,因为愚蠢行为中毕竟还有意识和意志,而那些过程里恰恰什么也没有。唯有面对死亡的恐惧超过了自尊的懦夫才会用这样的理论去宽慰自己,认为人体将来会在野草、岩石和蛤蟆体内得以生存……在新陈代谢中看到自己的不灭，同样是怪论，就如一把珍贵的小提琴被打碎成为无用之物以后，再来预示装它的盒子将有辉煌的前程一样。

时钟敲响的时候安德烈·叶菲梅奇向后靠到椅背上，闭起眼睛想上一会。无意间，在书中读到的美好思想的影响下，他把目光投向了自己的过去与现在。既往令人厌恶，最好别去想它。而现在的情况也与既往毫无二致。他知道到那个时候，当他的思想和变冷的地球围绕太阳旋转之际，在医生住所的旁边，大楼里的人们正在受疾病和身体不洁的煎熬；也许有人难以成眠，正和昆虫搏斗；有人感染了丹毒，或者因绷带扎得过紧而呻吟；也许病人正和助理护士打牌，喝酒。在会计年度中有一万二千人上当受骗；医院的一切工作和二十年前一样，建立在偷盗、口角、流言蜚语、徇私和不可容忍的招摇撞骗上，医院依然是一个没有道德、对居民的健康高度有害的机构。他知道六号病房的栅栏里面尼基塔在殴打病人，莫伊谢伊卡天天在城里转悠，收集施舍物。

从另一个角度来看，他清楚地知道最近二十五年内医学发生了童话般的变化。他在大学求学时曾觉得医学似乎要面临炼金术和形而上学一样的遭遇,而如今,在他每日夜读之时,医学却使他怦然心动,令他惊诧和兴奋。确实,这是多么意想不到的辉煌,多么伟大的革命!由于有了灭菌法,伟大的彼罗戈夫[1]认为即使 in spe[2] 也不可能做的手术,现在都在做了。地方自治局派任的一般医生就能决定做膝关节部分切除的手术,一百例剖腹手术中只有一例死亡,结石症被认为是不值一书的小事。梅毒也能彻底治愈。而遗传理论和催眠学,巴斯德和科赫[3]的发现,卫生学和统计学,以及我们俄国地方自治局属下的医学呢?精神病学和它的疾病分类法,诊断和治疗法——这和以往相比简直是整整一座厄尔布鲁士山[4]。如今不再向精神病患者头上浇冷水,也不给他们穿热病患者穿的衬衫;

---

[1] 彼罗戈夫(1810—1881),俄国解剖学家、外科学家和教育家。
[2] 拉丁文"在将来"。
[3] 巴斯德(1822—1895),法国科学家,近代微生物学和免疫学奠基人,发现发酵的性质,制定无菌法和灭菌法。科赫(1843—1910),德国微生物学家,现代细菌学和流行病学奠基人,发现结核病病原体,最早分离出炭疽病原体的纯培养物;提出消毒法。1905年获诺贝尔奖。
[4] 大高加索山系中的厄尔布鲁士山是博科沃伊山脉的最高峰。

关他们的方法也合乎人道原则,甚至如报上写的,还为他们演戏和举办舞会。安德烈·叶菲梅奇知道,按照如今的观点和品位,像六号病房那样可恶的现象,除非在远离铁路二百俄里外的小城里才可能存在,在那里,市长和议员都是半文盲的小市民,他们把医生看成术士,即使他把熔化的锡往人的口里灌,也应当对他不加批评地信任;要是在别的地方,公众和媒体早就把这个小巴士底狱砸个稀巴烂了。

"但是怎么样呢?"安德烈·叶菲梅奇睁开眼问自己,"这有什么结果呢?又是灭菌法,又是科赫,又是巴斯德,可事情的本质丝毫没有变。发病率和死亡率依然如故。为疯子举办舞会,演戏,可仍然不放他们出去。就是说仍然是满口胡言,一场空忙,维也纳良好的诊所和我的医院之间实质上并无任何区别。"

然而哀伤和类似妒意的感情使他难以无动于衷。这也许是疲劳所致,沉甸甸的脑袋向书本垂去,他用双手垫在脸面下,想舒服一点,于是想道:

"我服务的是一项有害的工作,我从被我欺骗的人那里获取薪水;我是个不诚实的人。不过就本身而言我什么也不是,我只是社会上必然存在的坏事中的一部分；县里所有官僚都是有害的，而且平白无故地获取薪水……就是说我不诚实，错不在我，而在时代……如果我晚生二百年，我也许是另一个人了。"

钟敲三点时他熄了灯，走进卧室。他没有睡意。

八

大约两年以前地方自治局变得慷慨起来，每年拨款三百卢布，作为增加市立医院医务人员的津贴，直至地方自治会的医院开张。于是市里请来了县医院的叶甫盖尼·费奥多雷奇·霍鲍托夫协助安德烈·叶菲梅奇。这个人还很年轻（他连三十岁都没到），是个高个儿的黑发男子，颧骨突出，眼睛小小的，大概他的先人是外国人。他来到城里时身无分文，带着一只小手提箱和一个其貌不扬的年轻妇女，他称她是自己的厨娘。这个女人有个吃奶的孩子。叶甫盖尼·费奥多雷奇戴一顶鸭舌帽，穿一双高帮儿靴，冬天则穿短大衣。他和医士谢尔盖·谢尔盖伊奇还有出纳员交上了好朋友，他称其他的职员为贵族，对他们避而远之。他的整个寓所里只有一本书——《1881年维也纳医院最新处方》。去给病人看病时他总带着这本书。他每天在俱乐部里打台球,不喜欢打牌。聊天时他非常喜欢使用这样一些字眼,诸如单调无聊的麻烦事,无意义的话,叫你背上恶名,等等。

他一星期来两次医院,巡视病房,给门诊病人看病。灭菌措施的缺乏和拔血罐使他愤慨,但是他又不引进新的秩序,生怕这样会使安德烈·叶菲梅奇受辱。他认为自己的同事安德烈·叶菲梅奇是个老滑头,怀疑他有大笔经费,暗中妒忌他。他可很想霸占他的位置哩。

九

在一个春日的傍晚,时值三月末尾,地面没有积雪,医院的花园里椋鸟正在啼鸣,这时医生送自己的朋友邮政支局局长出去,直至大门口。正好此时乞讨回来的犹太人莫伊谢伊卡走进院子。他没有戴帽子,赤脚穿一双低帮儿套鞋手里捧着装有施舍物的小袋子。

"给个小钱吧!"他对医生说,身子冻得瑟瑟发抖,脸上挂着笑容。

从来不会拒绝的安德烈·叶菲梅奇给了他一枚十

戈比银币。

"这多不好啊，"他望着他那双赤裸的脚和瘦骨伶仃发红的脚踝想道，"都湿了呢。"

于是在一种类似怜悯和厌恶的情感驱使下，他跟随犹太人进了厢屋，时而望望他的秃顶，时而望望他的脚踝。看到医生进来，尼基塔从垃圾堆上一跃而起，挺直了身子。

"你好，尼基塔，"安德烈·叶菲梅奇和蔼地说，"最好给这个犹太人发双靴子，怎么样？要不会感冒的。"

"是，大人。我去报告总务主任。"

"请去吧。你以我的名义向他请求。就说是我请求的。"

从穿堂间到病房的门开着。伊凡·德米特里奇躺在床上，用臂肘支撑着稍稍抬起身子，惊惶地谛听着陌生人的声音，突然认出了医生。因为愤怒，他全身颤抖起来，霍地一下跳起，恶狠狠地涨红了脸，瞪着眼跑到病房中央。

"医生来了！"他喊道，随即哈哈大笑起来，"终于来了！先生们，祝贺你们，医生用他的来访来恩赐我们了！该诅咒的恶棍！"他尖声叫着，而且以病房里众人从未见过的狂暴样子跺了一下脚，"杀了这个恶棍！不，杀死还不够！扔进茅坑淹死他！"

安德烈·叶菲梅奇听到这些话，从穿堂间往病房里望了一眼，柔声柔气地问：

"为什么呢？"

"为什么？"伊凡·德米特里奇露出咄咄逼人的样子，走近他身边，痉挛地用睡袍裹紧身子，喊道，"为什么？小偷！"他厌恶地说，嘴唇做出想吐唾沫的动作，"骗子！刽子手！"

"您安静一下，"安德烈·叶菲梅奇歉疚地一笑说，"我请您相信，我从来没有偷过任何东西，至于其他方面，看来您是过于夸张了。我看到您在生我的气。请安静下来，我请求您，如果可能，请冷静地告诉我，您为什么生气？"

"为什么把我关在这里？"

"因为您有病。"

"不错，有病，可是有数十上百的疯子却在自由游荡，因为你们的无知使你们不可能把他们和健康人加以区别。究竟为什么，我，还有这些不幸的人却要为大家坐在这里当替罪羊？您、医士、总务主任，还有所有医院里的浑蛋，在道德方面比我们每个人不知要低多少，为什么我们倒要坐在这里，你们却不？这是什么逻辑？"

"道德和逻辑这里倒谈不上。一切都取决于机缘。谁被关了，谁就坐在这里，谁没有被关，谁就逍遥自在，就这么回事。至于我当医生，您有精神病，其中既无道德问题，也无逻辑问题，只是一种无实质内容的偶然性。"

"这种怪论我不懂……"伊凡·德米特里奇轻轻说着，坐到了自己床上。

由于医生在场，尼基塔不便对莫伊谢伊卡搜身，所以他便把一块块小面包、纸币和小骨头在自己床上摆开，身子仍然冻得瑟瑟发抖，用犹太语快速地、唱歌般说着什么。大概他想象自己开起了小铺子。

"放我出去。"伊凡·德米特里奇说，他的嗓音颤抖了一下。

"我不能。"

"可为什么？为什么？"

"因为这不取决于我。您想一想，如果我放您出去,对您有什么好处?您走吧。市民或警察会把您扣留,再送回来。"

"不错,不错,这是实话……"伊凡·德米特里奇说道,同时擦了擦自己的前额,"这真可怕!可是我怎么办呢?怎么办?"

伊凡·德米特里奇的嗓音和他年轻、聪明、现出怪相的脸使安德烈·叶菲梅奇喜欢。他想对他温和些,给他些安慰。他和他并排在床上坐下,想了想说:

"您问怎么办?处在您的境地最好的办法是从这里逃走。但是很遗憾,这样做毫无益处。您会被抓住。当社会将自己和罪犯、精神病患者,以及所有不合适的人隔离开来的时候,它是不可战胜的。您能做的只有一件事:心安理得地接受一个思想——您待在这里是必须的。"

"谁都不需要这样做。"

"既然存在监狱和疯人院,那就应该有人关在里面。不是您,就是我。不是我,就是某个第三者。等着吧,当监狱和疯人院结束自己的存在时,那么无论窗户上的栅栏还是病人的睡袍,都将不再存在。当然这样的时代是早晚会到来的。"

伊凡·德米特里奇嘲弄地微微一笑。

"您在开玩笑,"他眯起双眼说,"像您和尼基塔那样的先生,与未来毫无关系,但是您可以相信,仁慈的先生,美好的时代一定会到来!就算我说的俗不可耐,您要嘲笑就嘲笑吧,不过新生活的曙光终将放射出光芒,真理终将取得胜利,而且在我们这条街上将会出现节日的喜庆!我是等不到了,我会死去,但是总有人的子孙后代会等到那一天。我衷心地欢迎他们,感到高兴,为他们高兴!前进!愿上帝保佑你们,朋友!"

伊凡·德米特里奇带着炯炯有神的目光站起来,双手向窗口方向伸去,嗓音里含着激动的情绪,继续说:

"我从这栅栏里向你们祝福!真理万岁!我感到高兴!"

"我找不出可以高兴的特殊理由,"安德烈·叶菲梅奇说道,伊凡·德米特里奇的动作在他看来像在演戏,同时使他非常喜欢,"监狱和疯人院将不复存在,真理也如您所说终将胜利,然而事情的本质却没有变化,大自然的规律依然如故。人们仍然会和现在一样生病、衰老和死亡。无论照亮您生活的曙光多么辉煌,您仍然会被钉在棺材里,扔进墓穴中。"

"那么不灭呢?"

"唉,不说了吧!"

"您不相信,可是您看,我相信。在陀思妥耶夫斯基还是伏尔泰的作品里,有人说过,如果没有上帝,人们也会臆造出一个上帝。我深信如果没有不灭,那么人类伟大的天才早晚会将其发明出来。"

"说得好,"安德烈·叶菲梅奇满意地微笑着说,"您有信念,这很好。有了这样的信念,即使一个藏在壁龛里的人也会生活得很好。您在哪儿受过教育吧?"

"是的,我上过大学,但是没有毕业。"

"您是个善于独立思考、思想深刻的人。在任何情况下您都能在自己内心求得安宁。为追求对生活的理解而自由、深刻地去思考,对世间愚蠢、无谓的奔忙的彻底蔑视,这就是一个人此生的两大洪福。而您却拥有这样的幸福,虽然您身处三重栅栏之内。第欧根尼[1]住在一个木桶内,但是他比世界上所有的君主要

---

[1] 第欧根尼(公元前约404—公元前约323),古希腊犬儒学派哲学家,奉行极端的禁欲主义,故作癫狂至于怪癖。传说他居住在一个木桶内。

幸福。"

"您那第欧根尼是个笨蛋，"伊凡·德米特里奇闷闷不乐地说，"您干吗跟我说第欧根尼，还有什么理解之类的事情？"他突然生起气来，霍地一下跳了起来，"我爱生活，热烈地爱它！我患有受迫害妄想症，一直受恐惧的折磨，但是心里经常有充满对生活渴望的时候，这时我便担心会发疯。我非常想生活，非常想！"

他激动地在病房里走几步，压低了声音说：

"在我幻想的时候，幽灵就会来拜访我。有一些人向我走来，我听到人声、音乐，我觉得我似乎在某处森林和海滨漫步，于是我是那么渴望忙碌、操劳……请告诉我那里有些什么新东西？"伊凡·德米特里奇问道，"那里有些什么新东西？"

"您是想知道关于城市里的事，还是一般情况？"

"那就先讲关于城市的，然后讲一般的情况。"

"有什么好说呢？城市里乏味得叫人难受……没有人可以说话，没有人的话可以听。没有新人。不过不久前来了一个年轻医生霍鲍托夫。"

"趁我在这里他就来了。怎么样，是个粗鲁无礼的人？"

"是啊,一个缺少教养的人。您知道吗,很奇怪……从各方面来看,我们的大都市里没有思想停滞不前的情况,它在运动,就是说那里应当有真正的人,可是不知为什么每次从那里派给我们的都是我看不上的人。不幸的城市。"

"是啊,不幸的城市!"伊凡·德米特里奇叹了口气,笑了起来,"那么一般情况怎么样呢?报纸和刊物上写些什么呢?"

病房里已经暗下来。医生起身站着,开始告诉他国外和俄国国内都写些什么报道,出现什么样的思想动向。伊凡·德米特里奇专心地听着,提一些问题,然而猛然间他仿佛想起了哪一件可怕的事,抓住自己的脑袋,背对着医生躺到床上。

"您怎么啦?"安德烈·叶菲梅奇问。

"您别想从我这儿再听到一句话!"伊凡·德米特里奇粗暴地说,"别管我!"

"究竟为什么呢?"

"我告诉您,别管我!何必呢?"

安德烈·叶菲梅奇耸耸肩,叹了口气就走了出去。经过穿堂间时他说:

"尼基塔,能不能将这里打扫一下……气味难闻极啦!"

"是,大人。"

"多么讨人喜欢的一个年轻人。"安德烈·叶菲梅奇走回自己寓舍时忖道,"在我住在此地的全部时间里,这似乎是第一个我可与之交谈的人。他善于思考,关心的正是需要关心的事。"

在阅读的时候和后来躺在床上的时候,他一直在想伊凡·德米特里奇,而翌日清晨醒来的时候他想到昨天结识了一个聪明而有趣的人,于是决定一有空再去看他。

十

伊凡·德米特里奇采取和昨天相同的姿势躺着,双手抱头,双腿紧缩,看不到他的脸。

"您好,我的朋友,"安德烈·叶菲梅奇说,"您不是在睡觉吧?"

"首先,我不是您的朋友,"伊凡·德米特里奇把头埋在枕头里说,"其次,您这是枉费心机——您从我口中套不出一句话。"

"怪了……"安德烈·叶菲梅奇尴尬地自语说，"昨天我们谈得那么投机，可是您突然间觉得受了委屈，一下子把谈话中断了……也许我说得不怎么妥当，或者可能是我说出了与您的信念不一致的思想……"

"是啊，我是这么相信您！"伊凡·德米特里奇稍稍抬起身子嘲笑而惶恐地望着医生说，他的眼睛是红的。"您可以到别的地方去做密探，去打听，在这儿您可就无所作为了。我昨天就明白您是干什么来了。"

"奇妙的想象！"医生冷冷一笑，"就是说您认为我是密探？"

"是的，我认为……对我进行试探的密探或医生，这两者是半斤八两。"

"唉，您啊，请原谅我说句实话，可真是个怪人！"

医生在床边的方凳上坐下，责备地摇了摇头。

"可是就算您说对了，"他说道，"就算我采用叛徒的手段抓住您的把柄把您出卖给警察，您将被捕，然后受审。但是在法庭上和监牢里，难道您的处境会比这里差？如果判您永久流放甚至服苦役，难道比在这间厢屋里更坏？我认为不会更坏……您究竟怕什么呢？"

看得出来，这些话在伊凡·德米特里奇身上起了作用。他安静地坐了起来。

当时是傍晚五点，是平时安德烈·叶菲梅奇在自己房间里踱步，达里尤什卡问他是不是该喝啤酒的时候。外面的天气宁静而晴朗。

"我是吃完饭出来散散步，就顺便走了过来，这您看见了，"医生说，"完全是春天啦。"

"现在是几月？三月吗？"伊凡·德米特里奇问。

"是啊，三月底啦。"

"外面地上还泥泞吗？"

"不了，不太泥泞了。花园里已经露出了小路。"

"现在乘车到城外哪儿走走才好呢，"伊凡·德米特里奇说道，一面揉着自己那双发红的眼睛，仿佛刚睡醒似的，"然后回家，走进温暖舒适的书房，接着……到一个像样的医生那儿治头痛病……我很久没有过人一样的生活了。这里，真讨厌！讨厌得叫人无法忍受！"

经过昨天的兴奋激动，他疲倦了，无精打采的，懒得说话。他的手指在颤抖，从脸色看得出他头痛得厉害。

"温暖舒适的书房和这间病房没有任何区别,"安德烈·叶菲梅奇说,"人的安宁和满足不在他的身外,恰恰在他的内心。"

"也就是,怎么说?"

"一般人期望从外部,也就是从马车和书房得到好的或坏的东西,而一个善于思考的人则以自身来衡量。"

"您到希腊鼓吹这套哲学去,那里气候温和,酸橙花飘香,这里的气候对它不合适。我跟谁说过第欧根尼来着?跟您是不是?"

"是的,昨天跟我。"

"第欧根尼并不需要书房和温暖的房屋。没有这些那里已经够热了。让自己躺在木桶里,吃着橙子和橄榄果吧。如果把他带到俄国来生活,那他不用到十二月,到五月就要求进屋去了。恐怕身子要缩成一团了。"

"不。寒冷和任何一般的疼痛一样,也可以不去感知它。马可·奥勒留[1]说过:'疼痛是生命体关于疼痛

---

[1] 马可·奥勒留(121—180),罗马帝国五贤帝时代曾任皇帝,依靠元老阶层的支持恢复对亚美尼亚的保护,通过对帕提亚人的战争攫取了美索不达米亚。哲学著作有《沉思录》。

的一种印象——通过意志的努力改变这个印象，抛弃它，停止诉苦，疼痛便消失了。'这是正确的。圣贤，或者简单地说善于思考、思想深刻的人的特点就在于他蔑视苦难；他总是心满意足，对什么也不觉奇怪。"

"就是说我是白痴，因为我受苦受难，心怀不满，对人的庸俗性感到奇怪。"

"您这样想是无用的。如果您经常去深入思考，您就会明白，外部那一切使我们激动不安的东西是那么微不足道。需要努力去感悟生活，而在感悟中就会有真正的幸福。"

"感悟……"伊凡·德米特里奇皱起了眉头，"外部的，内心的……对不起，这些事我理解不了。我只知道，"他一面站起来，一面气呼呼地看着医生说，"只知道上帝用热血和神经创造了我，是的！有机组织如果是有生命力的，那么它对各种刺激应当有反应。我就有反应！对疼痛我报以叫喊和眼泪；对下流行为，我表示愤怒；对卑鄙的事情我表示反感。我认为，从本意讲这就叫生命。有机体越低级，它的敏感度就越小，对刺激反应也越弱；越高级，那么它对现实的反应就越敏感和强烈。怎么不知道这个道理呢？一个医生,竟然连这样的小事也不知道!为了蔑视痛苦,永远知足和对任何事情不觉得奇怪,就需要达到这种状态,"说着伊凡·德米特里奇指了指长满一身肥肉的农民,"或者用苦难磨炼自己,直至对它失去感觉的程度,换句话说,就是停止生存。请原谅。我不是圣贤,也不是哲学家,"伊凡·德米特里奇激动地往下说,"对此我一无所知。我不会讲大道理。"

"相反,您讲的道理十分精彩。"

"您拙劣地效仿的斯多葛派[1]哲学家都是些杰出的人,然而他们的学说在两千多年前就僵化了,没有点滴进步,也不会进步,因为它不切实际也没有生命力。这种学说只在少数人中间获得成功,这些人在对形形色色的学说的深入钻研和细细品味中度过人生,大部分人不理解这种学说。鼓吹对财富和舒适的生活无动于衷、对苦难和死亡不屑一顾的学说,在数量巨大的多数人看来是不可理解的,因为无论财富还是生活的舒适,大多数人从来就没有领略过;而对苦难不屑一顾,对他们来说就意味着对生命本身不屑一

---

[1] 公元前3世纪初开始形成的古希腊哲学流派。

顾，因为人的整个生命体就是由对饥饿、寒冷、屈辱和哈姆雷特式的面对死亡的恐惧的感觉构成的。全部生命就存在于这些感觉之中；可以因它而苦恼；可以对它仇恨，但不是蔑视。是的，所以我再说一遍，斯多葛派的学说永远不会有前途，从二十世纪初至今，人们一直在鼓吹斗争、对痛苦的敏感、对刺激反应的能力……"

伊凡·德米特里奇的思路突然混乱了，停了下来，懊丧地擦了擦前额。

"我想说一个重要的话题，可是说离题了，"他说，"我说什么来着？对了！我说的就是这件事：有一位斯多葛派学者为了替自己的一个近亲赎身，将自己卖身为奴。您看到了，就是说连斯多葛派学者也对刺激有反应，为了做出舍己为人这样一个宽宏大度的行为，需要一个充满激愤之情、富于同情的心灵。我在这儿的监牢里把曾经学过的一切都忘了，否则还能记起什么来。以基督为例好吗？基督对现实的回答是哭泣、微笑、忧伤、愤怒，甚至怀念；他并未含着笑容去受难，也不蔑视死亡，而是在客西马尼园里祈祷让这杯离开他。[1]"

伊凡·德米特里奇笑了起来,坐了下去。

"就算安宁和满足不在他的身外,而在他的内心,"他说,"就算需要对苦难不屑一顾,对任何东西都不感到奇怪,可是您凭什么来宣扬这一点?您是圣贤?哲学家?"

"我不是哲学家,但是每一个人都应当宣扬这一点,因为它合乎情理。"

"不,我想知道为什么在理解对苦难的蔑视和其他问题上,您把自己看作行家里手呢?难道您曾经受过苦难?您有关于苦难的概念?请告诉我:您小时候受过鞭打吗?"

"不,我父母对体罚是反感的。"

---

1 客西马尼园是耶路撒冷城外橄榄山侧的一座小园,耶稣常在此祈祷。"这杯"指盛葡萄酒的酒杯,耶稣曾对十二门徒说这杯中之酒是他立约的血。耶稣知道自己被犹大出卖后,在客西马尼园里祷告说:"我父啊!倘若可行,求你叫这杯离开我。"(《圣经·新约·马太福音》26章20—39节)。俄文原文"让这杯离开他"作"чтоб его миновала чаша сия"。миновала(或минует)чаша сия кого-л,在俄语里已经成为一个成语,意即"不使某人受苦",本文中译者还是按字面直译,而没有按成语的含义翻译,因为有《圣经》的典故,特此说明。

"可是我的父亲曾残暴地打过我。我父亲是个专横、患有痔疾的官员，有长长的鼻子和黄黄的脖子。不过我们要谈的是您。您一生中没有人用手指碰过您一下，没有人吓唬过您，把您打得畏畏缩缩，您像头牛一样健壮。您在父亲的卵翼下成长，靠他供给您读书，然后马上到手一个待遇优厚的挂名差事。二十多年里您都住在免费公寓里，有取暖装置、照明设备，有仆役，同时有权随心所欲地工作，即使什么事也不做。您生来是个懒散、意志薄弱的人，所以努力把自己的生活安排得什么也不用您担心，什么也不会使您稍有动弹。您把事情交给医士和其他一些浑蛋去办，自己则坐在暖和安静的地方，积攒钱财，阅读书籍，陶醉于沉思各式各样高雅的荒唐事，而且（伊凡·德米特里奇望了望医生的红鼻子）喝啤酒。总而言之，您没有见过生活，完全没有认识它，您对现实只有理论上的认识。而您蔑视苦难，什么也觉得不足为奇，凭的就是一个十分简单的理由：尘世万事皆空，无论表面上还是内心里对生存、苦难和死亡都不屑一顾，要明白事理，追求真正的幸福——这一切都是最适合俄国懒汉的空头议论。比如您看见农民殴打妻子，管

161

他干吗?让他揍去吧,反正两个人早晚都会死的;而且打人的人以他的殴打行为所侮辱的不是被打的人,而是他自己。酗酒是愚蠢的,有伤大雅,但是喝酒会死,不喝酒也会死。一个女人来了,害牙痛病……这算什么呢?疼痛不过是关于疼痛的印象,而且在这个世界上没有疾病你就活不下去,我们都会死去,所以女人你滚吧,别打扰我思考和喝酒。一个年轻人请教怎么办,如何生活,要是换一个人在回答前会沉思起来,而这里却已经有现成答案:努力去理解和追求'真正的幸福'。而这虚无缥缈的'真正的幸福'是什么呢?当然答案是没有的。我们被拘禁在这栅栏里面,忍受煎熬,受尽折磨,而这却是美好和合乎情理的事,因为这间病房与温暖舒适的书房之间并无任何区别。真是适宜的哲学:既无事可做,又良心很纯洁,还觉得自己是圣贤……不,先生,这不是哲学,不是思维,不是视野开阔,而是懒惰,是江湖骗术,是昏睡……是的!"伊凡·德米特里奇又变得很生气,"您蔑视苦难去吧,说不定您被门夹了手指,那时您就会啊的一声叫出来!"

"也可能我不叫。"安德烈·叶菲梅奇温和地莞尔一笑说。

"那当然啰!如果您突然间瘫痪了,或者假设有个傻瓜或无耻之徒利用自己的地位和头衔当众羞辱您,而您知道他会平安无事不受惩罚,这时您也许就明白了什么叫让别人去寻求理解和'真正的幸福'了。"

"您的想法非常独特,"安德烈·叶菲梅奇满意地笑着,搓着双手说道,"您身上善于总结的天赋使我甘拜下风,而您刚才为我做的评语简直是出色的。老实说,和您谈话使我得到巨大的快慰。好吧,我倾听了您的意见,现在请您也听听我的吧……"

十一

这次谈话又延续了大约一个小时,看样子给安德烈·叶菲梅奇留下了深刻印象。他开始每天往厢屋里走。每天早晨和午后他都到那里去,而且经常在与伊凡·德米特里奇的交谈中迎来昏暗的暮色。起初伊凡·德米特里奇见着他有点怕生,怀疑他居心不良,公开表示对他的反感,后来对他习惯了,于是对他的态度也由激烈变成了宽容而含讥刺的神态了。

不久医院里传开一种流言,说安德烈·叶菲梅奇开始经常拜访六号病房。任何人——无论医士、尼基塔还是助理护士,都无法理解为什么他常往那儿去,为什么他在那儿一坐就是整整几个小时,谈些什么内容,为什么不开药方。他的行为看起来有点怪异。米哈伊尔·阿维里扬内奇在他家里经常见不到他,这样的事以前从来没有过,达里尤什卡也很为难,因为医生喝啤酒已经没有固定时间,有时连午饭也赶不上。

一次,这是六月底的事了,霍鲍托夫医生因事来找安德烈·叶菲梅奇。由于家里没见着他,就到院子里去找。那里有人告诉他老医生去看精神病患者了。走进厢屋,在穿堂间停下脚步时霍鲍托夫听到了这样的对话:

"我们永远不会取得一致。您要我接受您的信仰是做不到的,"伊凡·德米特里奇激动地说,"您根本不了解现实,您从来没有受过苦,而只是像负泥虫那样在他人痛苦的旁边觅食维生,我呢,出生至今不停地在受苦。所以我坦率告诉您:我认为自己比您高明,在各方面也更精通。轮不到您来教训我。"

"我完全没有要您接受我的信仰的意思,"安德烈·叶菲梅奇说的时候声音轻轻的,带着因为别人不愿理解他而遗憾的神情,"问题不在这里,我的朋友,问题在于您受过苦,而我没有。痛苦和欢乐是暂时的,咱们别去管它们,上帝和它们在一起。问题在于我和您都在思考,彼此认为对方是有能力思考和推理的人,这一点就能使我们取得一致意见,不管我们的观点有多大的区别。要是您知道,我的朋友,狂妄、平庸、迟钝令我多么厌恶,每次和您交谈我又是多么快乐,该有多好!您是个聪明的人,您使我不胜快乐。"

霍鲍托夫把门推开一俄寸[1]宽的缝,向病房里望了一眼。伊凡·德米特里奇戴着尖顶帽,安德烈·叶菲梅奇和他并排坐在病床上。疯子装着鬼脸,哆哆嗦嗦地用睡袍裹着身子,医生坐着纹丝不动,他的脸色红红的,显出无奈、忧郁的神情。霍鲍托夫耸耸肩,冷笑一下,和尼基塔交换了一下眼色。尼基塔也耸耸肩。

第二天霍鲍托夫和医士一起来到厢屋,两人站在穿堂间偷听。

"我们这位老爷子好像完全吓破胆了!"霍鲍托夫从厢屋里出来时说道。

---

[1] 1俄寸约合4.4厘米。

"主啊,饶恕我们这些有罪的人吧!"衣着讲究的谢尔盖·谢尔盖依奇说道,一面小心地绕过一片水洼,以免弄脏了擦得锃亮的靴子,"说实话,尊敬的叶甫盖尼·费奥多雷奇,我早就料到会出这种事!"

十二

打这以后安德烈·叶菲梅奇发觉周围有了一种神秘气氛。男勤杂工、助理护士和病人遇见他时用一种疑问的眼光看着他,然后就窃窃私语。小姑娘玛莎是总务主任的女儿,他很喜欢在医院的花园里遇见她,现在当他笑吟吟地靠近她走去,想抚摸一下她的小脑袋时,不知为什么她从他身边逃了开去。邮政支局局长米哈伊尔·阿维里扬内奇在听他说话时已经不说"完全正确"了,而是露出难以捉摸的尴尬表情,喃喃说道:"是的,是的,是的……"而且若有所思、神情凄楚地望着他。他不知什么缘故开始劝说自己的朋友戒掉伏特加和啤酒,不过作为态度委婉的人,这些话他没有直说,而是用暗示,有时讲述一个营长,是个挺不错的人,有时讲述一个团的神父,是个可爱的年轻人,他们俩都喝酒而且害了病,但是戒酒以后就完全康复了。同事霍鲍托夫也来看过安德烈·叶菲梅奇两三回；他也劝他放弃酒精类饮料，而且没有任何明显的理由，建议他服用溴化钾。

八月份安德烈·叶菲梅奇接到市长的来信，请他前去商讨一件非常重要的事。在指定时间来到市参议会时，安德烈·叶菲梅奇在那里遇到了地方军事长官，县立学校校长，参议员，霍鲍托夫，还有一位有浅色头发的胖先生，他是作为医生被介绍的。这位医生有一个难念的波兰姓氏，住在离城三十俄里的育马场，现在是顺路进城。

"这里有一份和您的科室有关的申请，"在互致问候、全体在桌边就座后，参议员对安德烈·叶菲梅奇说，"现在叶甫盖尼·费奥多雷奇说药房放在主楼有点挤，应当把它迁进一间厢屋去。这当然没有问题，可以搬迁，但是主要原因是厢屋打算修理了。"

"不错，不修不行了，"安德烈·叶菲梅奇想了想说，"如果，比方说，把拐角处的那间厢屋改为药房，我估计至少[1]得花五百卢布。这笔开支是非生产性的。"

---

[1] "至少"两字原文为拉丁文 minimum。

大家沉默了一会。

"我在十年前就有幸打过报告，"安德烈·叶菲梅奇轻声说，"这所医院按目前的样子对城里来说是一种与它的设施不相称的奢侈。它是二十世纪四十年代建的，可当时并不是那些设施。城市花在不必要的建筑和多余人员上的开支太多了。我想，用其他的办法，这些钱够造两所模范医院了。"

"那就让我们用其他办法吧！"参议员紧接着说。

"我已经有幸打过报告，请把医疗部门划归地方自治局管理。"

"是啊，那就把钱也转给地方自治局，可它会把钱偷走。"长着浅色头发的医生笑了起来。

"有这种情况。"参议员附议说，也笑了起来。

安德烈·叶菲梅奇无精打采、表情呆板地看看长着浅色头发的医生说：

"得秉公办事。"

大家又不吭声了。端上了茶水。军事长官不知为什么显得很不好意思，隔着桌子碰了碰安德烈·叶菲梅奇的手臂说：

"您把我们完全忘记了，医生。不过您是个修士人,不打牌,也不喜欢女人。您和我们这号人一起会觉得乏味。"

大家开始谈一个体面人在这座城市里生活是多么枯燥乏味。既没有戏院,也没有音乐,而最近一次在俱乐部举行的跳舞晚会上有大约二十个女士,男舞伴却只有两个。青年人不跳舞,老是聚集在小吃部旁边,或者打纸牌。安德烈·叶菲梅奇已经不看任何人,开始缓慢地轻声叙述,说城里的居民把生命的精力、心思和智慧都浪费在纸牌和蜚短流长上了,不会也不想在有趣味的交谈和阅读中度过时光,不想领略智慧所给予的享受,这是多么可惜、多么令人深深遗憾的事情。只有智慧才是有趣味和精彩的,其余的一切都是渺小低下的。霍鲍托夫专心地听着自己的同事,蓦然发问道:

"安德烈·叶菲梅奇,今天几号?"

得到回答以后,他和长着浅色头发的医生以一个感觉到自己是个笨拙的考试官的语气开始问安德烈·叶菲梅奇今天星期几,一年有几天,六号病房里住着一个了不起的预言家,此事是否真实。

在回答最后一个问题时安德烈·叶菲梅奇脸红

了,说道:

"是的,这是个病人,不过是个有趣的年轻人。"

没有人再向他提任何问题。

当他在前厅穿大衣时,地方军事长官把一只手搭在他肩膀上,叹息说:

"咱们老人该休息了!"

走出参议会后安德烈·叶菲梅奇明白了,这是一个旨在检测他的思维能力的委员会。他想起了他们向他提出的问题,脸红了,不知为什么现在他第一次开始为医学感到沉痛的愧惜。

"我的天哪,"他在回忆两个医生刚才对他的盘问时想道,"他们可是不久前才听过精神病学这门课,刚刚通过了考试——这种彻头彻尾的无礼行为是怎么来的?他们连精神病学的概念都没有呀!"

于是平生第一次他觉得自己受了侮辱,所以非常气恼。

当天傍晚米哈伊尔·阿维里扬内奇在他家里。邮政支局局长没有向他问好就走到他跟前,握住他的双手,用激动的声音说道:

"亲爱的,我的朋友,请您向我证明您相信我对您真诚的敬仰，认为我是您的朋友……我的朋友！"他不让安德烈·叶菲梅奇说话，继续激动地说道，"我喜欢您的教养和高尚心灵的。您听我说，我亲爱的。科学的规则要求医生必须对您隐瞒真相，可是我要像个军人那样说真话：您有病！请原谅我，我亲爱的，但这是真的，这一点周围所有的人早就觉察到了。刚才叶甫盖尼·费奥多雷奇对我说，为了有益于您的健康，您必须休息和治疗。完全正确！好极了！这几天我请了假，出去换换空气。请向我证明，您是我的好朋友，咱们一起走！咱们走吧，还是跟当年那样生活。"

"我觉得自己完全健康，"安德烈·叶菲梅奇想了想说，"出门去我做不到。请允许我用其他什么方式向您证明我的友情吧。"

无缘无故地到某个地方去，没有书，没有达里尤什卡，没有啤酒，突然打破二十年来建立的生活秩序，这样的想法他一开始就觉得很陌生，是一种空想。然而他想起了在参议院时的对话，他从参议院回家时所体验到的沉重心情，还有在短期内离开愚蠢的人们把他当作疯子的这座城市的想法，于是向他露出了微笑。

"您本人打算去哪儿呢？"他问道。

"去莫斯科,去彼得堡,去华沙……在华沙我度过了一生中最幸福的五年。这是个多么迷人的城市!咱们去吧,我亲爱的!"

十三

一个星期以后,安德烈·叶菲梅奇被建议休息,即提交辞呈,对此他毫不在意,倒是又过了一个星期以后,他和米哈伊尔·阿维里扬内奇已经坐上邮局的四轮马车前往最近的一个火车站。那几天气候凉爽,天气晴朗,一抹蓝天,远景空明。到火车站的两百俄里地行驶了两天两夜,沿途两次留宿。当驿站的人端来喝茶的杯子洗得很不干净,或者套马费时太久时,米哈伊尔·阿维里扬内奇脸涨得通红,浑身发抖,大声吼道:"别说了!别强词夺理了!"坐在马车里他一分钟也不消停,一直在讲述自己在高加索和波兰王国的旅行。有多少历险,多少邂逅!他大声说话,装出惊讶不已的眼神,凭这眼神就可以觉察他在说谎。此外,他还向安德烈·叶菲梅奇脸上喷气,对着他的耳朵大笑。这使医生很难受,也影响他思考和集中心思。

出于节约的考虑,他们乘坐的是三等车,一个不吸烟车厢。乘客中有一半是上层人士。米哈伊尔·阿维里扬内奇很快就和大家混熟了，在一张张椅子间来回走动，大声说不该走这条令人生气的路，这是彻头彻尾的诈骗行为！骑马可就不同啦：一天赶上一百俄里，然后你就会感到自己身体健康，神清气爽。我们那儿歉收是因为平斯克沼泽干涸了。各方面都太混乱。他很激动，大声说话，也不让别人说。这种掺杂着响亮笑声和生动手势的无休止的闲聊，使安德烈·叶菲梅奇感到疲乏。

"我们两个人究竟谁是疯子？"他沮丧地想，"是努力对乘客不加任何干扰的我呢，还是这个自以为最聪明、最有趣味，因而不给任何人安宁的自私者？"

在莫斯科米哈伊尔·阿维里扬内奇穿上没有肩章的军礼服和镶红色边线的裤子。在街上他戴着军官制帽，穿上披风，士兵见了他都行军礼。现在安德烈·叶菲梅奇觉得这是一个曾经有过贵族气质的人，但是所有贵族气质中好的作风都被他糟蹋尽了，剩下的只是坏习气。他喜欢别人伺候他，甚至在根本不必要的情况下。火柴就放在他面前的桌子上，他明明看得见，却大声叫来仆人给他拿火柴；当着女仆的面他穿着内衣不觉得难为情;对仆人不加区分地称"你"[1],甚至连对老人都一样;生起气来就叫他们笨蛋、傻瓜。这正如安德烈·叶菲梅奇所感觉的,是一种老爷派头,却是令人厌恶的。

米哈伊尔·阿维里扬内奇首先带自己的朋友去了伊维尔教堂。他热情地做了祈祷,深深地叩首,含着眼泪,祷告完了深深地叹息了一声,说道:

"虽然你不相信,但是在你祷告的时候心里似乎会感到安宁。去吻吻吧,亲爱的。"

安德烈·叶菲梅奇显得有点尴尬,吻了吻圣像,而米哈伊尔·阿维里扬内奇噘起嘴,摇着脑袋,又悄声祷告了一会,他的眼眶里又滚出了泪水。然后两人去了克里姆林宫,在那里参观了炮王和钟王[2],甚至用手指摸了摸,眺望了莫斯科河南岸的市区景色,到了救世主教堂和鲁米扬采夫博物馆。

在台斯托夫餐馆用了午餐。米哈伊尔·阿维里扬

---

[1] 在沙俄时代有教养的贵族对仆人都是称"您"的。
[2] 炮王,造于1586年的大炮,重四十吨,原为保卫克里姆林宫而制,未发过一弹。钟王造于1733—1735年,重二百余吨,铸就后尚未冷却即遇火灾,被灭火时的冷水所浇,因而爆裂一大块钟体。现两者都存于克里姆林宫展出。

内奇一面捋着络腮胡,一面久久地看着菜单,以一个在餐馆如同在家一样感觉自如的美食家的口吻说道:

"咱们看今天您用什么招待我们,天使!"

十四

医生走也走了,看也看了,吃也吃了,喝也喝了,然而他心里只有一种感觉:对米哈伊尔·阿维里扬内奇恼火。他想撇开朋友休息一会,离开他,躲起来,而朋友却认为自己有责任不放他离开一步,并向他提供尽可能多的消遣。等到没有什么可以参观时他就用聊天来帮他消遣。安德烈·叶菲梅奇熬了两天,但是到第三天对朋友宣称自己病了,想整天待在家里。朋友说既然这样他也留下来。事实上也该歇息一会了,否则腿也吃不消。安德烈·叶菲梅奇脸孔朝里躺在沙发上,咬紧牙听自己朋友的唠叨,那一位正兴奋地说服他相信法国早晚一定会把德国打得落花流水,莫斯科骗子非常多,光凭马的外表不可能判断它的优点。[1]医生的耳朵里开始嗡嗡作响,心跳开始加快,但是出

---

[1] 作者在这里表现的是医生的朋友邮政支局局长海阔天空的聊天,所谓"法国打败德国""莫斯科骗子"是互不相干的事情。

于礼貌，要请朋友走开或闭嘴，他又犹豫了。幸好米哈伊尔·阿维里扬内奇在客房待腻了，所以午饭以后他出去溜达了。

只剩下一个人后，安德烈·叶菲梅奇可以尽情享受休息的滋味了。一动不动地躺在沙发上，意识到自己独自待在房间里，这有多惬意！真正的幸福不可能没有孤身独处。被撵出天国的天使之所以背叛上帝，大概是想孤身独处，而这一点天使们是不知道的。安德烈·叶菲梅奇想思考近几天自己看到和听到的事，但是米哈伊尔·阿维里扬内奇没有离开过他的脑海。

"可他却是出于友情，出于博大的胸怀才请了假和我一起出来的，"医生沮丧地想道，"没有比这个友好的庇护更坏的了。看起来好像既善良又大度又开心，可是无聊，无聊得叫人受不了。同样，常有一些人，他们总是只说聪明好听的话，你却觉得他们是些冥顽不灵的人。"

此后相继的日子里安德烈·叶菲梅奇自称有病，没出过客房。他面对沙发靠背躺着，在朋友用聊天来替他解闷时忍受着煎熬，或者当朋友不在时就休息。他为自己的出行而恼火，也为自己的朋友变得越来越唠叨、越来越肆无忌惮而恼火；要将自己的思绪调整到认真的、高层次的状态，他怎么也做不到。

"这是伊凡·德米特里奇所说的现实对我产生了影响，"他忖道，同时为自己的斤斤计较而生气，"不过，荒唐……反正回家就一切照旧了。"

在彼得堡也同样：他整天不出客房，躺在沙发上，只在要喝啤酒时才起来。

米哈伊尔·阿维里扬内奇老催着去华沙。

"亲爱的，我去那儿干吗？"安德烈·叶菲梅奇用央求的声音说，"您一个人去吧，我呢，请允许我回家吧！求您了！"

"无论如何不行！"米哈伊尔·阿维里扬内奇反对说，"这是座迷人的城市。在那里我度过了我一生中最幸福的五年。"

安德烈·叶菲梅奇缺乏坚持自己意见的个性，所以迫不得已去了华沙。在这里他没有走出过客房，躺在沙发上，既生自己的气，又生朋友的气，还生仆人的气，因为后者顽固地不愿意听俄语，而米哈伊尔·阿维里扬内奇则和平时一样，身体健康，神清气爽，心情愉快，从早到晚满城游荡，寻找自己的老相识。有几次他没有回来过夜。有一夜不知他在哪儿过的,那一夜过后他一清早回来时处于极度兴奋的状态,面孔涨得通红,头发也没有梳理。他长久地在房间里来回踱步,喃喃自语,然后停下脚步说道:

"名誉第一!"

他又踱了一会步,双手抓住脑袋,用悲哀的语气说:

"是的,名誉最重要!这该死的一瞬间,使我脑瓜里第一次想到要去巴比伦!亲爱的,"他向着医生说,"您蔑视我吧!我赌输了!给我五百卢布!"

安德烈·叶菲梅奇数出五百卢布,默默地交给了自己的朋友。那一位还在因羞愧和愤怒而脸涨得通红,前言不搭后语地发了一通无用的誓,戴上军官制帽就出门去了。过了大约两个小时他回来了,往安乐椅里猛然坐下,大声叹了口气说:

"名誉捡回来啦!咱们走,我的朋友!这该死的城市我一分钟也不想待了。骗子!奥地利奸细!"

两个朋友回到自己的城市已是十一月,街上积了厚厚的雪。安德烈·叶菲梅奇的职位已经被霍鲍托夫霸占;他还住在原来的住所,等待安德烈·叶菲梅奇回来腾空医院的公寓。被他称为厨娘的那个其貌不扬的女人已经住进厢屋中的一间。

城里正在传播有关医院的新流言。据说那个其貌不扬的女人和总务主任吵过嘴，后者似乎跪着爬到她跟前请求她宽恕。

安德烈·叶菲梅奇回来的第一天就不得不为自己去寻找住所。

"我的朋友，"邮政支局局长胆怯地对他说，"请原谅我提个无礼的问题：您有多少钱？"

安德烈·叶菲梅奇默默地数了数自己的钱，说道：

"八十六卢布。"

"我问的不是这个，"米哈伊尔·阿维里扬内奇未明白朋友的话，尴尬地说，"我问的是您总共有多少财产？"

"我已经告诉您了：八十六卢布……其他一无所有了。"

米哈伊尔·阿维里扬内奇认为医生是个诚实、高尚的人，但仍然怀疑他至少有两万卢布的家产。现在得知安德烈·叶菲梅奇是个穷人，无以维生后，他哭了起来，拥抱了自己的朋友。

十五

安德烈·叶菲梅奇住在女市民别洛娃的一所有三个窗户的小屋里。这所房子不算厨房只有三个房间。其中两个有临街窗户,医生住了,第三个房间和厨房则住着达里尤什卡、女市民和三个孩子。有时女房东的相好来过夜,这是个醉汉,每到夜里大吵大闹,闹得孩子和达里尤什卡饱受惊吓。他一来,往厨房里一坐,开始要伏特加,大家都变得很不舒服,于是出于怜悯,医生把哭泣着的孩子带到自己房里,安顿在身边的地板上。这给他带来巨大的快慰。

他照旧在八点钟起床,喝过茶以后就坐下来阅读旧的书刊。他已经没有钱买新书了。不知因为是旧书,还是可能因为时过境迁,阅读已不能将他深深吸引,而使他觉得疲倦。为了不在无聊中虚度光阴,他为自己的藏书编了详细目录,往书脊上贴上小标签,他觉得这种机械呆板、耐心细致的工作比阅读更有趣。单调细心的工作以某种难以理解的方式使他陶然忘我,他什么也不想,时间却飞快地流去了。甚至坐在厨房里和达里尤什卡一起洗马铃薯或从荞麦米中挑拣杂质,他也觉得有趣。逢星期六和星期天他便去教堂。

站在墙边合上眼睛的时候,他听着圣歌,想着他父亲、母亲、大学、宗教,他心里觉得安宁、忧郁,然后在离开教堂的时候,他惋惜自己的工作这么快就结束了。

他两次到医院去看伊凡·德米特里奇,为的是和他聊聊。但是伊凡·德米特里奇都异常激动和恼怒,他要求让他安宁,因为对于空洞的闲聊他早已厌倦,说为了所受的一切苦难他只求该死的卑鄙小人们给他一个奖赏——单独拘禁。难道连这一点都拒绝吗?当安德烈·叶菲梅奇两次向他道别并祝他晚安时,他吼着说:

"见鬼去吧!"

所以安德烈·叶菲梅奇现在拿不定主意,要不要再一次去看他,而内心里却想去。

往常安德烈·叶菲梅奇在午后要在各个房间里来回走动,想想心思,如今从午餐后到晚茶时间,他就脸向靠背躺在沙发上,沉浸在怎么也无法排遣的无谓思绪中。他感到委屈,他工作了二十多年,可是竟然既无养老金,也不发一次性津贴。确实,他工作得并不尽心,可是所有公职人员不论他们工作是否尽心都领养老金。现代的公正就在于官阶、勋章和养老金,不是对道德品质和能力的奖励，而是对所有公职人员的奖励，无论这公职尽得怎么样。为什么他一个人竟要成为例外呢？他已经身无分文。他不好意思从小铺子门口走过并面对女房东。为了喝啤酒他已经欠了三十二卢布。女市民别洛娃那里他也欠了钱。达里尤什卡悄悄卖掉旧衣服和旧书，向女房东谎称医生会得到一大笔钱。

他生自己的气，因为在旅行中花光了积攒起来的一千卢布。这一千卢布怎么说现在也能派上点用场！他恼恨人们不让他安宁。霍鲍托夫把不时看望有病的同事看作自己的责任。安德烈·叶菲梅奇觉得他身上样样东西令人讨厌：无论吃得饱饱的脸色，还是令人难受的宽容语气，或者"同事"这个称谓，还有那双高筒靴子；最叫人反感的是他认为自己有责任给安德烈·叶菲梅奇治病，而且以为他确实在看病。每次来访他都带来小瓶溴化钾和一些大黄丸。

米哈伊尔·阿维里扬内奇也认为自己有责任看望朋友，帮他散心。每次进屋来看安德烈·叶菲梅奇，他都装出无拘无束的样子，不自然地哈哈大笑，开始告诉他，今天他气色特别好，上帝保佑，他正往康复方向发展,由此可以得出结论,实际上是他认为自己朋友的病情已经没有希望了。他没有偿还自己在华沙欠的钱,所以被一种沉重的羞耻感搅得很苦恼,因此也就努力笑得响一些,说些更可笑的话。他的笑话和故事似乎没完没了,无论对安德烈·叶菲梅奇还是他自己,都是很难受的事。

他在场的时候安德烈·叶菲梅奇通常面向墙壁躺在沙发上,咬紧牙关听他说话;怨愤之情在他心头一层层地累积起来,每次朋友看过他后,他就觉得这种怨愤越积越高,仿佛涌向喉咙口了。

为了压制这些无意义的感情,他赶紧去想,无论他自己,还是霍鲍托夫和米哈伊尔·阿维里扬内奇,早晚都得死掉,在自然界不留下点滴痕迹。如果设想一万年以后有一个精灵在太空从地球旁边飞过,那它看到的只是泥土和光秃秃的岩石。一切——无论文化还是道德规范——都没有了,连野草都不长。面对小铺子老板的羞耻,什么都不是的霍鲍托夫,米哈伊尔·阿维里扬内奇沉重的友谊,都有什么意义呢?所有这一切都是荒诞无稽、微不足道的。

然而这些想法已经无济于事。只要他一设想一万年后的地球,岩石后面就露出了穿着高筒靴的霍鲍托夫,或者紧张地哈哈大笑的米哈伊尔·阿维里扬内奇,甚至还听到羞答答的细语:"至于华沙欠的那笔钱,亲爱的,这几天就还……一定还。"

十六

一天午后米哈伊尔·阿维里扬内奇来到时,安德烈·叶菲梅奇正躺在沙发上。凑巧这时霍鲍托夫带着溴化钾也来了。安德烈·叶菲梅奇吃力地抬起身子,坐着,双手支在沙发上。

"亲爱的,今天啊,"米哈伊尔·阿维里扬内奇开始说,"您的脸色比昨天好多了。您看上去像个小伙子!真的,像个小伙子!"

"快啦,快好啦,同事,"霍鲍托夫一面打着哈欠一面说,"大概您自己对这档子麻烦事也腻烦了。"

"咱们一定会好!"米哈伊尔·阿维里扬内奇乐呵呵地说,"咱们还能活上一百年!一定的!"

"一百年倒不一定,但是活二十年绰绰有余,"霍鲍托夫安慰说,"不打紧,不打紧,同事,别泄气……您会把阴影带走的。"

"咱们还得让别人看看!"米哈伊尔·阿维里扬内奇大笑起来,拍了一下朋友的膝头,"还得让别人看看!明年夏天有机会去高加索,咱们骑马走它个遍——咯!咯!咯!等到从高加索回来,你瞧着吧,恐怕得到婚礼上遛遛。"米哈伊尔·阿维里扬内奇狡黠地眨眨眼,"我们要给您办喜事,亲爱的朋友……给您娶个媳妇儿……"

安德烈·叶菲梅奇突然感到积蓄的怨愤已经涌到喉咙口,他的心激烈地跳动起来。

"庸俗!"他说着迅速站起来向窗口走去,"难道您不明白自己说的话庸俗吗?"

他想继续用柔和、礼貌的语气说下去,但是和他的愿望相反,他突然握紧拳头,将它们高高举过头。

"别烦我了!"他涨红了脸,浑身颤抖,叫喊的声音已经不是自己的了,"滚!两个人都滚,两个人!"

米哈伊尔·阿维里扬内奇和霍鲍托夫站起来,起初用不解的目光,继而怀着惊恐盯着他。

"两个人都滚出去!"安德烈·叶菲梅奇继续吼着,"麻木不仁的家伙!傻瓜!我既不需要友谊,也不需要你的药,麻木不仁的家伙!庸俗!讨厌!"

霍鲍托夫和米哈伊尔·阿维里扬内奇手足无措地面面相觑,退到房门口,出去到了穿堂间。安德烈·叶菲梅奇抓起溴化钾的药瓶跟着他们扔了过去,药瓶啪的一声在门槛上砸得粉碎。"见鬼去!"他用带哭腔的声音吼道,同时向穿堂间跑去,"见鬼去!"

客人离去以后,安德烈·叶菲梅奇像打摆子一样瑟瑟抖着,躺到了沙发上,口中还久久重复着刚才的话:

"麻木不仁的家伙!傻瓜!"

待心里平静下来,他脑子里首先想到的是可怜的米哈伊尔·阿维里扬内奇现在一定感到非常羞耻,心情沉重,这一切都是那么可怕。以前从未发生过类似情况。脑子和分寸到哪儿去啦?通情达理的精神和平心静气的态度到哪儿去啦?

因为羞惭和对自己的恼怒,医生一宿未眠,上午十点左右他出发去邮政支局,向局长道了歉。

"咱们不去想过去的事,"深受感动的米哈伊尔·阿维里扬内奇叹息着说,同时紧握着他的手,"谁再提过去的事,就让谁瞎眼。留巴甫金!"突然间他大叫一声,使得邮局的人和顾客都为之一怔,"端张椅子来。你等一等!"他对一个从营业窗口递进一封挂号信的女人大声说,"你没看见我正忙着呢?咱们不去想过去的事,"他转向安德烈·叶菲梅奇,和气地继续说,"请您坐下,最恭顺地请求您,我的朋友。"

他默默地抚了一会自己的双膝,然后说道:

"我压根儿没有因您而抱屈的想法。疾病是无情的,我理解。您的发作昨天曾使我和医生很吃惊,所以我们后来谈您谈得很久。亲爱的,您为什么不认真关心一下自己的病?难道可以这样吗?请原谅我友善的坦率,"米哈伊尔·阿维里扬内奇开始悄声说话,"您居住在一个极端不利的环境里:拥挤、肮脏、没有人照料您、无钱治疗……我亲爱的朋友,我和医生衷心地恳求您,听从我们的建议吧——住到医院去!那里有健康的饮食,又有照料,又有治疗。叶甫盖尼·费奥多雷奇这个人虽说有失体统[1]——那是我们之间说说——但是精通业务[2],完全可以信赖。他向我保证会关心您。"

安德烈·叶菲梅奇被真诚的同情和突然闪耀在邮

---

[1] 原文为法文的俄语音译。
[2] 原文为法文的俄语音译。

政支局局长面颊上的泪花感动了。

"可敬的朋友,别相信!"他把手搁在胸口,开始轻声说,"别相信他们!是个骗局。我的病只在于二十年来我在全城只找到了一个有头脑的人,而且这个人还是个疯子。什么病也没有,我只是落入了一个没有出口的魔圈。我无所谓,做好了一切准备。"

"住院吧,亲爱的。"

"我无所谓,即使跳进陷阱。"

"好吧,我答应。不过,可敬的朋友,再说一遍,我落进了一个魔圈。现在所有的努力,甚至我朋友们真诚的同情,都将导致一个结果,那就是我的毁灭。我正在毁灭,而且有勇气意识这一点。"

"亲爱的,您会康复的。"

"说这个干吗?"安德烈·叶菲梅奇恨恨地说,"很少有人在生命行将结束的时候不会体会到我现在的感受。如果人们告诉您,说您患了肾脏不行或心脏扩大之类毛病,您将进行治疗,或者说您是疯子或罪犯,一句话,就是说人们突然注意起您来,那您就会知道您落入了一个魔圈,您休想向从中脱身。您竭力想走出来,您却更加陷入迷途。您投降吧,因为任何人的努力都救不了您。这就是我的感受。"

这时营业窗口已聚了好多人。为了不妨碍工作,安德烈·叶菲梅奇起身告辞。米哈伊尔·阿维里扬内奇再次获得他的保证,一直送他到临街的门口。

同一天的傍晚前,霍鲍托夫穿着短大衣和高筒靴,突然来到安德烈·叶菲梅奇家里,从说话的语气看,似乎昨天什么事也没有发生过:

"我是有事找您来了,同事。我是来请您的:您愿意和我一起进行一次会诊吗,嗯?"

考虑到霍鲍托夫是想通过散步让他散散心,或者真的想让他挣点儿钱,安德烈·叶菲梅奇穿好衣服,就跟他走到了外面。他很高兴有机会补救昨天的过错并且与他和解,所以在内心里感激霍鲍托夫,后者只字未提昨天的事,看样子已经原谅他了。很难期望这个粗野的人会有如此温婉的态度。

"你的病人在哪儿?"安德烈·叶菲梅奇问。

"在医院里。我早就想让您看看了……这是个极其有趣的病例。"

两人进了医院院子,绕过主楼,向安置精神病人的厢屋走去。而这一切不知为什么进行得静悄悄的。

他们走进厢屋时尼基塔按例一跃而起,挺直了身子。

"这儿有个病人肺部出现了并发症,"与安德烈·叶菲梅奇一起走进病房时霍鲍托夫悄声说,"您稍等,我马上来。我去拿副听诊器。"

他说着出去了。

十七

天色已经黑下来。伊凡·德米特里奇躺在自己的病床上,把脸埋进枕头里;瘫痪病人纹丝不动地坐着,轻声哭着,蠕动着嘴唇;胖农民和前邮件分拣员睡了。病房里静悄悄的。

安德烈·叶菲梅奇坐在伊凡·德米特里奇的病床上等着。然而过了大约半个小时,代替霍鲍托夫走进病房的却是尼基塔,抱着一捧病人穿的睡袍,不知是谁的内衣和一双便鞋。

"请穿上吧,大人,"他轻声说,"这就是您的床,请过这边来,"他指指一张显然是不久前刚搬来的病床补充说,"没关系,上帝保佑,您会好的。"

安德烈·叶菲梅奇什么都明白了。他一句话也没有说,走到了尼基塔向他指点的病床前,坐了下来;

他看到尼基塔站着等他，便脱了个精光，这时他觉得很难为情；然后他穿上病人的内衣，长内裤显得太短，而衬衫又显长了，睡袍上有股熏鱼的气味。

"您会好的，上帝保佑。"尼基塔又说了一遍。

他把安德烈·叶菲梅奇的衣服抱作一捧拿起来，走出病房，随手关上了门。

"反正一样……"安德烈·叶菲梅奇忖道，一面羞怯地用睡袍裹住身子，觉得穿着这件新的外衣自己像个囚犯，"反正一样……反正一样，不管是常礼服，还是制服，还是这件睡袍……"

可是怀表怎么办？还有放在边袋里的笔记本？卷烟？尼基塔把衣服带到哪儿去啦？现在看来到死都不可能再穿西裤、坎肩和靴子了。刚开始的时候这一切似乎有点奇怪，甚至不可理解。安德烈·叶菲梅奇到这时才确信女市民别洛娃的小屋和六号病房没有丝毫区别，世上万物都荒诞无稽和空虚无谓，与此同时他的双手在发抖，双脚变冷，一想到伊凡·德米特里奇不久就会起来，看见他也穿着睡袍，他不免心惊肉跳。他站起来，来回踱了一会步，又坐下了。

就这样他已经坐了半个小时，一个小时，坐腻了，坐得发愁了。难道可以在这里住上一天，一星期，甚至几年，就如这些人那样？可他就是坐了，踱过步又坐下了。可以走过去看看窗外，又从一头到另一头来回踱一会步。那么以后怎么办？像个木偶一样一直坐着，想着？不，这恐怕做不到。

安德烈·叶菲梅奇躺下去，随即又起来，用袖子擦去额头的冷汗，觉得他的整张脸都是熏鱼的气味。他又来回踱了一会步。

"这里发生了某种误会……"他说道，同时困惑地摊开双手。

"应当去说明这里有误会……"

这时伊凡·德米特里奇醒了。他坐起来，用拳头支着双颊。他吐了口唾沫，然后懒洋洋地望了望医生，看样子他一开始什么也没有弄明白，但是不久他那睡眼蒙眬的脸露出了凶相和嘲讽的表情。

"阿哈，连您也关到这儿来啦，亲爱的！"他眯起一只眼，惺忪地用嘶哑的声音说，"很高兴。那是您饮了别人身上的血，现在别人要饮您身上的血。好极了！"

"这是一场误会……"安德烈·叶菲梅奇说道，伊凡·德米特里奇的话使他吓了一跳;他耸耸肩又重复了一遍:"是场误会……"

伊凡·德米特里奇又啐了口唾沫,躺下了。

"该死的生活!"他发牢骚说,"又痛苦又屈辱,这种生活到头来可不是对受苦受难的奖赏,也不像歌剧里那样有个壮丽的结局,而是死亡——来几个汉子抓住死人的手脚往地窖里拖。嘭!好,没事了……不过在那个世界上可会有我们的节日……我会变作鬼影从那个世界来到这里,吓唬这群败类。我要叫他们吓白头发。"

莫伊谢伊卡回来了,看见医生后向他伸出手去。

"请给个小钱!"他说。

十八

安德烈·叶菲梅奇走到窗前,眺望田野。天色已经变暗,在天尽头从右边升起一轮寒冷、殷红的圆月。离医院围墙不远、不超过一百俄丈的地方,耸立着一座高高的白色房屋,四周围着石墙。这是监狱。

"它就是现实!"安德烈·叶菲梅奇想道,于是心里开始害怕起来。

使他害怕的既有月亮，也有监狱，还有围墙上的钉子，更有烧骨厂在远处升起的火焰。后面传来一声叹息。安德烈·叶菲梅奇回过头去，看见一个胸前挂着闪闪发光的星章和勋章的人，他微笑着，狡黠地眨巴着一只眼睛。这景象看起来很可怕。

安德烈·叶菲梅奇说服自己相信月亮上和监狱里没有任何特别的东西，心理健康的人都佩戴勋章，到将来一切都会腐朽，化作泥土，但是蓦然间绝望情绪充塞了他的心头，他用双手抓住栅栏，用尽全力去摇撼它。坚固的栅栏并没有摇落下来。

后来为了不感到那么可怕，他走到伊凡·德米特里奇床边，坐了下来。

"我精神崩溃了，亲爱的，"他喃喃自语，同时浑身发抖，擦着冷汗，"精神崩溃了。"

"您发表高见吧。"伊凡·德米特里奇嘲弄说。

"我的上帝，我的上帝……是的，是的……您似乎说过在俄国没有哲学可言，可是大家都在高谈阔论，甚至小人物。不过小人物的议论可对谁也没有任何危害呀，"安德烈·叶菲梅奇用那样一种语调说道，仿佛想哭出来，想得到怜悯，"亲爱的，您干吗露出这样幸灾乐祸的笑容?如果这个小人物心有不满,怎么叫他不发议论?一个聪明、受过教育、高傲、酷爱自由、像上帝一样的人,除了到一个肮脏、愚蠢的小城里去行医,一辈子与拔火罐、水蛭和芥末膏打交道,竟没有别的出路!招摇撞骗、狭隘浅薄、庸俗低级!哦,天哪!"

"您在说蠢话。如果讨厌当医生,就当大臣去。"

"干什么,干什么都不行。我们太虚弱,亲爱的……我曾经什么都无所谓,热情、健康地思索,但是只要生活粗暴地一触碰到我,我立刻就失去了勇气……消沉了……我们太虚弱,我们太糟糕……您也一样,亲爱的。您聪明、高尚,吸母乳的时候就吸取了美好的激情,但是一旦进入生活,就疲惫不堪,生起病来……虚弱,虚弱!"

随着傍晚的来临,除了恐惧和受屈的感觉,还有某种令人讨厌的东西一直使安德烈·叶菲梅奇感到苦恼。最后他想到要喝啤酒和抽烟。

"我要从这儿出去,亲爱的,"他说,"我要对他们说把火拿到这儿来……我不能这样……毫无办法……"

安德烈·叶菲梅奇走到门口,打开门,但是尼基塔马上跳了起来，挡住了去路。

"您去哪儿？不行！不行！"他说道，"该睡觉了！"

"可是我只出去一会儿，在院子里走走！"安德烈·叶菲梅奇急忙说。

"不行！不行！没吩咐过。您自己知道。"

尼基塔砰的一声关上门，用背将它抵住。

"但是如果我从这儿出去，谁会因此出什么事呢？"

安德烈·叶菲梅奇耸耸肩问，"我不懂！尼基塔，我应当出去！"他用发抖的声音说，"我需要！"

"别搞得没规没矩，这样不好！"尼基塔坚持说。

"鬼知道这是怎么回事！"伊凡·德米特里奇突然喊起来，说着跳了起来，"他有什么权力不放我们出去？他们怎么敢把我们关在这里？法律明明白白写着，谁也不可以未经审判就被剥夺自由！这是暴虐！是肆意妄为！"

"当然是肆意妄为！"安德烈·叶菲梅奇说道，伊凡·德米特里奇的叫喊给他鼓了气，"我需要，我应当出去。他无权这样做！跟你说，放我出去！"

"听见了吗，笨畜生？"伊凡·德米特里奇吼道，同时用拳头捶着门，"开门，要不我从里面把门砸破了！剥皮鬼！"

"开门！"安德烈·叶菲梅奇浑身发抖，吼道，"我要求！"

"你再说下去吧！"尼基塔在门外回答，"说吧！"

"至少你去把叶甫盖尼·费奥多雷奇叫来！告诉他，我请他来……一小会儿！"

"明天他自己会来的。"

"永远不会放咱们出去的，"这时伊凡·德米特里奇继续说，"他们要让我们在这儿烂掉！哦，天哪，难道那个世界真的没有地狱，这些坏蛋会得到宽恕？公正何在？开门，坏东西，我憋死啦！"他用嘶哑的声音喊道，同时把身体撞到门上，"我不要命了！杀人凶手！"

尼基塔迅速打开门，粗暴地用双手和一个膝盖推开安德烈·叶菲梅奇，然后猛地一挥，一拳打在他脸上。安德烈·叶菲梅奇似乎觉得一股巨大的咸浪劈头盖脸地将他淹没了，并且把他向床边拖去；嘴里确实有股咸味：大概是牙齿出血了。他仿佛想游出去，舞动着双手，抓住了不知谁的病床，这时他感到尼基塔在他背上打了两拳。

伊凡·德米特里奇大声叫起来，想必也挨了打。

接着一切复归平静。疏淡的月光透过窗栅投射进来，在地板上落下一个影子，宛如一张网。那样子很可怕。安德烈·叶菲梅奇躺下去，屏住了呼吸。他惊恐地等待挨第二次打。仿佛有人拿了镰刀，捅进他的身子，在他胸腔和肠子里搅动了好几回。因为疼痛他咬住枕头，咬紧牙关，突然间在他一团乱麻似的脑海里闪过了一个可怕而难以忍受的想法：这些现在在月光下仿佛一个个黑影似的人，以前不得不经年累月、日复一日地经受的正是这样的疼痛。在连续二十多年的时间里他竟然不了解，而且不想了解，这样的事怎么能发生呢？他不懂，也没有疼痛的概念，也就是说这不是他的过错，然而像尼基塔那样如此不可通融、如此粗暴的心地，却使他从头冷到了脚。他从床上跳起来，想竭尽全力大喝一声，尽快跑去打死尼基塔，然后是霍鲍托夫、总务主任和医士，接着是自己；但是胸腔里发不出一点声音，而且双脚也不听使唤；他喘着气，猛地揪住胸口的睡袍和衬衫，一把撕破了，就倒在床上失去了知觉。

十九

翌日早晨他头痛、耳鸣，觉得浑身不舒服。他回想起昨天自己的软弱无力，并不为此感到耻辱。昨天他显得怯懦，连月光也怕，真诚地说出了以往自己不曾怀疑的感觉和思想，比如关于发表议论的小人物的不满情绪。不过现在看来反正都一样了。

他不吃也不喝，毫不动弹地躺着，不声不响。

"我反正都一样，"当别人向他提问时他想道，"我不会回答……我反正都一样。"

午后米哈伊尔·阿维里扬内奇来了，给他带来四分之一磅茶叶和一磅水果软糖。达里尤什卡也来了，在他病床边站了整整一个小时，脸上的表情是木然而悲哀的。霍鲍托夫医生也来看了他。他带来了一瓶溴化钾，吩咐尼基塔在病房点香熏一下。

傍晚时安德烈·叶菲梅奇中风而死。起初他感到冷得发抖，想吐，有一种很难受的东西就如他感觉的那样透过全身，甚至渗进十根手指，从胃部弥漫到头部，淹没了双眼和耳朵。两眼一片漆黑。安德烈·叶菲梅奇心里清楚自己大限已到，于是想到伊凡·德米特里奇，米哈伊尔·阿维里扬内奇和千百万人都相信不灭的存在。突然间确实有这样的事？可是他并不希望不灭，他只在一瞬间想过它。一群异常美丽而婀娜多姿的鹿从他身边跑过，昨天他读到过关于这些鹿的故事；然后是一个女人拿着挂号信向他伸过手来……米哈伊尔·阿维里扬内奇说了点什么。接着一切都消失了，于是安德烈·叶菲梅奇永远失去了知觉。

来了几个男勤杂工，抓住他的手和脚，抬到了小教堂。在那里他睁着眼躺在桌子上，夜里月光洒在了他身上。早晨谢尔盖·谢尔盖依奇来了，向着有耶稣像的十字架虔诚地做了祷告，合上了自己前任上司的双眼。

一天以后安德烈·叶菲梅奇下了葬。参加葬礼的只有米哈伊尔·阿维里扬内奇和达里尤什卡。

1892年

挂在脖子上的安娜

一

结婚仪式结束后连简单的小吃也没有。新婚夫妇干了高脚酒杯里的酒,换了装就去了火车站。既没有欢乐的结婚舞会,也没有奏乐和舞蹈,直接就奔赴二百俄里外去朝圣了。许多人赞同这一点,说莫台斯特·阿列克赛伊奇已经身居要职,年纪也不轻,闹闹哄哄的婚礼显得不太得体;而且当一位五十二岁的官吏娶一个刚满十八岁的少女为妻时,音乐听起来也觉得乏味。人们还说,莫台斯特作为一个循规蹈矩的人,提出这趟修道院之行,其实是为了让年轻的妻子明白,即使在婚姻问题上,他也是将宗教和道德置于首位的。

大家给新婚夫妇送行,同事和亲人手握高脚酒杯聚在一起，等待火车启动时喊一声"乌拉"[1]。安娜的父亲彼得·列昂季伊奇头戴高筒帽，身穿教师装的燕尾服，已经醉了，脸色非常苍白，手握酒杯努力往车窗那边靠，用央求的语气说道：

"安纽塔！安妮亚！安妮亚，只对你说一句话！"[2]

安妮亚从车窗前俯身向着他，他则轻轻地在她耳边说着什么。他满嘴的酒气向她喷去，对她耳朵吹着气（什么话也听不清楚），在她脸上、胸口和手上画十字；与此同时他呼吸发颤，眼眶里闪动着泪花。安妮亚的两个弟弟，彼佳和安得留沙，两个中学生，则从后面扯他的燕尾服，不好意思地对他轻轻说：

"爸爸，会有……爸爸，别这样……"

火车开动时安妮亚看见父亲跟着车厢跑了一会儿，他的身子摇摇晃晃，酒杯里的酒泼洒出来，这时他的面容是多么可怜、善良和满含歉疚。

"乌拉——啊！"他喊道。

剩下新郎新娘独自在一起了。莫台斯特·阿列克赛伊奇环视一下车内的包厢，将物件在行李架上一一

---

[1] 俄文里表示欢呼的语气词，在极其兴奋欢庆的场合使用。
[2] "安纽塔"和"安妮亚"都是"安娜"的昵称。

陈放好，就微笑着在年轻妻子的对面坐下。这是个中等身材的官吏，非常胖，显得圆咕隆咚，吃得很饱，留着长长的鬓须，没有唇须；他那刮得干干净净、线条分明的下巴仿佛一只脚后跟。他脸上最富特征的一点是没有唇须，那块地方也刚刚刮净、光秃秃的，渐渐地过渡到肥肥的、像肉冻一样抖动的双颊。他风度翩翩，行动舒缓，举止温雅。

"现在我不能不想起一件事，"他笑吟吟地说，"五年以前科索罗托夫荣膺二级圣安娜勋章，前去道谢时公爵大人这样说过：'您现在有三个安娜了——一个在胸前，两个在脖子上。'应该说明，当时科索罗托夫的妻子刚回到他身边，她是个爱吵嘴、举止轻佻的女人，名字也叫安娜。我希望我荣膺二级圣安娜勋章时，公爵大人没有说这种话的由头。"

他那双小眼睛在微笑。她呢，也在微笑，同时想到这个人随时都会用自己那双肥厚而潮湿的嘴唇来吻她，而此时她已经无权对此拒绝，就很担心。他那虚胖的身子轻微一动都会使她惊慌，她觉得既可怕，又恶心。他站起身，不慌不忙地从脖子上解下勋章，脱去燕尾服和坎肩，穿上便袍。

"就这样。"他坐到安娜身边说。

她回想起婚礼的场面是多么难熬,当时她仿佛感到无论神父、宾客,还是教堂里所有的人都神情忧郁地望着她:为什么,为什么一个如此可爱、漂亮的少女要嫁给一个上了年纪、毫无趣味的先生?今天早晨她还在为一切安排得如此妥帖而兴奋异常,然而在举行婚礼和此刻坐在车厢里的时候,她却感到自己做错了事,受了骗,变得可笑了。她是嫁了个有钱人,可是她仍然没有钱,婚纱还是赊了账缝制的,今天父亲和两个弟弟替她送行的时候,她从他们的面部表情看得出他们身无分文。今天他们有晚饭吃吗?明天呢?不知怎么的,她似乎觉得父亲和两个孩子此刻坐在一起,身边没有她,挨着饿,正在经受母亲下葬后第一个夜晚曾经经受过的那种忧愁。

"哦,我多么不幸呀!"她忖道,"为什么我这么不幸?"

莫台斯特·阿列克赛伊奇以一个举止稳重、不习惯于与女人周旋的人所特有的矜持轻抚她的腰肢,拍拍她的肩膀,但是她却在想着钱的事,想着母亲及其去世之事。母亲去世后,父亲彼得·列昂季伊奇——

中学的书法和图画教师,便开始酗酒,贫困也随之而来;两个男孩没有靴子和雨鞋,父亲被押送到民事法庭;法警到家,查封了全部家具……多丢人!安妮亚得照顾醉醺醺的父亲,替两个弟弟织补袜子,到集市购物,当别人称赞她美丽、年轻而举止温雅时,她仿佛觉得整个世界都看见了她廉价的帽子,皮鞋上涂抹过墨水的破洞。每到夜晚就是哭不完的眼泪和那个令她讨厌、惶恐不安的想法,她觉得父亲由于体弱很快就会被校方辞退,他会受不了这一切,也会像母亲一样死去。于是熟悉的太太们就开始张罗,要为安妮亚找个好人家。不久就出现了这个莫台斯特·阿列克赛伊奇,不年轻,也不漂亮,却有钱。他在银行的存款大约有十万卢布,还有一份祖传的产业,他将这份产业用以出租。这是个循规蹈矩的人,公爵大人对他印象很好,就如别人对安妮亚说的,他不费吹灰之力就可以取得公爵大人写给校长甚至督学的手条,使得彼得·列昂季伊奇不致被辞退……

  正当她回忆这些细节的时候,突然间音乐声伴随着喧闹的人声一起从窗口闯了进来。是火车在一个小站停靠了下来。站台外边的人群中有人用手风琴和廉价刺耳的手提琴演奏,而透过高高的白桦林和白杨林,透过沐浴在月光里的别墅群,则传来了军乐队的演奏声——想必别墅群里正在举行跳舞晚会。避暑的人和当地的市民在站台上漫步,他们是趁着好天气来呼吸新鲜空气的。其中就有阿尔特诺夫,此地整个避暑区的主人,一个富翁,高高胖胖的黑发男子,面孔像亚美尼亚人,长一双金鱼眼,穿一身式样古怪的西服。他穿一件扣子解开后露出胸口的衬衫,一双带马刺的高筒靴,肩上披一件黑披风,一直拖到地上,犹如女人的长裙。他后面跟着两条灵猩,低垂着尖尖的嘴脸。

安妮亚的眼眶上还挂着晶莹的泪珠,然而无论母亲,钱,还是自己的婚姻,她都已经抛之脑后,而去跟认识的中学生、军官们握手了,她愉快地笑着,说得很快:

"您好!近来过得怎么样?"

她走上站台,来到月光下,站的样子就是要让大家看见她身穿的这套华贵的新装和头戴的宽檐帽。

"咱们干吗在这儿停车?"她问。

"这儿是会让站,"大家回答她,"在这儿等邮车。"

发现阿尔特诺夫在看她,她卖弄风情地眯起双眼,还大声用法语说话。由于她自己的嗓音是那么悦耳,而且能听到音乐并看到映照在池塘上的月色,也由于阿尔特诺夫这个唐璜式的浪荡公子正贪婪而好奇地向她暗送秋波,还由于在场的人都很开心,她突然感到不胜欢欣,所以当火车启动而军官们举手行礼向她作别时,她已经在轻声哼唱一首波尔卡舞曲了,那首舞曲正是军乐队在树林后面的一处地方演奏的,它的乐音正好传入她的车厢。所以她回到自己的包厢时,已经满怀这样的感情:似乎在这个小站,人们已经让她确信不疑,她无论如何一定会幸福的。

新婚夫妇在修道院逗留了两天,然后回到城里。他们住在公家的住宅里。莫台斯特·阿列克赛伊奇去上班时,安妮亚就弹钢琴,或者因寂寞无聊而伤心落泪,或者躺在床上看小说和浏览流行杂志。吃饭时莫台斯特·阿列克赛伊奇吃得很多,谈论政治,人员的任命、调动和奖励;谈到人应当劳动,家庭生活并非赏心乐事,而是一种责任;还谈到在经济上要集腋成裘,他把宗教和道德视为世上至高无上的东西。

"每个人都应该有自己的责任!"

安妮亚听他说话,心里感到害怕,吃不下饭,通常没有吃饱就起身离开餐桌。饭后丈夫休息,大声打鼾,她便离家去看娘家人。父亲和两个男孩看她的目光有点异样,仿佛在她到来之前刚刚责难过她,说她为了钱去嫁个自己并不爱的无聊而乏味的男人;她那窸窣作响的衣服、手镯,总的说她那副太太相使他们浑身不自在,觉得受到了一种侮辱。有她在场他们有点局促不安,不知道跟她说什么好,不过他们依然跟从前一样爱她,吃饭时没有她在觉得不习惯。她坐下来和他们一起喝素菜汤,吃稀饭和用羊油煎的马铃薯,那种羊油发出一股油脂蜡烛的气味。彼得·列昂季伊奇用发抖的手从长颈玻璃瓶里斟上酒,很快一饮而尽,饮酒的样子既贪婪又令人厌恶,然后又斟上第二杯,再斟上第三杯……彼佳和安得留沙,两个瘦削、苍白、长着大眼睛的男孩,拿住酒瓶,六神无主地说:

"不能再喝了,爸爸……够了,爸爸……"

安妮亚也惊慌起来,央求他别再喝了,他突然发起火来,用拳头猛击桌子。

"我不允许任何人来监视我!"他吼道,"两个小子!丫头片子!我把你们统统赶出去!"

然而从他的话音里听得出他的虚弱和善良,谁也不怕他。饭后他一般要打扮一番：下巴被剃刀刮破，他脸色苍白，伸长了瘦细的脖子，在镜子前面站上整整半个小时来梳妆打扮，有时梳梳头，有时捻捻黑黑的唇须，洒上香水，将领巾打上花结，然后戴上手套和大礼帽，出门去上他的兼职课。如果逢上节日，他就待在家里，用颜料画画，或者就弹那架嘶嘶作响和隆隆轰鸣的簧风琴，他努力从那架琴上弹出和谐悦耳的音乐，并伴唱，要不就拿两个男孩出气：

"恶棍！坏蛋！把乐器搞坏了！"

每到晚上安妮亚的丈夫和住在同一幢公寓的同事打牌。他们打牌的时候太太们也常常相聚，这些人其貌不扬，穿着俗里俗气，举止粗鲁，跟厨娘相似，同时公寓里就开始飞短流长，这些流言也和官太太们本人一样，不堪入耳，俗不可耐。有时莫台斯特·阿列克赛伊奇带安妮亚去看戏。幕间时他寸步不离安妮亚，挽着她的手在走廊和休息室散步。如果向哪个人欠身致意，他当即会在安妮亚耳边悄声说："五等文官……受过公爵大人接见"或者说"很有钱……有自己的房子……"在路过小吃部时安妮亚很想吃点甜食，她喜欢巧克力和苹果酱甜饼，但是没有钱，又不好意思向

丈夫开口。他拿起一个梨子,用手指捏了捏,犹豫地问道:

"多少钱?"

"二十五戈比。"

"那么贵!"他一面说一面把梨儿放回原处;不过由于什么也不买就走开有点尴尬,他便要来一瓶色尔查矿泉水,一个人把整瓶水喝个精光,喝得眼眶里都挤出了眼泪,这时安妮亚就会恨他。有时他会整个脸都涨得通红,快速地对她说:

"去向这位老夫人鞠个躬!"

"可是我和她并不认识呀!"

"这不要紧。她是省财政厅厅长的夫人!我跟你说了,去向她行个礼!"他固执地唠叨说,"又不会拧了你的脑袋。"

安妮亚向她鞠了一躬,果然她的脑袋没有被拧掉,但这件事是很痛苦的。她按丈夫的意思做着一切,为丈夫把她当大傻瓜来耍而生自己的气。当初她嫁给他只是为了钱,如今她手头的钱却比出嫁前还少。从前父亲尚且能给她几个二十戈比的硬币,如今却一文钱也没有。暗中拿钱或向他要,她又做不到,她怕丈夫,在他面前战战兢兢。她似乎觉得很久以前就对这个人心怀恐惧。童年时候有一段时间她总觉得中学校长是一股威严而可怕的势力，仿佛滚滚而来的乌云和行将压顶而至的火车头；另一股这样的势力就是公爵大人，家里人老是说起这股势力，而且不知怎么的总是惧怕它；还有十种较小的势力，其中有那些中学教师，他们剃光了唇须，严厉而铁面无私；最后就是现在这个莫台斯特·阿列克赛伊奇，一个循章办事、连面相也像中学校长的人。在安妮亚的想象中，所有这些势力正在融为一体，样子像一头可怕而巨大的白熊，向着处于弱势、底气不足、像她父亲那样的人步步逼近，而她在被粗暴地爱抚和那些给她造成恐怖的拥抱所污辱的时候，竟不敢说出表示反对的话，还要强颜欢笑，佯装快乐。

只有一次，彼得·列昂季奇壮起胆子向他借五十卢布，去偿还一笔烦人的债务，然而那场面是何等心酸！

"行，我借给您，"莫台斯特·阿列克赛伊奇想了想说，"不过我把话说在前头，只要您不戒酒，我不会再给您帮助。对于一个在公家单位做事的人来说，有这样的缺点是可耻的。我不能不向您提醒一个人所共知的事实：许多有才干的人就是被这种嗜好毁掉的，但是如果他们克制了自己，他们也许有可能在日后成为有崇高社会地位的人。"

于是开始了冗长的翻来覆去、讨价还价的过程："随着……""根据那个道理……""由于刚才说过的话……"而可怜的彼得·列昂季伊奇则忍受着被侮辱的痛苦，于是越发想喝酒了。

两个男孩来看望安妮亚时通常穿着开了口的靴子和破旧的裤子，他们也得听教训。

"每个人都应该有自己的责任！"莫台斯特·阿列克赛伊奇对他们说。

可是他没有给过钱。不过他送给安妮亚戒指、手镯和别针，说有这些东西用来防备艰难的日子是挺不错的。他常常打开五斗橱的锁，查看这些东西是否完好无缺。

二

这时冬天到了。在距圣诞节还有好多天的时候，当地报纸上就刊出公告，说十二月二十九日贵族会议[1]将举行例行的冬季舞会。每晚打过牌以后,莫台斯特·阿列克赛伊奇总是激动不安,和官太太们交头接耳地说话,心事重重地望望安妮亚,然后从屋子的一角到另一角来回踱步,想着心事。终于有一天很晚的时候他在安妮亚面前站定,说道:

"你应当为自己做件舞会上穿的衣服。明白吗?不过请你一定得跟玛丽娅·格里戈利耶夫娜和娜塔莉娅·库兹明尼娜商量商量。"

然后给了她一百卢布。她收了钱,但是定做衣服时她跟谁也没有商量,只跟父亲说了说,她努力设想自己在舞会上要穿戴得和母亲一样。母亲(出嫁前当过五年家庭教师)的穿戴总是最为入时的,她一直照料着安妮亚,把她穿戴得十分雅致,像个洋娃娃似的,还教会她说法语并出色地跳玛祖卡舞。所以安妮亚和母亲一样能将旧衣翻新,用汽油洗手套,租赁昂贵的首饰[2],还会像母亲一样眯起双眼,把打战和不打战的儿字音念错,摆出漂亮的姿势,需要的时候会进入兴奋状态,用忧郁和捉摸不定的目光看人。她从父亲那

---
1 旧俄时州县的贵族阶层的组织。
2 原文为法文。

里继承了一头深色头发和一双深色眼睛，神经质的性格和这个总爱打扮的习惯。

出发去舞会前半个小时，莫台斯特·阿列克赛伊奇去安妮亚房间，他没有穿常礼服，为的是对着穿衣镜把勋章挂到自己脖子上，这时安妮亚美丽的姿容和崭新的薄纱连衣裙的光彩迷得他神魂颠倒，他于是得意扬扬地梳梳自己的连鬓须，说道：

"看你在我面前能打扮成什么模样……原来你这么美！安纽塔！"他突然用一种庄严的语气继续说，"我使你成为有福之人，而今天是你使我成为有福之人了。我请求你去向公爵大人的夫人作自我介绍！看在上帝分儿上！通过她我能得到高级呈报官的位置！"

夫妇俩出发去舞会。眼前就是贵族会议大厦和有看门人的入口处。有衣架的前厅，毛皮大衣，穿梭来往的仆人和袒胸露背、用扇子挡住穿堂风的女士们，闻得出照明瓦斯燃烧和士兵的气息。当安妮亚和丈夫手挽手沿着楼梯拾级而上、耳闻音乐、在巨大的镜子里看到在众多灯火的辉映下自己的整个身影时，一种欢愉的感觉和在那个月夜的小车站上感受到的那种对幸福的预感倏然而醒了。她器宇轩昂、信心十足地款步而行，第一次感到自己已不再是个女孩，而是一位太太，她的步态和风度都不由自主地模仿已故的母亲。她平生第一次感到自己是富裕而自由的，甚至丈夫的在场也不会使她感到拘束。因为在跨越会议大厅门槛的当儿，她凭直觉已经猜到，有老年丈夫近在身旁，这丝毫不会有损她的尊严，相反会使她带上一种令人心驰神往的神秘记号，而这恰恰是男人们特别喜欢的。宽敞的大厅里已经在奏乐，人们开始跳舞。离开公家的公寓以后，安妮亚心里充满了灯光、绚丽的色彩、音乐和热闹的人声构成的印象。她环视大厅，心里想道："啊，多美呀！"她一下子从人群里认出了自己熟识的人，所有以往在晚会和游玩时遇见过的熟人，所有这些军官、教师、律师、官员、地主、公爵大人、阿尔特诺夫和上流社会的女士，那些女士穿戴得漂漂亮亮，大面积地袒胸露背，有漂亮的，也有其貌不扬的，她们已经在慈善市场的小屋和售货亭中占据了位置，以便为穷人募捐而出售物品。一位身佩带穗肩章的魁伟军官仿佛从地底下冒出来似的，邀请她跳华尔兹舞，这个人是她念中学时在老基辅街认识的，如今却记不起叫什么了；她飞也似的离开了丈夫，她仿佛已经感到，自己驾着一只小帆船，迎着风暴在漂流，而丈夫则远远地留在了岸上……她狂热地跳舞，既跳华尔兹舞，也跳波尔卡和卡德里尔舞，从一个舞伴换到另一个舞伴，被音乐、喧闹声激得晕头转向，说的话将俄语和法语错杂在一起，打战和不打战的儿字音错杂在一起，满面笑容，脑子里既没有想到丈夫，也没有想到任何人、任何事。她在男人面前取得了成功，这是明摆着的事，不可能有别的结果，她激动得气喘吁吁，双手痉挛地紧握着扇子，想要喝酒。父亲，彼得·列昂季伊奇，穿一件皱皱巴巴的常礼服，衣服上散发出汽油味，走到她跟前，递给她一小碟红色冰激凌。

"今天你真迷人哪，"他兴奋地望着她说，"我从来没有这样惋惜过，认为你出嫁得早了点……为什么？我知道你这样做是为了我们，不过……"他用颤抖的手掏出一沓钞票说道，"这是今天我领到的上课金，可以和你丈夫清债了。"

她把小碟子往他手里一塞，应一个人的邀请又很快远去了，越过自己舞伴的肩膀她扫了一眼，看到父亲在镶木地板上滑行过去，拥住一位太太，和她一起在大厅里飞舞。

"他清醒的时候多么可亲可爱呀!"她忖道。

她仍然和那位身材魁伟的军官一起跳玛祖卡舞;他的舞步拿腔作势,沉重得就如同一具套着制服的死尸在行走。他摆动双肩和胳膊,无精打采地跺着脚——他实在没有跳舞的劲头了,可是她却在他身边翩翩起舞,用她的美貌和毫无遮掩的脖子挑逗着他。她的眼睛闪烁着热情的光彩,她的动作是炽烈的,而他则变得越来越冷漠,像国王一样宽厚地向她伸过手去。

"好!好!"大厅里人们在说。

然而渐渐地这个身材魁伟的军官也突然舞兴大发,他变活跃了,激动了,他被她的魅力迷得晕晕乎乎了,进入了亢奋状态,动作轻巧而年轻,而她只是摆动着双肩,狡黠地望着,似乎她已经成了女王,他则成了奴隶。这时她仿佛感到整个大厅的人都在望着他们俩,这些人全都惊呆了,对他们不胜羡慕。魁伟的军官刚刚向她致过谢,人群突然两边分开,男人们不知为什么都挺直了身体,垂下了双臂……原来公爵大人,身穿饰有两颗星的燕尾服,正是向她而来。是的,他正是迎着她走来的,因为他的眼睛直勾勾地盯着她,挂着甜腻腻的笑容,在咀嚼着,遇见漂亮女子的时候他总是做这个动作的。

"不胜欣慰,不胜欣慰……"他开口说,"我要命令将您丈夫关禁闭,因为他把这样的宝贝一直秘藏至今,不让我们知道。我是受内人的委托来找您的,"他接着说,一面向她伸过手去,"您应该帮帮我们的忙……嗯——对了……需要为您的美貌给您颁发一笔奖金……就像在美国那样……嗯——不错……美国人……我内人等您等得不耐烦了。"

他带她走进售货小屋,去见一位上了年纪的太太,这位女士面孔的下部不成比例地大,所以给人的印象是她嘴里仿佛含了一颗大石头。

"请帮帮我们的忙,"他拖长了声调用鼻音说,"所有漂亮女人都在慈善市场工作,只有您一个人不知为什么在玩儿。您为什么不肯帮我们一手?"

她走开了,于是她在银茶炊和茶碗旁的位置就由安妮亚占据了。生意顿时红火起来。每碗茶安妮亚收一卢布,而那位魁伟的军官她让他喝了三碗。阔佬阿尔特诺夫来到跟前,他正害着气喘病,鼓着一双突出的眼睛,不过已经不穿安妮亚在夏天见到他时所穿的那件式样古怪的西服，而和大家一样穿着燕尾服。他的眼睛一直盯着安妮亚，喝了一杯香槟，付了一百卢布，然后又喝了一碗茶，又付了一百卢布——这一切他都是默不作声地做的，因为他害着气喘病……安妮亚把顾客强邀过来，并向他们收钱，她已经深信自己的笑容和目光带给这些人的除了巨大的欢愉，不会是其他任何东西。她已经明白，她这个人生来就是来享受这喧闹、辉煌和欢笑着的生活的，那种生活里有音乐、有舞蹈、有仰慕者。以往她面对那种咄咄逼人、担心随时会压顶而至的力量时所感到的恐惧，如今在她看来似乎已经变得可笑了；她已经谁也不怕，可惜母亲已经不在，否则今天她会因为和女儿在一起而且看到她的成功而高兴的。

彼得·列昂季伊奇已经面色煞白，但是还能牢牢站住，他走到售货小屋前要来一杯白兰地。安妮亚的脸唰的一下红了，等着他说出有失体统的话来（她已经在为自己有这样一个贫穷而普普通通的父亲而害臊了），然而他一饮而尽，什么话也没有说，从自己那沓钱里抽出十卢布，扔下就高傲地走开了。过了不久她看见他和舞伴在转大圆圈[1]，但是这一次他已经脚步不稳，吵吵嚷嚷地喊着什么话，弄得伴舞的女士十分狼狈，于是安妮亚想起了三年前一次舞会上他也曾这样踉踉跄跄、吵吵嚷嚷，最后派出所所长把他送回家睡觉，第二天校长扬言要解除他的工作。现在回忆这件事真不是时候！

待所有售货小屋里的茶炊都熄了火，疲惫的女慈善家们把义卖所得的钱都交给那位嘴里含颗石头、上了年纪的女士后，阿尔特诺夫挽着安妮亚的手带她去餐厅，那里为所有参加义卖活动的人准备了晚餐。来吃饭的大约有二十来个人，不会再多了，但是里面很嘈杂，公爵大人举杯祝酒："今天义卖的物品都是廉价的饮食，这间豪华的餐厅正适合为这种廉价饮食的发达而干杯。"陆军准将提议"为连炮兵也甘拜下风的力量而干杯"，于是大家凑过去与女士们碰杯。晚餐吃得非常非常愉快！

安妮亚被送回家时已经天亮，厨娘正去集市采购。她很高兴，醉醺醺的，满脑子新得来的印象，身体疲

---

[1] 原文是法文。

惫不堪,宽衣上床后立即就睡着了……

下午两点女仆将她叫醒,通报说阿尔特诺夫先生登门造访。她迅速穿好衣服走进客厅。阿尔特诺夫走后公爵大人驾临,感谢她参加义卖活动。他眼睛色眯眯地望着她,做着咀嚼的动作,吻了吻她的手并请求允许他再来拜访,接着就走了。她惊讶万状地站在客厅中央,仿佛着了魔似的,她不相信自己的生活中的变化,令人吃惊的变化,这么快就发生了。就在这时她的丈夫莫台斯特·阿列克赛伊奇走了进来……在权势者和显贵面前他总要露出阿谀奉承和奴性十足、毕恭毕敬的表情,对此她已习以为常,现在他也以同样的表情站在她面前;于是她怀着兴奋、愤懑和蔑视的心情确信,她已经毫不在乎他出现在面前,便明确无误一字一音地说道:

"滚出去,蠢货!"

从此以后安妮亚便不再有一天空闲的日子,因为她不是参加野餐,就是出游或者演戏。每天她都是拂晓才回家,躺在客厅地板上睡觉,然后十分动情地对大家说她在花丛下睡觉。她非常需要钱,不过她不再怕莫台斯特·阿列克赛伊奇,而是像用自己的钱那样花他的钱；她既不恳求，也不提要求，只是开给他一个数目或递过一张字条："向来人付二百卢布"或"即付一百卢布"。

复活节那天莫台斯特·阿列克赛伊奇获得了二级圣安娜勋章。当他来到公爵大人面前致谢时，大人把报纸放到一边，更深地坐进安乐椅里。

"就是说现在你有三个安娜了，"他看着自己有粉红色指甲的白净的双手说道，"一个在扣眼里，两个在脖子上。"

莫台斯特·阿列克赛伊奇出于谨慎，以免大声笑出来，用两根手指凑近嘴唇说道：

"现在只剩下小弗拉基米尔的问世了。我斗胆请求大人做他的教父。"

他暗示的是四级圣弗拉基米尔勋章，并且已经在想象自己将到处宣扬这句就其机智和大胆而言都很成功的同音异义俏皮话，他还想再说上一两句类似的成功的俏皮话，然而公爵大人又沉浸到对报纸的阅读之中，向他点了点头……

安妮亚呢，一直乘着三套马车飞来飞去。她和阿尔特诺夫一起打猎、演独幕剧、吃晚饭，去自己家人那边越来越少了。家里人已经顾自在一起吃饭。彼得·列昂季伊奇比以前喝得更凶了,钱又没有,那架簧风琴早已卖掉抵债。两个男孩不让他单独外出,一直跟着他,怕他摔倒,有一次在老基辅街他们和安妮亚不期而遇,她正和阿尔特诺夫坐在驾车的位置乘一辆两套马车兜风,彼得·列昂季伊奇摘下高筒帽想对她喊几句话,但是彼佳和安得留沙挽住了他的两腋,用央求的语气说道:

"别,爸爸……她会,爸爸……"

1895年

套中人

误了时辰的猎人在米罗诺西茨克村紧靠村头的地方——村长普罗科非家的干草棚里过夜。他们一共只有两个人：兽医伊凡·伊凡内奇和中学教师布尔金。伊凡·伊凡内奇有一个相当古怪的复姓——契姆沙-吉马拉伊斯基。这个姓氏与他根本不相称，全省的人都对他直呼名字和父名。他住在城边的育马场，今天来这儿打猎是为了透透新鲜空气。中学教师布尔金每年夏天到 Π 伯爵家做客，早已成了当地人。两个人都没有睡。伊凡·伊凡内奇是个高高瘦瘦的老头儿，蓄着长长的唇须，坐在门外面，抽着烟斗；月光洒落到他身上。布尔金躺在棚内的干草上，在暗处看不到他的身影。

他们海阔天空地说着各种各样的故事。闲谈间顺便说到了村长的老婆玛芙拉,她是个体格健壮而且并不愚蠢的女人,一辈子没有到过村子以外的任何地方,从来没有见过城市、铁路,最近十几年一直坐在炉灶边守着,只到夜晚才到户外走走。

"这有什么好稀奇的!"布尔金说,"生性孤僻、像寄生蟹或者蜗牛那样拼命往自己壳里钻的人,这个世界上并不少见。也许这是一种返祖现象,是向那个时代的回归,当时人类的祖先还没有成为群居的动物,孤零零地独居在自己的洞穴里;也有可能就是人类本性的一个变种——谁知道呢?我不是自然科学家,轮不到我去触及类似的问题。我只不过想说,像玛芙拉那样的人并非罕见的现象。

"再说,不用往远处去找,就在大约两个月前我们城里死了一个叫别里科夫的人,是个希腊语教师,我的同事。当然,您听说过他。他这个人妙就妙在任何时候,甚至在天气十分晴好的日子,出门总是穿着套鞋,带着雨伞,而且一定穿着厚厚的棉袄。他的伞也装着套子,怀表也装着灰麂皮的套子,有时掏出小刀来削铅笔,连铅笔刀也装着套子,他的脸也仿佛装着套子,因为他一直把脸孔藏在竖起的衣领里。他眼戴墨镜,身穿卫生衣,耳塞棉花球,坐上马车便吩咐张起车篷。总而言之从这个人身上能看出一种一成不变、不可克制的愿望,要把自己用一个外壳包裹起来,为自己制造一个所谓的套子,使他孤立起来,免受外界的影响。现实生活使他生气,害怕,惶惶不可终日,也许是为了替自己的胆小怕事和对现实的厌恶寻找理由,他总是称赞过去的东西和从未发生过的事情;就连他所教的古代语言,实质上对他来说也成了他躲避现实生活的套鞋和雨伞。

"'哦,希腊语是多么铿锵悦耳和优美动听!'他露出甜滋滋的表情说,而且仿佛是为了证实自己说的话,他眯起了双眼,竖起一根手指头,念出一个单词:'安特罗波斯'[1]!

"就是自己的思想,别里科夫也竭力隐藏进套子里。在他看来只有禁止什么事情的通告和报刊的文章才是明白无误的东西。如果通告里禁止学生在晚上九点以后外出,或者某一篇文章里禁止男女性爱,那对他来说就是明白无误和确定无疑的事情;既然禁止了,

---

[1] 希腊语"人"(Anthropos)。

那就尘埃落定了。凡是允准或许可的内容,他就觉得里面总隐含着可疑的成分,某种尚未道明和含糊不清的东西。当城里允许成立一个戏剧小组,或者开设一间阅览室、一个茶馆的时候,他就连连摇头,轻声说:

"'这事儿呢,当然,说是这么说,也挺好的,但愿别闹出什么乱子来。'

"任何破坏、偏离和违背规则的行为都会使他垂头丧气,尽管说这干他什么事呢?如果同事中有谁祷告迟到了,或者听到传闻说中学生做了什么调皮捣蛋的事,或者看见班里的女训导员晚上很迟了还和军官待在一起,他就十分焦躁不安,不断地说但愿别闹出什么乱子来。在教务会议上他那种谨小慎微、疑神疑鬼的言论和纯粹套子式的想象,简直使我们受尽压迫,说什么"男中"和"女中"里年轻人行为不端,教室里闹哄哄的乱得不成样子,'唉,千万别传到上司的耳朵里去,但愿别闹出什么乱子来。'说什么假如把二年级的彼得罗夫开除出校,再把四年级的叶戈罗夫也开除出校,那就再好不过了。有什么办法呢?他用自己的唉声叹气、无病呻吟和戴在苍白的小脸——你知道吗,像黄鼠狼一样的小脸——上的墨镜,压迫着我们,于是我们作出让步，降低了彼得罗夫和叶戈罗夫的操行成绩，将他们关了禁闭，最终把彼得罗夫和叶戈罗夫开除。他有一个奇怪的习惯——到我们宿舍来串门。他常常来到某个教师的宿舍，坐下来，不言不语，似乎东张西望地要看出什么东西似的。就这样不声不响地坐上一两个小时，然后离此而去。他称此为'维持和同事的良好关系'，显然到我们这儿串门和默坐对他来说是个沉重的负担，而且他来我们这儿走动只不过是因为他认为这是在尽一个同事的责任。我们这些教师都怕他。连校长也怕他。真是咄咄怪事，我们的教师都是有思想、有教养、受过屠格涅夫和谢德林作品熏陶的人，然而这个整天穿着套鞋、带着雨伞的人竟把整所学校控制了整整十五年！岂止是一所学校！整座城市！我们的女士每逢星期六在家里话剧也不演了，担心被他知道；我们的神职人员当着他的面不好意思吃荤菜和打纸牌。在像别里科夫一类人的影响下，最近十至十五年里城里的大家变得对什么都战战兢兢，害怕高声说话，投寄书信，彼此结交，阅读书籍，害怕帮助穷人，教人识字……"

伊凡·伊凡内奇想说什么，咳嗽了一声，但是先抽起了烟斗，望了望月亮，然后慢条斯理地说：

"是啊。人们有思想，有教养，读着谢德林、屠格涅夫以及巴尔克[1]等人的各样著作，可就是要服从他，容忍他……问题就在这里。"

"别里科夫和我住在同一座房子里，"布尔金继续说，"同一个楼层，门对着门，我们经常照面，我知道他的居家生活。家里还是老一套：身穿长罩衫，头戴尖顶帽，关上百叶窗，插上插销，一系列形形色色的禁忌和限制，还有'唉，但愿别闹出什么乱子来！'吃素食对身体有害，吃荤菜又不可以，因为别人可能说别里科夫不守斋，所以他吃牛油煎鲈鱼——不是素食，但也不能说是荤食。[2] 他不雇佣女仆，因为害怕别人把他往坏处想，所以他雇了一个叫阿方纳西的厨子，一个六十上下的老头儿，这个人脑子不清，半疯半癫，曾经当过勤务兵，会马马虎虎凑合着做点饭菜。这个阿方纳西通常在胸前交叉着两只手站在门口，总是长

---

[1] 巴尔克（1821—1883），英国历史学家，实证论社会学家，主要著作有《英国文明史》。
[2] 按基督教的斋戒规定，肉类和乳类是荤食，蔬菜和鱼类是素食。另外按当时的观念，认为素食没有营养，所以以上文说"吃素食对身体有害"。

吁短叹地说着同一句话：'今儿个这些东西已经大量繁殖起来啰！'

"别里科夫的卧室小小的，就如一只箱子，床上张着帐子。躺着睡觉的时候他蒙着头。天气又热，而且气闷，风儿敲打着紧闭的房门，炉子里发出呼呼的风声，听得见从厨房里传来的声声叹息，令人惊恐不安的声声叹息……

"他蒙在被子下面感到心惊肉跳。他担心会出什么事，担心阿方纳西会杀了他，担心屋子里会钻进小偷来，然后就整夜噩梦连连。早晨我们一起到学校上班时他显得闷闷不乐，面色苍白，看来他此刻前往的那所稠人广众的学校和他整个人是格格不入的，和我并肩而行对他这个生性孤僻的人来说也是不堪沉重的负担。

"'我们的课堂里实在太吵了，'他说道，仿佛在为自己沉重的感觉寻找托词似的，'太不像话了。'

"而这个希腊语教师，这个装在套子里的人，您可以想象一下，居然差点儿结了婚。"

伊凡·伊凡内奇迅速向棚子里看了一眼说：

"开玩笑！"

"真的，不管这事有多荒唐，他差点结了婚。我们这儿派来一名史地教师，一个叫科瓦连柯·米哈伊尔·萨维奇的人，是个'一撮毛'[1]。他不是一个人来的，还带来个姐姐叫瓦连卡。他年纪轻轻，个子高高，脸色黝黑，长着一双大手，凭他的面孔就可以看出他说话用的是男低音，事实上他的说话声也像从木桶里发出似的——嘭嘭嘭……而他姐姐已不年轻了，大约有三十岁，但一样个子高高，身材苗条，双眉浓黑，两颊绯红——总而言之不是个妙龄少女，而是块水果软糖，而且生性那么活泼，那么喜欢热闹，不停地唱小俄国[2]抒情歌曲，哈哈大笑。稍有什么，就发出响亮的笑声——哈！哈！哈！我记得我们第一次和科瓦连柯姐弟正式认识是在校长家的命名日酒宴上。教师们神色严峻，索然无味地绷着脸，他们连参加命名日酒宴也只是例行公事。突然我们看到他们中间一个新的阿芙洛狄忒[3]从浪花里冒了出来：她双手叉着腰走来走去，哈哈笑着，唱着，跳着舞步……她动情地唱《风

---

[1] 旧时俄国人对乌克兰人的蔑称。
[2] 旧时俄国人对乌克兰的称呼。
[3] 希腊神话中的爱神，罗马神话中称维纳斯。

在呼啸》，接着唱了一首抒情歌曲，又唱了一首，把我们大家都迷住了——被迷住的是大家，连别里科夫也不例外。他靠近她坐下，露出甜蜜的笑容说：'小俄国的语言使人感到像古希腊语，因为它铿锵悦耳，音调柔和。'

"这句话讨得了她的欢心，于是她开始动情而令人信服地告诉他，说她在加季亚奇县有一个庄园，庄园里住着妈妈，那里有那么好吃的梨子，那么好吃的甜瓜，那么好吃的卡巴克[1]！'一撮毛'管南瓜叫'卡巴克'，称小酒馆为'施恩卡'，说他们那里用红红的和蓝蓝的原料[2]做的汤是那么好吃，那么好吃，简直好吃得一塌糊涂！

我们大伙听着听着忽然冒出了一个相同的念头。

"'要是撮合他们两个结成一对儿，那该多么好啊！'校长太太轻声对我说。我们大家不知怎么的忽然想到我们的别里科夫还没有结婚。现在我们才感到奇怪，迄今为止我们不知怎么的竟没有发现，居然忽略

---

[1] 俄语里"卡巴克"的意思是"小酒馆"，而乌克兰语里的意思则不同，本篇下文有述。
[2] 这里红的指的是西红柿，蓝的指的是茄子。

了别里科夫生活中如此重要的一个细节。一般地说，他是怎么看待女人的，他又是怎么解决这个对自己来说不可避免的问题的，以前我们对此根本没有兴趣，我们甚至连这样的想法都不曾有过：一个在任何天气都穿着套鞋走路，蒙着脑袋睡觉的人会去谈情说爱。

"'他早就过了四十了，她也三十了……'校长太太解释自己的想法，'我觉得她不如嫁给他算了。'

"在我们省里由于百无聊赖什么事不会发生，又有多少毫无必要、荒唐透顶的事发生！这是因为根本没有发生有必要的事。不是吗，我们干吗要让别里科夫娶老婆呢？简直想象不出他这个人会是有家有室的啊。校长太太、学监太太和我们学校所有的女士都活跃起来，甚至变好看了，仿佛猛然见到了生活的目的似的。校长太太在剧院里订了包厢，我们一看——她的包厢里坐着瓦连卡，手里拿着如此精美的扇子，满面春风，喜气洋洋，和她并排坐的是别里科夫，身材矮小，佝头缩脑，仿佛是被人用钳子夹住了从家里拖出来似的。我办了个小晚会，女士们要求我必须请到别里科夫和瓦连卡。总而言之机器发动起来了。原来瓦连卡并不反对嫁人。她在弟弟那儿过得不太愉快，只知整天争争吵吵。这就是你看到的场景：科瓦连柯，一个身高体健的汉子，身穿绣花衬衫，一绺头发从鸭舌帽下面溜出来垂到脑门上，一手拿着一包书，另一手握一根多枝节的粗手杖，在街上走着。姐姐跟在他后面走，手里也拿着书。

"'我说你啊，米哈伊里克，这本书没读过！'她大声争论着说，'我对你说，我发誓，你根本就没有读过！'

"'可我告诉你，我读过！'科瓦连柯大声喊道，一面用手杖在人行道上点得橐橐响。

"'哎呀，我的天，米恩奇克[1]！你发什么火呀，咱们谈的可是原则问题。'

"'可我告诉你，我读过！'科瓦连柯喊得更响了。

"在家里的时候，只要有外人在场，两人就会争吵不休。这样的生活显然使她厌烦，不由得想有一个自己的栖身之所，而且年龄也到了不容忽视的地步。现在已经没有时间来挑三拣四，纵然嫁给希腊语教师，能嫁出去就不错了。再说我们这儿大多数的小姐都是但求嫁出去，不论嫁给谁。不管怎么说，瓦连卡开始

---

[1] "米哈伊里克"和"米恩奇克"都是"米哈伊尔"的爱称。

明显地向别里科夫套近乎了。

"那么别里科夫怎么样呢？他同样到科瓦连柯家串门，就像来我们家那样。他来到他家里，坐下来，一言不发。他默不作声，瓦连卡却对他唱《风在呼啸》，或者若有所思地用自己那双深色的眼睛望着他，要不就突然爆发一阵大笑：'哈——哈——哈！'

"情爱之事，尤其是谈婚论嫁之事，劝导起着重要作用。我们大家——我的同事和他们的太太们——开始劝说别里科夫，说他应该结婚，说他生活中除了结婚，已经万事俱备。我们大家向他祝福，一本正经地和他谈俗里俗气的话题，诸如结婚是严肃的一步之类；而且说瓦连卡也相貌不错，有趣味，她还是个五等文官的女儿，有庄园，主要的还在于这是第一个和蔼可亲、真心实意待他的女人——他开始晕头转向，断定自己确实应当娶亲了。"

"这大概要摘掉他的套鞋和雨伞了。"伊凡·伊凡内奇说。

"您想想看，这看来是不可能的事。他在自己的桌子上放上瓦连卡的肖像，老是往我屋里走，老是说起瓦连卡，谈论家庭生活，说婚姻是严肃的一步。他还经常去科瓦连柯家。然而他的生活方式却未见丝毫改变。甚至恰恰相反,有关婚姻的决定似乎在他身上产生了病态的影响,他消瘦了,脸色变苍白了,仿佛更深地缩进了自己的套子里。

"'瓦尔瓦拉·萨维什娜[1]这个人我喜欢,'他强装着笑容对我说,'我知道每个人都必须结婚,可是这一切,您知道吗,似乎来得太突然了……应当考虑考虑。'

"'这有什么好考虑的?'我对他说,'您把老婆娶过来,不就得了。'

"'不,结婚是严肃的一步,首先应当权衡面临的义务、责任……别在以后闹出什么乱子来。这件事太搅得我心神不定了,我现在夜夜都睡不着觉。我承认我心里害怕:她和她弟弟的思维方式有点古怪,他们的言论,您要知道,有点不合常规,性格又太过活泼。你倒是娶了她,说不定往后你就掉进了什么纠纷的旋涡里。'

"所以他没有求婚,而且一拖再拖,这可叫校长太人和我们所有的女士懊丧万分。他依然不断地权衡着未来的义务和责任,与此同时却又几乎天天跟瓦连卡

---

[1] "瓦尔瓦拉"是"瓦连卡"的本名,"瓦连卡"是它的爱称。

一起散步,也许是认为这是处在他的境地需要做的事儿吧。他也常来我这儿串门,以便聊聊有关家庭生活的话题。要不是突然发生那场巨大的冲突,从种种迹象来看他最终是会提出求婚的,我们这儿由于穷极无聊和无所事事而操办的那些毫无必要、愚不可及的婚姻中的一件说不定就大功告成了。需要说明的是瓦连卡的弟弟科瓦连柯从认识别里科夫的第一天起就憎恨他,容忍不了他。

"'我弄不懂,'他耸耸肩膀对我说,'我弄不懂你们怎么受得了这么一个打小报告的人,这么一张极其讨厌的嘴脸。唉,先生们,你们怎么能在这样的地方生活得下去!你们这儿的气氛令人透不过气来,充满了毒素。你们难道称得上是传道授业的师表?你们是一群官僚,你们这儿不是学府,而是警察局,像警察的岗亭那样发出腐臭的酸味。反正我,老兄,再和你们待上不多一会儿就回到自己的庄园去,我在那儿捉捉虾,教教一撮毛的小孩。我是要走的,你们就留在这儿和这个犹大[1]一起过,和他同死落棺材吧。'

---

[1] 出卖耶稣的门徒。

"要不他就哈哈大笑,笑得流出了眼泪,有时笑声洪亮,有时笑得尖声尖气,他摊开双手问我:'他干吗到我这儿坐着?他要干什么?坐着干瞪眼。'他甚至把别里科夫称作'吸血鬼,或者蜘蛛'[1]。当然我们避免和他谈及他姐姐瓦连卡打算嫁给'蜘蛛'的事。有一次校长太太向他暗示,如果让他姐姐瓦连卡嫁给像别里科夫那样一个体面而受大家尊敬的人,该是件好事,这时他蹙紧眉头,发起了牢骚:

"'这不关我的事。就算嫁给一条毒蛇,也让她去。我不喜欢多管闲事。'

"现在您听听以后发生的事。一个调皮鬼画了一幅漫画:别里科夫穿着套鞋,卷起裤腿,拿了伞在走路,瓦连卡和他手挽着手,下方写着'堕入情网的安特罗波斯'。您能够想见,画面表现得十分传神。画作者画了大概不止一夜,因为"男中"、"女中"和师范学校的全体教师以及官员都收到了画面相同的画。别里科夫也收到了。漫画留下的印象使他心情沉重不堪。

"有一天正好是五月一日,星期天,我们大家,无

---

[1] 原文 Глитай, абож паук 为乌克兰文,系乌克兰剧作家、演员、导演克罗皮夫尼茨基(1840—1910)的一个剧本名。

论教师和学生都相约在学校附近集合,然后步行到城外的小树林。我是和他一起出的门,只见他面色铁青,阴沉着脸,就跟乌云一样。

"'那些人多么不地道,心地多么险恶!'他说的时候双唇在颤抖。

"我甚至怜悯起他来。我们走着,突然间,您可以想象一下,科瓦连柯骑着自行车来了,跟在他后面的是瓦连卡,也骑着自行车,一身红衣服,蹬得很吃力,但是开开心心,心情愉快。

"'我们,'她大声喊着,'骑到前头去了!天气太好,实在好,好得一塌糊涂!'

"然后两个人就看不见了。我的别里科夫面色由铁青转成了煞白,仿佛僵住了。他停下脚步盯着我看……

"'您说说,这究竟是怎么回事?'他问道,'要不,也许是眼睛欺骗了我?难道学校的教师和女人骑自行车是体面的事?'

"'这有什么不合礼仪的地方?'我说道,'让他们尽兴地骑去吧。'

"'这怎么行?'他大声说,因为对我若无其事的

态度感到惊讶,'看您说的是什么?!'

"他实在太吃惊了,所以不想继续往前走,便转身回家了。第二天,他一直神经质地搓着手,浑身发抖,从脸色看得出他身体很不舒服。课上了一半他就走了,这是他平生破天荒的一件事,也没有吃饭。傍晚的时候他把衣服穿得更厚实些——虽然户外已完全是夏季的天气——摇摇晃晃地向科瓦连柯家走去。瓦连卡不在家,他只见到她弟弟。

"'最恭顺地请求您坐下。'科瓦连柯皱紧眉头冷冷地说。他刚刚睡过午觉,一脸睡眼惺忪的样子,心情很不好。

"别里科夫默默坐了大约十分钟,开始说话:

"'我到府上来是为了让心情放轻松一些。我心情非常沉重。有一个喜欢中伤他人的家伙把我和另一位咱们俩都很亲近的人物画成了可笑的样子。我认为自己有责任告诉您,此事跟我倒毫无干系……我没有落下任何使人如此讽嘲的话柄,相反,我一直以来的举止行为完全符合一个体面人的规范。'科瓦连柯绷着脸坐着,一声不吭。别里科夫等了一会儿,继续轻轻地用悲哀的声音说:

"'我还有句话要对您说。我早就出来做事了,而您却才开始做事,所以作为年事稍长的同事,我认为有责任告诫您。您骑自行车,这项玩乐的游戏对一个年轻人的导师来说是完全不合礼仪的。'

"'为什么呢?'科瓦连柯用洪亮的男低音问。

"'这难道还用解释吗,米哈伊尔·萨维奇,难道这有什么不明白的地方吗?要是教师骑自行车,那学生有什么事好做呢?他们只好倒立着走路了!既然这号事通告里没有说可以,那就是说不可以。昨天我吓坏了!当我看到您姐姐的时候,我的眼前一片模糊。女人或者姑娘家骑自行车,可是件骇人听闻的事!'

"'实话实说,您要怎么办?'

"'我想做的就一件事,对您提个醒儿,米哈伊尔·萨维奇。您是个年轻人,有的是前程,应当处事非常小心,却那么不当一回事,唉,那么掉以轻心!您穿着绣花衬衫在外面走,经常拿些什么书在街头招摇过市,现在还加了个骑自行车。您和您姐姐骑自行车这件事儿,会让校长知道,接着就会传到督学那儿去……会有什么好结果吗?'

"'说到我和姐姐骑自行车的事,谁也管不着!'

科瓦连柯涨红了脸说,'要是有人干涉我家庭内部事务,我叫他见鬼去!'

"别里科夫脸色变得煞白,站了起来。

"'既然您用那样的口气和我说话,那我无法说下去了,'他说道,'请求您别当我的面这样提及上司。您对上司应当怀着敬意。'

"'莫非我说了什么对上司不敬的话了?'科瓦连柯恶狠狠地盯着他问,'请别打扰我的安宁。我是个诚实的人,不愿意和您这样的人说话。我不喜欢打小报告的人。'

"别里科夫神经质地慌乱起来,开始迅速穿上外套,脸上露出诚惶诚恐的神色。这可是他平生头一次听到如此粗鲁的话语啊。

"'您可以想怎么说就怎么说,'他走到楼梯口的平台时说,'我只是想事先告诉您,说不定有人听见了我们的谈话。为了不使我们谈话的内容传走了样,以致闹出什么事儿来,我应当向校长先生报告我们谈话的内容……诉述它的要点。我必须这样做。'

"'告密?你告密去吧!'

"科瓦连柯从后面抓住他的衣领推了一把,于是别里科夫从楼梯上滚了下去,他那双套鞋在楼梯上撞出了隆隆声响。楼梯又高又陡,但是他往下滚得相当顺溜,一滚到底,他站起来摸了摸鼻梁:眼镜是否完好无损?然而恰好这时,当他从楼梯上往下滚的时候,瓦连卡进来,和她一起的还有两位女士。她们站在下面看着,这对别里科夫来说是再可怕不过的事。宁可摔断脖子和两条腿,也比成为笑柄强:须知现在全城都会知道这件事,还会传到校长、督学耳朵里——唉。但愿别闹出什么乱子来!——又会画出新的漫画来,事情的结局只能是上司责令他提交退休申请……

"他站起来的时候瓦连卡认出了他,望着他那副可笑的面容、揉皱的大衣、套鞋,不明白是怎么回事,猜想是他自己无意间摔的跤,忍不住发出了满屋子都听得见的笑声:'哈——哈——哈!'

"这几声响亮清脆的'哈——哈——哈'给一切打上了句号:无论张罗中的婚事,还是别里科夫在人间的存在。他已经听不见瓦连卡说的话,什么也没有看见。回到自己家以后,他首先从桌子上撤掉了瓦连卡的肖像,然后就躺下,再也没有起来。

"过了大约三天,阿方纳西来找我,问是否要派人去请医生，说老爷有点不对劲。我去看了别里科夫。他躺在帐子里，蒙着毯子，一声不吭；问他话，只答是或不是，再没有别的声音。他躺着，阿方纳西在身边踱来踱去，面色阴沉，皱着眉头，还深深地叹气。他身上冒出伏特加的气味，仿佛从酒馆里出来似的。

"一个月以后，别里科夫死了。我们大家，也就是两所中学和一所师范学校的教师都参加了葬礼。现在，当他躺在棺材里的时候，他的表情温和、惬意，甚至是高兴的，他似乎在为自己被放进了永远也不用再出来的套子而感到高兴。是的，他实现了自己的理想！仿佛是为了向他表示庆贺似的，下葬的时候天色阴沉沉的，下着雨，我们大家都穿着套鞋，打着伞。瓦连卡也参加了葬礼，棺材下到墓穴里去的时候，她哭出了声。我发现乌克兰女人要么哭要么笑，不大有介乎两者之间的情绪。

"说实话，埋葬像别里科夫那样的人是一件大快人心的事。我们从墓地回来的时候，每个人都摆出一副庄严肃穆、愁眉不展的神态，谁也不愿意流露这种大快人心的感觉——一种类似很久很久以前，还在童年时期经受过的感觉，那时大人们都出门去了，我们就在花园里尽情奔跑一两个小时,享受着充分的自由。唉,自由啊,自由!对获得这种自由的可能性哪怕有点滴暗示或微弱的希望,也会使心灵长上翅膀,对不对?

"从墓地回来,我们都怀着好心情。但是过了不到一个星期,生活又一返往常,依然是那么艰苦难熬、令人厌倦、浑浑噩噩的生活,它既不在通告里受到禁止,也未得允准,情况丝毫没有好转。事实上,别里科夫是被埋葬了,可是还有多少个装在套子里的人留了下来,还会有多少个这样的人产生出来!"

"问题就在这里。"伊凡·伊凡内奇说着抽起了烟斗。

"还会有多少个这样的人产生出来!"布尔金又说了一遍。

中学教师走出了干草棚。他这个人个子不高,胖胖的,头顶全秃了,蓄着一蓬几乎长及腰际的黑色大胡子,两条狗跟着他走到了外面。

"月色啊,好月色。"他抬头望着说。

已是夜半时分。右边看得见整座村子,长长的一条街伸展得远远的,大约有五俄里。一切都沉入了安谧而深沉的梦乡；既无动静，也无声响，简直不能相信自然界竟会如此寂静。当你在月夜看到宽阔的乡街和两旁的农舍、草垛、沉睡的柳树时，心里也会变得宁静。在摆脱了白昼的操劳、忧虑和痛苦而藏进黑夜的阴影里以后，在自己所处的这种安宁之中，乡街显得温和、忧郁而美丽，似乎星星也在亲切而动情地望着它，似乎世上再也没有了恶，万物都一帆风顺了。从村庄的左边开始是一片田野，看得到它伸向遥远的地方，直至天边，而在沐浴着月光的整片广袤的田野上，同样既无动静，也无声响。

"问题就在这里，"伊凡·伊凡内奇说，"我们居住在窒闷、拥挤的城市里，撰写毫无用处的文字，玩纸牌游戏，难道这不是一种套子吗？在游手好闲者中间，在为蝇头小利而乐此不疲的兴讼者中间，在愚蠢而百无聊赖的女人中间，我们蹉跎一生，嘴里说着耳里听着荒诞无稽的废话，难道这不也是一种套子吗？现在您要是愿意听，我就给您讲一个非常有教益的故事。"

"不啦，该睡觉啦，"布尔金说，"明天再会。"

两个人走进干草棚，在干草上躺下。两个人都已盖上毯子,进入睡眼蒙眬的状态,突然传来轻轻的脚步声——橐、橐……有人在离干草棚不远的地方走路;走了不多一会,停住了脚步,过了大约五分钟脚步声又响了起来——橐、橐……几条狗厌烦地叫了起来。

"是玛芙拉在走。"布尔金说。

脚步声停止了。

"明明看到并听到别人在撒谎,"伊凡·伊凡内奇一面将身子翻到另一侧,一面说,"你竟然容忍这样的谎言,因此别人都叫你傻瓜;对委屈、侮辱逆来顺受,不敢公然宣称自己站在诚实、自由的人一边,反过来自己还口出谎言,笑脸相迎,而这一切都是为了得到一块面包,有一个温暖的窝儿,保住一文不值的一官半职——不行,再也不能这样生活下去了!"

"您说的已经是另一码事啦,伊凡·伊凡内奇,"中学教师说,"咱们睡觉吧。"

过了大约十分钟布尔金已经酣然入梦。而伊凡·伊凡内奇却还在辗转反侧,长吁短叹。后来他起了身,又走到外面,在门口坐下,抽起了烟斗。

1898年

话说爱情

第二天端来的早餐是非常可口的馅饼、虾和羊肉饼。正当大家用餐的时候厨师尼卡诺尔走上楼来问客人们中午想吃什么。这个人中等身材,长着一张虚胖的脸盘,一对小眼睛,刮过胡须,他的胡须仿佛不是剃掉的,而是拔掉的。

阿列辛说漂亮的彼拉盖娅爱上了这个厨师。由于他是个酒鬼,而且性格暴躁,她不想嫁给他,但同意这样过下去。他却笃信上帝,他的宗教信念不允许他就这么过下去。他要求她嫁给他,不希望有别的方式,所以喝醉了酒的时候常骂她,甚至打她。在他喝醉的时候她常常躲到楼上大哭,这时阿列辛和一班仆人就闭门不出,以便在必要的时候保护她。

大家谈起了有关爱情的话题。

"爱情是怎么产生的,"阿列辛说,"为什么彼拉盖娅不去爱上更适合她内心和外在品质的另外一个什么人,偏偏去爱上尼卡诺尔这个丑男人——我们这儿大家都叫他丑男人,因为在爱情方面个人的幸福是个重要的问题——这一切都是说不清楚的,各人可以有各人的解释。迄今为止,关于爱情,人们只说过一句无可争辩的话,那就是'这个奥秘大有文章',其余有关爱情的一切,无论写的还是说的,都不是答案,而只是提出了始终不得其解的问题。一种解释似乎适用于一种情况,对于别的几十种情况就不适用了。以我之见,最好的办法是对每种个别的情况要个别地进行解释,别想一言以蔽之。就如医生们说的,每一种个别的情况要区别对待。"

"完全正确。"布尔金表示赞同。

"我们这些俄国的正派人,对那些悬而未决的问题情有独钟。人们通常把爱情诗化了,用玫瑰和夜莺来修饰它,而我们俄国人呢,却用这些致命的话题来修饰我们的爱情,而且从中挑选最乏味的问题。在莫斯科,当我还是个大学生的时候,我生活中有过一位女友,是一位可亲可爱的女士,每当我拥抱着她的时候,她总在想我一个月能给她多少钱，现在牛肉多少钱一磅。我们相爱的情形就是这样，不然就不停地问自己：这样做诚实还是不诚实，聪明还是愚蠢，这种爱情会带来什么结果，如此等等。这样好不好，我不知道，但是这对人有妨碍，令人心中不满，令人生气，我是知道的。"

他似乎想诉说点什么。孤身独处的人心里总藏着些事儿，这些事儿是他们很想对别人倾吐的。住在城里的单身汉故意经常光顾澡堂和饭馆，无非想有个地方说说话，有时他们向澡堂的工友或餐厅的服务员讲些非常有趣的故事，在乡下他们一般向自己的客人吐露心曲。现在从窗户向外望，可以看见灰白的天空和被雨水淋湿的树木。在这样的天气无处可去，除了讲故事和听故事，什么事也做不了。

"我住在索菲伊诺，"阿列辛开始说，"从大学一毕业起，我早就操持家务了。按照我所受的教育，我是个四体不勤、养尊处优的人；按照我的脾性，我是个坐书房的人。但是我来到这儿时，这份田庄已经负债累累。我父亲债台高筑的部分原因是许多钱都花在了我的学业上，所以我决计在这儿如此开始我的工作，说实话并非毫无反感心理。这里的土地出产不多,为了使务农不亏本,就需要使用农奴或雇工劳动,而这两者几乎是一码事,或者像农民一样经营,也就是亲自带了全家老小在田间耕作。折中的办法是没有的。不过我当时没有留意这些细节。我把每一寸土地都翻了个底朝天,把邻村的所有农夫农妇都赶来干活,耕作进行得热火朝天。我自己也耕地、播种、割草,与此同时我却感到苦恼,厌恶地紧锁眉头,就像乡下的一只猫,因为饥饿而去吃菜园里的黄瓜。我浑身酸痛,走路也会睡着。起初,我以为我能轻而易举把这种劳动生活和我的文人习气协调起来,要这样做只消在生活中坚持某种表面的秩序就够了。我住在楼上的正房,规定早餐和午餐后给我端上掺蜜酒的咖啡,上床后读《欧洲导报》。但是有一次我们的神父伊凡来了,一会儿就把我的蜜酒喝了个精光;《欧洲导报》也落到了神父女儿们的手里,因为在夏天,尤其赶上割草的时节,还没等我回到自己的眠床,就在干草棚、雪橇或随便什么地方的小屋里睡着了,哪儿还顾得上读书看报?慢慢地我搬到楼下来住,饭也在下人的厨房里吃,我往日的奢华全部在内就只剩下这几个仆人,他们还是伺候过我父亲的，辞退他们我心里过意不去。

"开头几年我被选为当地受人尊敬的民事法官。有一阵子，我经常进城去参加会审和区法院的会议，这事很能使我消愁解闷。当你闭门不出，在这儿待上两三个月，特别是在冬天，你最终会想念那些穿常礼服的人。在睡过雪橇，吃过下人的饭菜以后，坐在安乐椅上，穿着干净的衣衫、轻便的皮鞋，胸前挂着项链——这是何等奢侈的生活！

"在城里我受到殷勤的接待，我乐意与人结识。在与所有人的结识中，最有意思，也是我最感欣慰的事，老实说就数认识卢加诺维奇，区法院院长的同事。你们两位都知道他，这是一位可亲可敬的人物。认识他正好在审理那件纵火案之后，审理持续了两天，我们都觉得乏了。卢加诺维奇看了看我说：'我跟您说，到我家吃饭去。'

"这使人感到意外，因为我和卢加诺维奇不太熟，只是正式场合的点头之交，一次也没有到他家做过客。我只到自己房间去换了身衣服，就动身吃饭去了。这时我得到了与安娜·阿列克赛耶夫娜——卢加诺维奇的妻子认识的机会。那时她还很年轻，不超过二十二岁，半年前刚生下第一个孩子。那已是过去的事了，如今我恐怕难以确定她身上究竟有什么不同凡响的地方，我究竟喜欢她身上的什么东西，而当时在吃饭的时候，在我看来这却是比什么都一清二楚、毋庸置疑的。我见到了一位年轻、出色、善良、知书达理、令人倾倒的女人，一位以往我从未遇见过的女人。我立刻感觉到她是一个可亲近的人，一个已经熟悉的人。这脸庞，这双彬彬有礼而睿智的眼睛，我童年的某个时候在放在五斗橱内的相册里就已经见过了。纵火案中四个犹太人被指控有罪，人们认定其为一伙，我认为根本站不住脚。吃饭的时候我非常激动，心情沉重，我已记不起当时说了些什么话，只记得安娜·阿列克赛耶夫娜一直摇头并对丈夫说：'德米特里，怎么会这样呢？'

"卢加诺维奇是个好心人，属于心地朴实的人。这些人坚定地认为，假如一个人被告上法庭，那就意味着他有罪，对判决的怀疑只有通过法定程序，用书面方式可表达，而不是在饭桌上，也不是在私下里谈话的时候。

"'我和您没有纵火，'他委婉地说，'所以我们不

会被起诉,也不会蹲监狱。'

"他们俩,无论丈夫还是妻子,都努力让我多吃一点,多喝一点。从某些细节,比如他们俩一起煮咖啡,彼此只消把话刚提个头就能心领神会这一点,我断定他们过得很融洽,事事如意,而且双方都很好客。午餐以后两个人一起弹钢琴,后来天色暗下来,我就回家了。这是初春的事。此后整个夏季我都是在索菲伊诺度过的,没出过家门,我甚至顾不上想城里的事,然而对这位身材苗条、皮肤白皙的女子的回忆,却每日每时没有离开过我:我并不想她,但是她那轻盈的身影却仿佛常驻在我的心头。

"深秋的时候城里举行募捐义演。我走进省长包厢(幕间休息的时候我被邀请到这里),一看省长夫人和安娜·阿列克赛耶夫娜并排坐在一起,依然是那姣好的姿容和那双亲切温存的眼睛留下的沉鱼落雁、摄人心魄的印象,依然是那种近在咫尺的感觉。

"我们并排坐在一起,后来就走进了休息室。

"'您瘦了,'她说,'您生过病了吗?'

"'是的。我的肩膀受了凉,遇上雨天就睡不好觉。'

"'您看上去精神不好。春天,您来吃饭的那一回,显得年轻，有精神。您当时情绪高涨，说的话也多，很有趣味，老实说我甚至对您有点迷恋。不知为什么，在长长的夏天里，您经常出现在我脑海里，而且今天，我准备看戏的时候，我觉得我会见到您。'

"说着她笑了起来。

"'可是您今天一副精神不振的样子，'她又说道，'这使您显老了。'

"第二天，我在卢加诺维奇家吃早餐。早餐以后他们乘车去自己的别墅张罗过冬的事儿，我随同前往。我随他们回到城里，中午在安宁的家庭氛围里和他们一起饮茶，当时壁炉里烧着火，年轻的母亲不断地走开一会儿去看看她的小女孩儿睡着了没有。从此以后每逢我进城，必定上卢加诺维奇家。他们对我习惯了，我对他们也一样。通常我像自家人一样，未经通报就登堂入室。

"'谁来了？'从深远的房间里传来一个慢悠悠的声音，听起来是那么优美动听。

"'是巴维尔·康斯坦丁内奇。'女仆或保姆说。

"安娜·阿列克赛耶夫娜脸上露出关切的神情出来见我，每一次总问：'您为什么这么久没有来了？发

生什么事了吗？'

"她的眼神，她那向我伸过来的高贵的纤手，她那居家穿着的衣服、发式、嗓音和步态，每每在我身上产生相同的那样一种新鲜的印象，一种在我一生中非同寻常和重要的印象。我们长时间地聊天，长时间地沉默，各自想着自己的事，或者她给我弹钢琴。假如遇上家里两个主人都不在，我就留下来等，就和保姆聊天，逗小孩儿玩，或者就躺在书房的土耳其沙发上看报。等安娜·阿列克赛耶夫娜回来，我就走到前厅去迎接，从她手里接过她买回来的东西。不知为什么，每当我提着这些东西时总怀着那样一种爱意，那样一种庄严感，仿佛一个孩子似的。

"有道是女人无事，就自找麻烦。卢加诺维奇夫妇无事，就和我交上了朋友。如果我许久不进城，那就表示我病了，或碰上什么事了，于是他们俩就忧心忡忡。他们担心的是我这个受过教育、懂多门语言的人，不去从事科学或文学创作，却避居乡间，像踩轮子的松鼠一样辗转忙碌，长年劳作，竟不名一文。他们觉得我在受苦受难，即使我侃侃而谈，放声大笑，开怀大嚼，也只是为了掩饰自己的苦难；甚至在欢乐的时候,当我心情愉快的时候,我也能感觉他们投向我的探询的目光。在我真的心情沉重,被某个债主所逼,或身边缺钱不能支付到期的款项时,他们的表现尤其令人感动。夫妻俩在窗前窃窃私语,然后神色凝重地走到我跟前说:'巴维尔·康斯坦丁内奇,如果您现在需要钱用,我和妻子请您别不好意思,向我们开口好了。'

"他的耳根因为激动而发红了。真有这样的事,他在窗口窃窃私语过后,双耳通红地走到我面前:'我和妻子恳切地请求您接受我们的这件礼物。'

"于是递过来几个领扣、一个烟盒或一盏灯。作为回报,我从乡下捎去打死的鸟、油脂和鲜花。顺便说一声,他们俩都是家境殷实的人。起初我常向别人借钱,而且不分对象,只要能借到就行,但是无论如何没有一种力量会促使我去向卢加诺维奇家借钱。不过说这干吗呢!

"我运气不好。无论在家里,在田头还是干草棚里,我时常想念她,试图弄清楚一个年轻、漂亮、聪明女人的秘密,她所嫁的是一个乏味的男人,几乎是个老头儿(丈夫已经年过四十),她还和他生儿育女,我试图弄清楚这个乏味、善良、憨厚的人的秘密。他推理的时候具有如此枯燥乏味的健全判断力，他在舞会上站在风度翩翩的人们旁边，无精打采，无人需要，表情恭顺而淡漠，似乎是被带到这儿来出售的，但是他相信自己有权获得幸福，有权和她生养子女。我一直在试图弄清楚一个问题，为什么她遇到的竟是他，而不是我，我们的生活中为什么需要产生如此可怕的错误。

"来到城里的时候，我每一次都从她的眼神里看出她在期待着我；她本人也对我直言不讳，一清早她就有一种特别的感觉，她猜测我会到来。我们倾谈良久，沉默良久，但是彼此都不承认有爱慕之心，怯生生地将它藏在心底，生怕被人夺去。所有可能向我们自己揭开秘密的东西，我们都害怕。我温存、深沉地爱着，我反复思考，询问自己，如果我们缺乏力量去克制我们的爱情，它会导致什么结果。我似乎难以想象我这无言、忧伤的情爱会突然中断她丈夫、儿女和这幢房子里生活的流程，这整幢房子里的人是那么爱我，信任我。这诚实吗？但愿她能跟我走，可是去往何处？我能把她带往何方？假如我有一种美好、富有趣味的生活，假如我，比方说正在为祖国的解放而奋斗，或者我是一个著名的学者、演员、画家，那就是另一回事了，否则就会将她从一种平凡、无聊的环境引入另一种同样的或更为无聊的生活。而且我们的幸福怎么能够长久延续下去呢？一旦我生病、死亡，或者就是我们不再相爱，她会怎么样呢？

"看样子她也在用类似的方法思考。她想她的丈夫、子女、母亲，母亲将女婿当作儿子来疼爱。如果她移情别恋，那就只好或者撒谎，或者说出真相，处在她的位置，无论前者还是后者同样是可怕而尴尬的。有一个问题使她苦恼：她的爱会不会给我带来幸福，这种爱会不会使我本来就已很艰难、充满各种不幸的生活变得更加复杂？她觉得对我来说，她已不够年轻，为了开始一种新的生活，她已不够勤劳，精力不够充沛，所以她常对丈夫说，我需要娶一个聪明、相般配的姑娘，这样的姑娘应是一个女主人、好帮手——但是她马上又说走遍全城未必找到的这样的姑娘。

"与此同时日月如流。安娜·阿列克赛耶夫娜已经有了两个孩子。在我来到卢加诺维奇家时，仆人彬彬有礼地向我微笑，孩子们高喊巴维尔·康斯坦丁内奇叔叔来了，把两臂吊在我脖子上。一家人都很高兴。他们不明白我心里怎么想，认为我也很高兴。大家从我身上看到高尚的影子,无论成人还是孩子都感到在家里走动的是高尚的影子。这给他们与我的关系带进了某种特殊的魅力,仿佛有我在场,他们的生活变得更加纯洁,更加美好了。我和安娜·阿列克赛耶夫娜一同上剧院看戏,每次都是步行;在椅子上我们并排而坐,彼此肩碰着肩,我默默地从她手里拿过望远镜,这时我觉得她与我是那么亲近,她是我的,彼此谁也少不了谁。然而由于某种奇怪的、说不清的原因,一出剧院我们每次都形同陌路,告别后分道扬镳。天晓得城里已经怎么样对我们说三道四,不过人们说的话没有一句是事实。

"近几年安娜·阿列克赛耶夫娜开始经常出门,或去看望母亲,或去看望姐姐;她已经常情绪不佳,意识到生活不如意,被毁坏,这时便下意识地既不想见丈夫,也不想见子女。她已经因神经功能失调而看医生了。

"我们俩都不说话,大家也不说话。有旁人在场时,我感受到她对我怀有某种奇怪的怨愤之情;不管我说什么她都不赞成,如果我争辩,她就站在对手一边。我失落什么东西时,她便冷冷地说:'祝贺您。'

"如果和她去剧院的时候我忘了带望远镜,过后她会说:'我早就知道您会忘记。'

"不管幸运还是不幸,无论早晚都不会有结果的事,在我们的生活中一件也没有发生。到了别离的时候,因为卢加诺维奇被任命到西部的一个省去当主席,需要把家具、马匹和别墅卖掉。大家乘车来到别墅,然后就回程,回过头去最后望一眼花园、绿色的屋顶。这时大家心里都很难过,我明白已到了不只是和别墅告别的时候。已经决定,八月底我们送安娜·阿列克赛耶夫娜去克里米亚,是医生让她去那里的,过后不久卢加诺维奇再带孩子到自己西部的省去。

"我们一大帮子人替安娜·阿列克赛耶夫娜送行。她跟丈夫和孩子道了别,离第三遍铃只剩一瞬间了,这时我跑进她的包厢,将她的一只篮子放到行李架上,她差点忘了它。需要和她道别。在这里,包厢里,当我们的目光相遇的时候,内心的力量使我们两人留了下来,我拥抱了她,她把脸贴着我胸口,眼里滚下了泪珠。在吻她的面颊、双肩和泪湿的双手的时候——哦,我和她是多么不幸!——我向她承认了自己对她的爱。我心里怀着剧烈的疼痛,明白妨碍我们相爱的东西是那么多余、渺小，是那么虚假。我懂得了，假如你已坠入了爱河，那么在你判断这种爱情的时候，就要从最高的，比一般意义的幸福或不幸、罪过或善行更重要的高度出发去看问题，或者根本就不需要去判断。

"我最后一次吻了她，握了她的手，我们就分别了——永远地。火车已经启动。我坐到了隔壁的包厢——里面空无一人——直至第一个停靠站，我一直坐在这里哭泣。然后我步行回到索菲伊诺的家里……"

在阿列辛叙述的时候，雨止了，太阳露出了云端。布尔金和伊凡·伊凡内奇走到阳台上；从这里眺望花园和水面，景色很美，现在在阳光下水面像镜子一样闪闪发亮。他们欣赏风景，同时又感到可惜，这个长着一双善良聪明眼睛的人，这个刚才如此坦白地向他们叙述的人，在这座巨大的庄园里确实像踩轮子的松鼠一样在徒劳辗转，不能去做学问或使他的生活变得快乐一些的别的事情。他们还在想，当他在包厢里和她道别，亲吻她的面颊和双肩时，她的面容是何等悲伤。他们在城里常遇见她，布尔金甚至还认识她，而且认为她漂亮。

1898 年

醋栗

从清晨开始整个天空就布满了雨云。如同往常那些灰蒙蒙的晦暗日子一样,四周静悄悄的,天气不热,你却觉得百无聊赖,但是乌云早已挂在天空,你等着下雨,可雨就是不下。兽医伊凡·伊凡内奇和中学教师布尔金已经走得筋疲力尽,田野在他们看来似乎永无尽头。前方远处勉强看得见米罗诺西茨克村磨坊的风车,一排小山岗从右边伸展开去,然后消失在村庄后面很远的地方。他们俩都清楚,这是一条河岸,那里有牧场,碧绿的柳树,庄园,假如站在其中的一座山上,从那里望得见广袤的田野、电报局和火车,站在远处,火车看上去像一条爬行的毛毛虫;要是在晴朗的日子,往往连城市也能看到。现在,在平静的天气里,整个大自然显得温顺安详而若有所思,伊凡·伊凡内奇和布尔金内心充满了对这片田地的热爱之情,两个人都觉得这个国家是如此广大和美好。

"上一次我们在村长普罗科非家住干草棚的时候,"布尔金说,"您曾经打算讲一个故事。"

"是啊,当时我想讲自己弟弟的故事。"

伊凡·伊凡内奇长长地舒了口气,抽起了烟斗,以便开始自己的故事,但是正好这时下起了雨。五分钟以后已经变成倾盆大雨,难以估计这场雨何时会结束。伊凡·伊凡内奇和布尔金沉思着停住了脚步。两条猎狗已经淋得透湿,夹紧尾巴站着,动情地看着他们。

"咱们得到什么地方躲一躲,"布尔金说,"去阿列辛家吧,那儿路近。"

"咱们走。"

他们拐向一边,径直沿着割过的地里走,时而笔直,时而右拐,直到走上大路。不久出现了一片白杨林,果园,然后是谷仓的红色屋顶;一条小河闪着粼粼波光,展现出深水段辽阔河面的景象,那里有一座磨坊和一个白色浴场。这是索菲伊诺村,阿列辛就住在那里。

风磨正在工作，盖住了雨声。水坝被震得瑟瑟抖动。这里，淋湿的马匹低头站在大车旁，人们头上披着袋子，走来走去。周遭湿漉漉、脏兮兮，没有舒适的感觉，深水段河面的景象也显得冷冰冰，恶狠狠。伊凡·伊凡内奇和布尔金已经感觉到浑身湿淋淋、脏兮兮，很不舒服，两只脚因为沾满了烂泥而变得很沉重，所以在经过水坝，向着主人家谷仓方向往上走的时候，便都没有吭声，仿佛彼此在生对方的气。

在一个谷仓，簸谷机正在嗡嗡响，门开着，灰尘从里面飞扬出来。阿列辛本人正在门口。他是一个四十上下的男子，长得高高胖胖，蓄着长长的头发，与其说他的样子像个地主，不如说像个教授或者画家。他身上穿着一件好久没有洗的白衬衫，腰间束着一根绳子作为腰带，没有穿外裤，只穿了一条长衬裤，靴子上也沾着烂泥和麦秸。看样子非常高兴。

"两位先生，屋里请，"他笑吟吟地说，"我马上，一会儿就来。"

房子很大，是两层楼房。阿列辛住在楼下，两个带拱顶的房间，窗户很小，以前那里是下人住的房间。这里的环境很简朴，散发出黑麦面包和廉价伏特加以及烟草的气味。楼上的两个正房他不大去,只在有客人来的时候才上去。伊凡·伊凡内奇和布尔金被一个女仆迎进屋去,她是个年轻女子,非常漂亮,使他们俩一下子停住了脚步,彼此相对而视。

"两位先生,你们想象不出我见到你们有多高兴,"阿列辛随着他们走进过道时说,"真没想到!""彼拉盖娅,"他对女仆说,"弄件什么衣服让客人换换。顺便我也换换衣服。不过首先得洗个澡,否则我的样子像开春以来没洗过澡似的。两位先生,你们想去浴场吗,这里也好做点准备。"

美丽的彼拉盖娅是那么文雅,看上去是那么随和,她带来了床单和肥皂,阿列辛和客人去了浴场。

"是啊,我很久没有洗澡了,"他边脱衣服边说,"你们看见了,我有一个挺好的浴场,还是我父亲造的,但是洗澡总抽不出时间。"

他坐在梯级上,给自己的长发和脖子擦上肥皂,于是身边的河水变成了咖啡色。

"不错,我也这么认为……"伊凡·伊凡内奇认真地看着他的脑袋说。

"我好久没有洗澡了,"阿列辛尴尬地重复说,又擦了一遍肥皂，于是身边的河水变成了像墨水一样的深蓝色。

伊凡·伊凡内奇从水里走出来，扑通一声跳进水里，冒雨游起泳来，大幅度地挥动双臂，他身边激起了浪花，浪花里荡漾着白色线条。他游到深水段的正中央，一个猛子扎进水里，一分钟以后在另一个地方露出了头，又继续扎着猛子，试图达到水底。"啊，老天……"他惬意地连连说道，"啊，老天……"他游到磨坊边，在那里和几个农民说一会话，便折了回来，在深水段的中央仰面躺着，让面孔淋着雨。布尔金和阿列辛已经穿上衣服准备离开，他却还在边游边扎猛子。

"啊，老天……"他说道，"啊，上帝保佑。"

"会保佑您的！"布尔金对他大声说。

他们三人都回到了屋里。楼上的大客厅里已经上了灯，布尔金和伊凡·伊凡内奇穿上了丝绸的长裤，暖和的便鞋，坐在了安乐椅里，而阿列辛自己洗过澡以后梳理了头发，穿着一件新的常礼服，在客厅里来回踱步，看起来正在享受温暖、清洁的感觉和穿上干燥衣服以及轻便鞋子的舒适，美丽的彼拉盖娅静悄悄地在地毯上走着,脸上挂着温和的笑容,用托盘端上茶和果酱,直到这个时候,伊凡·伊凡内奇才开始讲他的故事,而听故事的人似乎不只有布尔金和阿列辛,还有那些年老和年轻的女士与军人,他们正安详而严肃地从金边的画框里看着他。

"我们是兄弟俩,"他开始说,"我,伊凡·伊凡内奇,还有尼古拉·伊凡内奇,比我小两岁。我呢,走了求学之路,成了一名兽医,而尼古拉呢,从十九岁起就在官府里坐办公室了。我的父亲契姆沙-吉马拉伊斯基是世袭兵出身,但是由于军功获得了军官头衔,给我们留下了世袭贵族的身份和一处小田庄。他故世以后我们的田庄因为官司而抵了债,但是不管怎么说,我们的童年在乡下倒过得自由自在。我们跟农民家的孩子一样,在田间、森林度过许多个日日夜夜,看管马匹,剥树皮,捉鱼,还做其他类似的事情……你们知道,如果有人一生中哪怕有一次捉到过梅花鲈,在秋季见到过迁徙的鸫鸟,看它们在晴朗凉爽的日子里一群群地在村子上空飞翔,他就不再是城里人,他对自由自在生活的向往将至死不渝。我弟弟在官场坐办公室,产生了浓浓的乡愁。好几年过去了,他还在老位置，依然写着千篇一律的文书，老是想着一件事，但求能到乡下去生活。这种乡愁渐渐地变成了一个一成不变的愿望，他希望在一处河边或湖边买一座田庄。

"他为人善良，谦虚，我喜欢他，但是他这个一生都把自己关在庄园里的想法，我从来就不能苟同。一个人只需要一抔黄土就够了，这话说起来挺轻松。可是现在同样有人说，如果我们的知识分子眷恋土地，向往庄里的生活，倒是件好事，但是这些庄园还不就是一抔黄土吗?! 远离城市，远离斗争，远离生活的喧嚣，逃进自己的庄园里一躲了之，这不是生活，是自私，懒人哲学，某种形式的僧侣主义，既然是僧侣主义，也就无所谓建功立业。人需要的不是一抔黄土，不是庄园，而是整个地球，整个大自然，那里他才有广阔天地，才能发挥他自由灵魂的全部功能和特点。

"我的弟弟尼古拉在自己办公室里幻想他将喝上自己家的汤，它的可口香味弥漫了整个院子，他在碧绿的草地上用餐，在太阳下睡觉，一连几个小时坐在大门外的长凳上，眺望田野和森林。农业用书和历书上形形色色的建议成了他的赏心乐事，他喜爱的精神食粮。他也喜欢看报，但是只看上面的启事，说有多少俄亩耕地和牧场连同庄园、河流、果园、磨坊以及活水池塘出售。他在头脑里勾画出通向果园的小路，鲜花，水果，椋鸟舍，池塘里的鲫鱼，以及你们知道的诸如此类的东西。这些想象中的图画各式各样的都有，根据他见到的启事而定，但是不知怎么的，每一幅里必定有醋栗。没有一处庄园，没有一个诗意盎然的角落，在他的设想中没有醋栗。

"'乡村的生活自有它的舒适之处，'他常常说，'你坐在阳台上，喝着茶，你的鸭子在池塘里戏水，你闻到的气味是那么沁人肺腑，还有……还有醋栗长势正好。'

"他画了自己庄园的平面图，每一次他画出的平面图都是一个样：a.主人的住宅，b.下房，c.菜园，d.醋栗。他日子过得很节俭：没有爽爽快快吃过一顿，也没有舒舒服服喝过一回，身上穿的天晓得是什么衣服，跟乞丐似的。他不停地攒钱存银行，贪婪得要命。我看着他觉得心疼，逢事过节常给他些东西，寄些东西，可他连这些也藏了起来。一个人一旦认了死理，就没救了。

"时间一年年过去，他被调到了另外一个省。他已经年满四十,却仍然在看报纸上的启事,攒钱。后来听说他娶了老婆,目的仍然是要买有醋栗的田庄。他娶的是一个寡妇,年纪老,又难看,而且无感情可言。娶她就是因为她有几个钱。成婚后他过得依然非常吝啬,让她过着半饥不饱的生活,而她的钱他却存在了银行里,挂在自己的名下。以前她嫁的是一个邮政支局的局长,在他身边吃惯了馅饼,喝惯了果子露酒,可是在第二任丈夫身边连黑面包也没有吃够过。她因为这样的生活而生了病,过了大约三年就把灵魂交给了上帝。当然我弟弟无时无刻不认为自己对她的死是有过错的。金钱和伏特加一样,会把人变成怪物。我们城里有个商人死了,临死前吩咐给自己端来一盘子蜂蜜,便把自己所有的钱和彩票都和着蜂蜜吃了下去,为的是不让任何人得到。有一次我在火车站检查畜群,这时一个牲口贩子掉到了机车下面,被轧断了一条腿。我们把他抬进急诊室,血一直在流淌,真可怕,可他却不停地请求寻找他的那条腿,老是放心不下,因为断腿的靴子里有二十卢布,千万别丢了。"

"这都哪儿跟哪儿啊。"布尔金说。

"妻子死了后,"伊凡·伊凡内奇想了半分钟,继续说道，"我弟弟开始为自己物色田庄。当然尽管你物色它五年，你的选择仍然不对，买到的田庄还是和当初向往的全然不同。我弟弟尼古拉通过经纪人，借了债，买进了一份占地一百一十二俄亩的田庄，有主人的宅子、下房，有花园，但是既没有果园，也没有醋栗，更没有鸭子戏水的池塘；河倒是有一条，可是里面的水颜色像咖啡，因为河的一边是砖厂，另一边是烧骨厂。不过尼古拉没怎么伤心，他订购了二十丛醋栗灌木，把它们种下了，开始过地主的生活。

"去年我曾经去看望他。我想我得去看看，那里情况怎么样，有些什么名堂。我弟弟在信里给自己的田庄起了这样一个名字：楚姆巴洛克洛夫野地，也叫吉马拉伊村。我抵达吉马拉伊村已经时过中午，天气很热。到处是沟沟壑壑，围墙，篱笆，种了一行行云杉，你无法知道如何走进院子，在哪儿拴马。我向屋子走去，一条棕色的狗迎面向我走来，它胖得像头猪。它想叫，但是懒得叫。厨娘从厨房里出来，她赤着脚，也胖得像猪，说老爷吃完午饭正在休息。我走进弟弟的房间，他坐在床上，膝头盖着毯子，人变老了，胖了，皮肉松弛了，面颊和嘴唇向前突着——看样子他仿佛就要钻进毯子里去发出猪一样的哼哼声。

"我们拥抱并且哭了起来,一则因为高兴,一则因为伤心地想到我们曾经青春年少,可现在都已头发花白,行将就木。他穿好衣服,带我去看他的田庄。

"'说说你过得怎么样?'我问。

"'还行,托上帝的福,我过得不错。'

"这已经不是往昔那个胆小可怜的小官吏,而是一个名副其实的地主,一个老爷。他已经过惯了这里的生活,不仅习惯了,而且过得有滋有味。吃得很多,在浴室里洗澡,发福了,已经和周围的人以及两家工厂打过官司,因为农民不叫他'阁下',他感到非常委屈。他像个老爷的样子,像煞有介事地关心自己的灵魂,善事不是简简单单地一做了事,而要摆出一副居高临下的架势。可那算什么善事?他给你们治病,不管什么病,一律用苏打和蓖麻油。在自己的命名日他在村子里举行感恩祷告,然后放上半维德罗[1]伏特加,认为需要这样做。唉,这可怕的半维德罗!今天胖地主因为牲口损毁庄稼而拖农民去见行政长官,可是到

---

1 俄国容量单位,1维德罗等于12.3升。

了明天，遇上节庆的日子，却给他们摆上半维德罗伏特加。他们一面喝酒一面喊'乌拉'，喝得醉醺醺了，就给他叩头。一旦生活变好，饱餐终日，无所事事，俄国人自命不凡、肆无忌惮的德性就在自己身上发展起来。尼古拉·伊凡内奇以前在官府办公室里甚至不敢有自己个人的意见，可是现在却满口真理，说话的腔调简直像个部长：'教育是必需的，但是对老百姓来说还为时过早。''体罚总的说是有害的，但是在某种情况下是有益而且不可替代的。'

"'我了解百姓，而且善于和他们打交道，'他说道，'百姓拥戴我，只要我动一下手指头，他们就会为我做我想要做的任何事情。'

"你们请注意，他在说所有这些话的时候，都露出善者和智者的笑容。一些话他重复了大约二十遍——'我们贵族''我作为贵族'，显然他已经忘记我们的祖父是农民，父亲是士兵。我们的姓氏契姆沙-吉马拉伊斯基，其实是那么佶屈聱牙，可是现在他甚至觉得那么悦耳动听，那么雍容华贵，心里非常得意。

"但是问题不出在他身上，而在我自己身上。我想告诉你们，在他庄园里度过的不多的几个小时里，我身上发上了什么变化。傍晚我们喝茶的时候,厨娘把满满一盘醋栗端上了桌。这不是买的,而是自己家的,是灌木丛种下后首次采摘的。尼古拉·伊凡内奇笑了起来,默默地对着醋栗看了一分钟,含着眼泪,——他激动得说不出话来,然后把一颗浆果放进嘴里,以一个孩子终于获得心爱玩具的胜利表情看着我,说道:

"'真好吃!'

"他贪婪地吃着,不断地重复说:

"'唉,真好吃!你尝尝!'

"醋栗又硬又酸,但是正如普希金所说:'我们受到的虚假吹捧会使我们觉得它比万千真理还要珍贵。'我看到了一个幸福的人,他久蕴心头的理想已然如此明白无误地实现,他生活的目标已然达到,自己向往的东西已然获得,对于命运,对于自己,他已心满意足。不知为什么,我关于个人幸福的思想,总是伴随着一种忧伤的情绪,现在当我看到一个幸福的人的时候,一种近乎绝望的沉重心情充塞了我的心头。到了夜里心情尤其沉重。我的床铺被安置在与弟弟并排的房间里,我听到他没有睡觉,起床走到装醋栗的盘子前,拿着一个个浆果。我想,其实满意和幸福的人是何其多！这是一种多么令人感到压抑的力量！你们请看看这样的生活：强势的人厚颜无耻，游手好闲；弱势的人愚昧无知，牛马不如；周遭充斥着无以复加的贫困，拥挤，蜕化变质，酗酒，伪善，谎言……但是所有的房子里，街道上却寂然无声，一片安宁；生活在城市的五万人中没有一人发出呐喊，大声表示愤怒。我们看到的是这样一些人，他们到集市上去买食物，白天吃，晚上睡，说的都是自己那些鸡零狗碎的废话，娶老婆，慢慢变老，安详地把自己家里死去的亲人拉到墓地；然而我们没有看见，也没有听见正在受苦受难的那些人的事，以及生活中的那些可怕事件，它们正在幕后的某个地方发生。什么都悄无声息，宁静安闲，只有无声的统计数字在提出抗议：多少人精神失常，多少维德罗的伏特加被喝掉，多少孩子饿死……显然需要这样的秩序；显然，幸福的人之所以自我感觉良好，仅仅是因为不幸的人默默地背负着自己的重荷，而且没有这种沉默，幸福是不可能的。这是普遍的催眠术。应当在每个心满意足和幸福快乐的人的门外站一个手持榔头的人，经常用敲击声提醒他，还有不幸的人，无论他有多幸福，生活早晚会向他伸出自己的利爪，他会大祸临头——他会生病，落魄，失去一切，而且谁也看不见他，听不见他，就如现在他看不见也听不见别人一样。然而那个手持榔头的人并不存在，幸福的人活得自由自在，对生活琐事的关心轻轻地拨动着他的心弦，犹如风儿吹拂着山杨，一切都顺顺当当。"

"在那个夜晚我开始明白，我也感到有多么满足，多么幸福。"伊凡·伊凡内奇接着说，"我在餐桌上和打猎的时候也教训别人如何生活，如何信仰，如何管理百姓。我也说学习就是光明，教育是必需的，但暂时，对普通民众来说能识字就够了。自由是一种财富，我说过，没有它不行就如没有空气不行一样，但是需要等一等。是的，我这样说过，可是我现在要问：为什么要等？"伊凡·伊凡内奇望着布尔金问道，"为什么要等，我问您？出于什么样的考虑？有人对我说，什么都不能一蹴而就，然后每种思想在生活中都是逐步实现的，有它自己的时间周期。但这是什么人说的？有什么证据表明它是正确的？您引用事物的自然秩序、现象的合理性来证明，但是有没有这方面的秩序和合理性：我，一个活生生、有思想的人，站在一条壕沟前，等待着它自动闭合或者让淤泥把它填平，在这样的时候，我怎样才能通过，也许，跳过去，或在上面架桥？依然是为什么要等待？在没有力量活下去的时候等待，但是需要活下去，希望活下去！

"当时我在清晨离开弟弟走了，从此以后经常待在城里对我来说变得不堪忍受。寂静和安宁的生活使我感到一种压迫，我不敢望窗外，因为现在对我来说没有比看到围坐在桌边喝茶的幸福家庭，心头更感到沉重了。我已经老了，不再适合斗争，我甚至连仇恨都无能为力了。我只是在内心感到哀伤，我生气，懊丧，每到夜晚因为形形色色的思想涌上心头而脑袋发烫，所以我睡不着觉……唉，要是我年轻该有多好！"

伊凡·伊凡内奇激动地从一头到另一头来回走着，重复说：

"我要是年轻该有多好！"

他突然走到阿列辛面前，时而握握他的一只手，时而握握他的另一只手。

"巴维尔·康斯坦丁诺维奇！"他用央求的语气说道，"您别安静下来，别让自己睡着！趁您还年轻，精力充沛，要不停地做善事！幸福不存在，也不应当存在，假如生活中存在意义和目的，那么这个意义和目的完全不是我们的幸福，而是某种理智和伟大的东西。积德行善吧！"

伊凡·伊凡内奇在说所有这些话的时候脸上挂着可怜而央求的笑容，仿佛是他本人在为自己恳求。

后来他们三人都坐在了安乐椅里，坐在客厅的不同角落，都不吭声。伊凡·伊凡内奇的故事既没有使布尔金，也没有使阿列辛感到满足。当在昏暗中看上去似乎活生生的将军们和女士们从金边的画框里望着的时候，听取一个关于吃醋栗的可怜小官吏的故事，是乏味的。不知为什么，他们本能地希望谈论和听取关于优秀人物、高雅女性的话题。他们现在坐在客厅里，那里的一切——无论是罩着套子的枝形吊灯，抑或安乐椅，还是脚下的地毯——都告诉他们正是现在从画框里望着的那些人当初曾经在这里走动、就座和喝茶，如今美丽的彼拉盖娅静悄悄地在地毯上走动，而这些比任何故事都要有意思得多。

阿列辛非常困了，他早晨三点就起床忙活，现在连眼皮也睁不开了，但是他担心他不在的时候两位客人又会讲什么有趣的故事，所以没有走开。伊凡·伊凡内奇刚才讲的是否有道理，是否公允，他未曾仔细想过；但是两位客人谈的既不是谷子，更不是干草，也不是焦油，而是与他的生活没有直接关系的事情，所以他感到高兴，希望他们继续谈下去……

"但是该睡觉了，"布尔金站起来说，"请允许我祝您晚安。"阿列辛告辞后回到楼下自己的房间，客人则留在了楼上。他们两人被安顿在一个大房间里过夜，那里放着两张雕花的旧木床，角落里是耶稣受难的象牙十字架。他们的床铺宽大而凉爽，是美丽的彼拉盖娅铺的，散发出新的被褥怡人的气息。

伊凡·伊凡内奇默默地脱衣躺下。

"上帝啊，宽恕我们这些有罪之人吧！"说过以后他用毯子蒙上了头。

他那放在桌上的烟斗散发出浓烈的烟油子味，布尔金久久没有睡，怎么也弄不清这么浓的气味是从哪儿来的。

雨点打在窗上，下了整整一夜。

1898年

带小狗的女人

听说滨海街来了新人物：一位带小狗的女人。德米特里·德米特里奇·古罗夫已经在雅尔塔住了两个星期，习惯了这儿的生活，也开始对新人物感兴趣。他坐在维尔纳[1]美术馆的小卖部，看到一位戴贝雷帽的年轻女士，是个高个儿的金发女郎，在滨海街走过；一条白色小狮子狗跟在她的身后跑着。

后来他常在城市花园和街边小花园遇见她，一天里有好几次。她独自一人漫步，一直戴着那顶贝雷帽，带着白狮子狗。没有人知道她是谁，所以就直接称她为带小狗的女人。

"既然她在这儿没有同丈夫一起，又没有熟人，"

---

[1] 维尔纳家族是18—19世纪法国的绘画世家。

古罗夫心里想道,"那么和她认识一下倒并非多此一举。"

他还不到四十岁,却已经有一个二十岁的女儿和两个念中学的儿子。还在念大学二年级的时候,他早早地结了婚,如今妻子看上去比他年纪大一倍半。这是个高个儿的女人,长着两条深色的浓眉,腰背笔挺,趾高气扬,一副很有风度的样子,就如她自己说的,是个有思想的人。她读过许多书,书写的时候不用硬音符号ъ[1],叫丈夫的名字时不叫"德米特里",而叫"季米特里"[2],而他则在私下里认为她智力有限、狭隘、缺乏风度,对她有所忌惮,不喜欢待在家里。他早就对她不忠了,经常做对她不忠的事,也许正因如此,他对女人的评价几乎总是负面的,当有人在他面前说起她们时,他这样称呼她们:

---

[1] 现代俄文字母表里有两个字母本身不代表任何声音,即硬音符号ъ和软音符号ь,前者在单词中位于辅音字母和元音字母之间时,表示该辅音与后面的元音不连读,不在一起构成一个音节;后者在位于辅音字母后面时,表示该辅音读软化音。旧时以非软化的辅音字母结尾的俄文单词,在结尾都要加硬音符号。书写规则改革以后,取消了这个规定。作者在这里这样描写是表示古罗夫的妻子标榜自己时尚。
[2] 这也是"时尚"。

"低等人种!"

为了给她们一个合适的称呼,他觉得痛苦的经验自己领教得够了,可是如果没有"低等人种",他恐怕连两天也过不下去。在男人的圈子里他感到乏味,不自在,和他们说不到一块儿,关系冷淡,然而在女人中间,他便感到自由自在,知道跟她们说什么话,如何举手投足,即使跟她们一句话也不说,他也感到轻松。他的外表、性格、整个禀性,都有某种迷人的、难以捉摸的东西,这些却博得女人们对他的好感,被他所吸引。他知道这一点,某种力量也将他吸引到她们身边。多次的经验,事实上是痛苦的经验,早就教训过他,每一次与女人的接近,尽管一开始因为使生活变得多姿多彩而心旷神怡,成为温馨与轻松的奇遇,但对于体面的人,尤其对于艰难地向上攀登、迟疑不决的莫斯科人来说,必然会成为整整一道异常复杂的难题,最终处境会异常艰难。然而每当与有趣的女性有了新的相遇机会,这个经验似乎从记忆里溜走了,于是产生了与之缠绵的欲望,而且这一切看起来是如此简单与好玩。

就这样,有一次傍晚的时候,他在花园里用餐,戴贝雷帽的女士徐徐走来,以便占用邻近的餐桌。她的表情、步态、衣着、发式都告诉他,她来自体面的阶层,已婚,首次到雅尔塔,是单身一人,而且她在此地感到枯燥乏味……故事里有关本地习俗不干不净的描述许多是不实的,他对此不屑一顾,知道这些故事大多是人们杜撰的,如果做得到,他们自己倒巴不得去做这样的有罪之事。但是当女士在距他三步之遥的邻桌就座时,他想起了这些轻易得手、在山间悠游的故事,于是一个诱人的念头突然使他不能自已,想迅速与之建立转瞬即逝的联系,想与一位连姓名都一无所知的女性生出一段浪漫情史。

他亲切地招呼狮子狗到自己身边,当它走近的时候又伸出一根手指警示它。狮子狗唔唔地抱怨起来。古罗夫仍然对它发出警示。

女士扫了他一眼,立马垂下了双眼。

"它不咬人,"她说着脸红了。

"可以给它喂骨头吃吗?"当她肯定地点了点头以后,他便礼貌地问道,"您早就来到雅尔塔了吧?"

"快五天了。"

"我在这儿已经待了一个多星期了。"

有一会儿两人都没有说话。

"时间过得真快,不过这儿也真无聊。"她说道,并不看着他。

"说这儿无聊不过是惯常说说而已,凡夫俗子住在别廖夫或日兹德拉[1],他倒不觉得无聊,可是一来到这儿,就说:'哎呀,真无聊!哎呀,看这漫天的尘土!'你以为他是从格林纳达[2]来的。"

她笑了起来。接着双方都继续默默地吃饭,跟素昧平生一样。但是餐后两个人却并排走在了一起——于是开始了无牵无挂且心满意足的人们那种调笑、轻松的聊天,不管往哪儿去,说什么话,他们都无所谓。他们一边漫步,一边说大海在光照下呈现出多么奇异的景象,海水泛出一片淡紫色,是那样柔和与温暖,它上面铺展着一道从月亮泄下的金色光带。他们说到经过一个炎热的白昼,天气是多么闷热。古罗夫说自己是莫斯科人,读的是俄文系,却在银行里做事,他一度想在一个私人剧院里当歌手,但是放弃了,在莫

---

1 两地都是俄国的地名。
2 格林纳达是加勒比的岛国,曾先后为法国和英国的殖民地,1974年独立,为旅游胜地。

斯科有两处房产……他从她那儿得知她在彼得堡长大,可出嫁却在 C 市,已经在那里住了两年,她在雅尔塔再住大约一个月,也许她丈夫会跟着来她这儿,因为他也想歇歇。她怎么也说不清楚丈夫在哪儿做事,在省府公署还是省地方自治局,她自己也觉得这有点好笑。古罗夫还知道她叫安娜·谢尔盖耶夫娜。

后来在自己的房间里他想到了她,想到明天她也许会再遇见他。这应该是可能的。躺在床上睡觉时他想起了,不久前她还是个贵族女中的学生,反正就如他现在的女儿那样,想到在她的笑声里、与陌生人的聊天中,还有多少胆怯、不自在的成分——也许这是她平生第一次孤身独处,而且在这样的环境里,人们追随在她后面,看着她,只怀着她不可能不猜到的一个隐秘目的与她说话。他想起了她纤细孱弱的脖颈,美丽的灰眼睛。

"不过在她身上依然有着某种可怜的东西,"他想了一会,开始入睡。

二

两人认识以后过去了一个星期。这天是一个过节的日子。待在屋子里感到闷热,到街上旋风刮得尘土飞扬,会吹落帽子。古罗夫整天想喝点什么,就经常光顾小卖部,建议安娜·谢尔盖耶夫娜有时喝加糖浆的水,有时吃冰激凌。没地方可去。

傍晚,当周遭稍稍平静下来,他们就走上防波堤去看轮船驶近。码头上有许多来散步的人,他们聚集在这儿等人,手里拿着花束。这时衣着讲究的雅尔塔人的两大特点便醒目地映入眼帘:上了年纪的女士穿戴得像年轻人,还有许多将军。

海上浪大的时候轮船到得晚,这时太阳已经下山了,在靠近防波堤前要长时间掉头。安娜·谢尔盖耶夫娜透过单目眼镜看轮船和乘客,仿佛在寻找熟人,到转身向着古罗夫的时候,则眼睛里放着光。她说得很多,提的问题断断续续,却会把自己问过的事立马忘了。后来她在人群中间把自己的单目眼镜弄丢了。

盛装的人群散了,已经看不到一个人,风儿也已完全止息,可古罗夫和安娜还站着,仿佛在期待会不会还有谁从轮船上下来。安娜·谢尔盖耶夫娜已经不再说话,闻着花儿,也不看着古罗夫。

"傍晚的时候天气开始好起来了,"他说道。"咱们现在去哪儿呢？咱们不乘车到什么地儿溜溜？"

她什么也没有回答。

于是他专注地望着她，突然搂住她，吻她的嘴唇，花香和水滴向他袭来，他惶惑地回头四顾：会不会有人看见？

"咱们去您那儿吧。"他压低了声音说。

两个人便迅速起步。

她的房间里很闷热，弥漫着她从日本人的商店买来的香水的气味。现在古罗夫望着她，心里想："生活中什么样的邂逅不会发生啊！"往昔为他保留了有关无忧无虑、心地善良的女子的回忆，她们因爱情而喜悦，感谢他给了她们幸福，尽管这幸福非常短暂；还有关于那些女人——例如他的妻子——的回忆，她们的爱缺乏真情，她们说话絮絮叨叨，矫揉造作，歇斯底里，那表情仿佛在说这不是爱情，也不是情欲，而是某种更为意义重大的东西；还有关于那样两三个非常漂亮、冷酷的女人的回忆，她们会突然在脸上闪过凶残的表情，表露出一种欲望，要从生活中获得、攫取比自己所能给予的多得多的东西，这是些半老徐娘，任性，难以理喻，颐指气使，冥顽不灵，一旦古罗夫对她们失去热情,她们的美貌就会激起他的仇恨,这时她们衣服上的花边在他眼里就像鱼鳞一样了。

然而现在依然是未经世故的青春年少的胆怯,唐突,不自在的感觉,有一种茫然无措的印象,仿佛突然间有人叩响了房门。安娜·谢尔盖耶夫娜,这位"带小狗的女人",对待刚才发生的事情有点特别,非常认真,似乎在对待自己的堕落一样——看起来有这样的感觉,但这既奇怪又表现得不是时候。她面容低垂,一副萎靡不振的样子,长长的头发可怜巴巴地挂在脸颊的两边,她摆出一副伤心的姿态,陷入了沉思,犹如古画里的一个犯了罪过的女子。

"不好,"她说道,"现在您是第一个对我不尊重的人。"

房间的桌子上有一个西瓜。古罗夫给自己切下一块,慢慢吃起来。至少有半个小时两个人都没有说话。

安娜·谢尔盖耶夫娜的样子令人感动,她身上洋溢着一个正派、天真、少经世面的女子的清纯气质。桌上孤零零地点燃的一支蜡烛依稀照亮了她的脸庞,不过看得出她心绪不佳。

"我凭什么要不再尊重你?"古罗夫问道,"你自己不知道在说什么。"

"愿上帝宽恕我!"她说着眼睛里噙满了泪水,"这是件可怕的事。"

"你好像在自我辩护。"

"我拿什么辩护?我是一个不道德、下贱的女人,我看不起自己,想都没想过要自我辩护。我欺骗的不是丈夫,是自己。而且不仅是现在,很久以前就在欺骗了。我的丈夫也许是个诚实的好人,但是他是个当差的!我不知道他在那里干什么,怎么做事,只知道他是当差的。我嫁给他的时候才二十岁,我陶醉在好奇心之中,企望某种更好的生活;'要知道,'我对自己说,'另一种生活是存在的。'想过一过这样的生活,过一过,再过一过……好奇心煎熬着我……这一点您是理解不了的,但是我向上帝起誓,我已经控制不了自己,我身上发生了某种变化,我按捺不住自己,就对丈夫说我病了,于是就来到了这里……在这儿就一直游游荡荡,像发了狂似的,像个疯子似的……就这样我成了一个谁都可以鄙视的下流的坏女人。"

古罗夫已经听腻味了,这种天真的腔调,这种如此意外和不合时宜的忏悔使他十分恼怒;如果不是她的眼眶里挂着泪珠,可能会以为她在开玩笑或在扮演某个角色。

"我不明白,"他轻声说,"你到底想干什么?"

她把脸埋进他怀里,紧紧地偎依着他。

"请相信,相信我,求您了……"她说道,"我喜欢过诚实、纯洁的生活,而罪过对我来说是可恶的,我自己也不知道在干什么。头脑简单的人说鬼迷心窍了。现在我可以对自己说,我着了魔了。"

"够啦,够啦……"他喃喃自语。

他看着她凝神不动、惶惑不安的眼睛,吻着她,轻声而温柔地说话,于是她便稍稍宽慰下来,欢乐又回到了她身上,两个人都笑了起来。

然后,当他们再度出门时,防波堤上已经阒无人影,城市连同它的一棵棵柏树显出完全死寂的样子,然而大海依然在喧嚣,拍打着堤岸。一条舢板在波浪上摇晃,上面闪烁着一盏昏昏欲睡的小灯。

他们找到了一辆马车,就去往奥列安达[1]。

"我刚才在楼下前厅里得知了你的姓氏:登记牌上

---

[1] 克里米亚地名。

写着冯·迪代理茨。"古罗夫说道,"你的丈夫是德国人吗?"[1]

"不是的,好像他的爷爷是德国人,可他本人却是正教徒。"[2]

在奥列安达他们坐在一张长椅上,离教堂不远,俯瞰着下面的大海,没有说话。透过晨雾雅尔塔依稀可见,山巅停栖着朵朵白云。树上的枝叶纹丝不动,知了叫个不停,从下面传来大海单调、低沉的喧嚣声,诉说着安宁和期待我们的永久的梦境。在此地既没有雅尔塔也没有奥列安达的时候,它就一直如此在下面喧嚣,现在和将来,当我们不再存在的时候,它依然会那样无动于衷地发出低沉的喧嚣。也许在这亘古不变的状态中,在对我们每个人的生和死完全无动于衷的态度中,隐藏着我们得到永久救赎、地球上生命不停地运动、一切不断完善的保障。当和一个在晨曦中显得如此美丽的年轻女子并排而坐的时候,古罗夫感

---

[1] 欧美国家女子出嫁以后从夫姓。德国人的姓氏前如果有"冯"字,表示其出身贵族。
[2] 基督教分为三大宗派,即天主教、基督教新教和正教,正教又称希腊正教或东正教,俄国和东欧的一些国家的民众多信东正教。安娜这样说是表示其丈夫是俄籍。

到安适，如痴如醉，因为有这童话般的环境——大海、高山、白云、辽阔的天空，他想到，如果仔细地思量起来，那么除开我们在忘却生活的崇高目标和自己人的尊严的时候，我们所思所做的一切，世上的一切从本质上说都是美好的。

一个人走近前来——可能是公园的看门人——看了看他们，走开了。这个细节看上去是如此神秘，也是美好的。望得见沐浴在晨曦里的一艘轮船，从费奥多西亚驶来，船上已没有了灯火。

"草上有露水了。"安娜·谢尔盖耶夫娜打破沉默说道。

"是啊，该回去了。"

他们回到了城里。

此后每天午间他们在防波堤会面，一起吃早餐，一起吃正餐，散步，赞美大海。她抱怨睡得不好，心里惊悸不安，老提一些相同的问题，因醋意和担心或他对她不够尊重而情绪激动。往往在街边小花园或城市花园里，当附近没有人的时候，他突然把她搂到身边激情地吻她。完全无所事事的状态，这些光天化日下的亲吻，还要不时回头四顾，唯恐被人瞧见的状态，炎热，大海的气息，还有一直在眼前晃动的游手好闲、衣着光鲜、饱餐终日的人群，仿佛让古罗夫换了个人似的。他对安娜·谢尔盖耶夫娜说她是多么漂亮，多么迷人，他已欲火难耐，一步也不离开她，而她却经常陷入沉思，总是请求他要明白他对她不尊重，丝毫不是在爱她，只是将她看作一个下流的女人。几乎每天晚上较晚的时候他们就乘车到城外的某个地方，去奥列安达或者瀑布飞泻的地方，漫游如愿以偿，每一次得到的印象必定是非常美好和灿烂辉煌的。

他们在等待她丈夫的到来。但是接到了他的来信，他在信上说他得了严重的眼病，央求妻子尽快回家。安娜·谢尔盖耶夫娜开始急于返程。

"这样好，我走，"她对古罗夫说，"这本来就命中注定。"

她乘马车走，他为她送行。车走了整整一天。当他坐进特快列车的车厢而第二遍铃声响起的时候，她说道：

"让我再看看您……再看一眼。就这样。"

她没有哭，但是神情忧伤，仿佛生了病似的，她的脸在微微颤抖。

"我会想您……会记起您的，"她说道，"上帝保佑您，留步吧。别记恨我。我们永别了，太需要这样了，因为没必要再相见。好吧，上帝和您同在。"

火车迅速开走了，它车窗里的灯光很快就看不见了，一分钟以后已经听不见嘈杂声，一切都仿佛故意约定似的，要尽快结束这忘乎所以的甜蜜，这疯狂。单独一人留在站台上望着漆黑的远方时，古罗夫倾听着蚕斯的鸣叫和电线的嗡嗡声，心里感觉到仿佛刚刚一觉睡醒。

于是他想到，现在他的生活中又有了一次奇遇和意外经历，它也已经结束，如今只剩下回忆了……他深有触动，心有戚戚，感到一阵轻微的悔意。毕竟这位他永远也不能再见到的年轻女子和他一起并不幸福。他曾彬彬有礼，真心诚意地与她相处，但是在对她的态度里，在他说话的语气里和与她亲昵的时候，仍然隐隐约约透露出一个幸福男人轻微的嘲弄和居高临下的粗暴态度，更何况他的年龄几乎是她的两倍。她一直说他心地善良，出类拔萃，情操高尚，显然她眼中的他并非事实上的他，就是说他不由自主地欺骗了她……

此地车站上已经秋意渐浓,晚凉阵阵。

"我该回北方了,"古罗夫离开站台时想道,"该回去了!"

三

莫斯科的家里已是一番冬季的景象,生起了炉子,每天早晨孩子们准备上学和喝早茶的时候,天色昏暗,保姆便点一会儿灯。严寒天气已然开始。冬雪初降,第一天乘雪橇出门时,望着皑皑大地,白茫茫的屋顶,不禁喜上心头,呼吸起来感到和顺愉快,这时便会勾起对儿时岁月的回忆。染上白霜的老椴树和白桦树露出一副和善的神态,它们比柏树和棕榈更称心,有它们在身边就不会去思念高山和大海。

古罗夫是莫斯科人,他在一个寒冷的晴好天气回到了莫斯科,当他穿上大衣并戴上温暖的手套,徜徉在彼得罗夫卡街头,在周末的晚上钟声入耳的时候,不久前的旅程和他曾经留恋的地方,对他来说已经失去了任何魅力。渐渐地他就沉浸在莫斯科的生活之中,已经在一天中贪婪地阅读三份报纸,并且说他原则上不读莫斯科出的报纸。他已经热衷于上餐馆,去俱乐部，吃宴请，出席纪念会庆典，已经为自己身边经常有著名的律师、演员或在博士俱乐部和教授打牌而得意非凡。他已经能吃下整整一份用平底锅烹制的酸菜炖肉。

他觉得再过个把月安娜·谢尔盖耶夫娜会像雾一样隐藏在他的记忆里，只是偶尔会带着动人的笑容出现在他的梦境，就如梦见别的人一样。然而一个多月过去了，严冬已然降临，记忆里的一切却非常清晰，似乎他与安娜·谢尔盖耶夫娜昨天才分别。记忆里的情景翻腾得越来越激烈。无论在夜晚的寂静中，准备功课的孩子们说话的声音传进他书房的时候，无论在他听到抒情歌曲或者餐馆里演奏管风琴的声音，还是暴风雪在壁炉里发出呼啸声的时候，突然间一切都在记忆里复活了：在防波堤上发生的事，山间云雾缭绕的清晨，从费奥多西亚驶来的轮船，还有亲吻。他久久地在房间里来回踱步，一面回首往事，一面莞尔而笑，后来回忆变成了幻想，于是在想象中往事和将来的事搅和在了一起。他没有梦见安娜·谢尔盖耶夫娜，她却如影随形，到处跟随着他，注视着他。一闭上眼他就见到活生生的她，她看上去比以往更加漂亮、更加年轻、更加温柔，他觉得自己也比当初在雅尔塔时更好看了。每到晚上她就从书橱里、从壁炉里、从角落里望着他，他听得见她的呼吸，她衣服亲切的窸窣声。在街上他目送着一个个女人，寻找有没有和她相像的人……

希望与人分享自己回忆的强烈愿望已经使他感到苦恼。但是家里是不可以谈自己恋情的，出了家门却无人可谈。房客里无人可说，银行里也一样。再谈些什么呢？难道说他当初恋爱过？难道在他跟安娜·谢尔盖耶夫娜的关系中有什么美好、富有诗意、颇有教益或有趣的东西？于是只好不着边际地泛泛而论有关爱情、女人的话题，谁也猜不透是怎么回事，只不过妻子却动了动自己的浓眉，说道：

"季米特里，你根本不适合演花花公子的角色。"

有一天夜晚，和自己的牌友（一个官员）从博士俱乐部出来的时候，他忍不住了，说道：

"要是您知道就好了，我在雅尔塔结识了一位多么迷人的女子！"

官员坐进雪橇，出发了，但是突然回过头来叫他：

"德米特里·德米特里奇！"

"什么事？"

"刚才您说得对：鲟鱼肉有味儿了？"

这极其平常的一句话不知为什么竟使古罗夫大为光火，他觉得这是句侮辱性的脏话。多么粗野的习俗，什么嘴脸！多么无聊透顶的夜晚，多么毫无趣味、平庸无奇的白昼！牌桌上疯狂的赌局，饕餮大餐，狂喝闹饮，一成不变的话题。毫无用处的事务和总是千篇一律的话题本身就占用了最好的一部分时间和最好的精力，最后剩下的是被截短了的平庸的一生，某种荒诞无稽的东西，可是要离开、逃避又不行，你仿佛住进了疯人院或者被关进了监狱劳改队！

古罗夫整宿没睡，恼怒万分，然后整天在头疼中度过。接下来的几个夜晚睡眠极差，一直坐在床上胡思乱想，或者在房间的对角之间踱步。他讨厌孩子们，讨厌银行，哪儿也不想去，什么话也不想说。

在十二月的节期[1]里他打点行装上路了，对妻子说是到彼得堡去张罗一个年轻人的事务——于是去了 C 市。去干吗呢？他自己也不知道。他心里有一种与安

---

1 指宗教的节期。

娜·谢尔盖耶夫娜见见面说说话的冲动,如果可能就安排会面。

他在清晨抵达Ｃ市,开了一个上好的房间,里面整个地板都铺着灰色的军用呢,桌子上有一个墨水瓶,因为蒙上了灰尘而显得灰不溜秋,上面有一个骑着马的骑士,举手握着顶帽子,但是脑袋被打掉了。看门人给了他需要的信息:冯·迪代理茨住在老陶瓷街自己的房子里,日子过得很优裕,有钱,有自己的马车,城里人都知道他。看门人把他的姓氏念成了"德雷德利茨"。

古罗夫不慌不忙地向老陶瓷街走去,找到了那幢房子。房子正好面向一道长长的灰色围墙,墙顶上插着一根根钉子。

"有这样的一道围墙,看你往哪儿逃。"古罗夫时而望望窗户,时而望望围墙,想道。

他心里自忖:今天不是上班的日子,也许她丈夫在家。不过反正一样,闯进屋去跟打搅人家,都是不妥当的。假如派人送字条去,可能它会落到丈夫的手里,那样的话什么都搅黄了。最好还是等待时机。他就一直在街上和屋子附近徘徊,等待着这样的时机。

他看到大门里走进一个乞丐，几条狗马上向他冲了过去。后来过了大约一个小时，他听见了弹琴的声音，传出的琴声微弱而不清晰。想必是安娜·谢尔盖耶夫娜在弹琴。突然正门开了，里面走出一个老妇人，她后面跟着跑出那条熟识的白色狮子狗。古罗夫打算叫那条狮子狗，但是他猛然心跳起来，由于激动竟然想不起狗的名字了。

他来回踱步，越来越恨那道灰色的围墙，已经懊恼地认为安娜·谢尔盖耶夫娜已经把他忘了，也许她正和别人寻欢作乐，一个从早到晚被迫只能看见那道该死的灰色围墙的年轻女子，处在这样的境地，做这种事是完全合情合理的。他回到了自己的房间，在沙发上静坐良久，不知道该怎么办，然后吃了饭，接着就睡觉。

"这一切太愚蠢也太叫人放不下心了，"他醒来以后一看黑洞洞的窗户：原来已经到夜晚了，心里便想道，"不知怎么的竟睡过头了，现在叫我在夜里怎么办呢？"

他坐在床上，那上面铺着像病房里一样的廉价灰色毯子，调侃自己说：

"看你这带小狗的女人……看你的奇遇……看你在这儿干坐。"

还在清早的时候,他在车站上瞥了一眼一张用很大的字体书写的演出海报:《艺伎》首次上演。他想起了这张海报,于是就雇车往剧院里赶。

"很有可能,她往往会赶在最初的几场演出时去看戏。"他想道。

剧院里全场客满。此地跟所有省城的剧院一样,枝形吊灯的上方雾气腾腾[1],顶层楼座里闹闹嚷嚷,躁动不安。演出开始前第一排里站着几个衣着讲究的本地人,双手抄在背后,而这边,省长的包厢里,最前面的位子里坐着围毛皮围脖的省长千金,省长本人倒是低调地隐身在帘子后面,只看得见他的双手,大幕在晃动,乐队长久地在调音。在观众进场入座的整段时间里,古罗夫在贪婪地用眼睛搜索。

安娜·谢尔盖耶夫娜也进场了。她坐在第三排。当古罗夫一眼看到她的时候,他的心揪紧了,他心里

---

[1] 在电灯普及以前,剧场、街道等公共场所的照明多用瓦斯灯。瓦斯(其主要成分为甲烷)燃烧产生二氧化碳和水。枝形吊灯上方的雾气当为水蒸气。

清楚,现在对他来说,整个世界上没有更亲近、更珍贵和更重要的人了;隐没在省城人群中的她,这个一点也不起眼、手持蹩脚单目眼镜的小女人,如今充满了他的全部生活,是他的苦与乐,是自己所希冀的唯一幸福。听着蹩脚乐队的演奏和寻常百姓所用的蹩脚提琴的乐音,他想她是多么漂亮。他思忖着,幻想着。

和安娜·谢尔盖耶夫娜一起进场并与她并排而坐的是一个蓄着不浓的连鬓胡子的年轻人,个头很高,背有点驼,他每走一步都摇头晃脑,似乎不断地在点头哈腰。显然这是她的丈夫,当时在雅尔塔心绪不佳的时候她曾称他为当差的。确实,他修长的身材,连鬓胡子和稍稍谢顶的脑袋,有着某种奴颜婢膝的成分,他的笑容甜甜的,扣眼里闪烁一枚某种行业的徽章,恰似听差的号牌。

第一次幕间休息时丈夫出去抽烟了,她留在了座位里。座位也在池座的古罗夫走到她跟前,用颤抖的声音,强装出笑容说道:

"您好!"

她看了他一眼,脸唰一下白了,接着因为不相信自己的眼睛,又惊恐地看了他一眼,将扇子和单目眼镜紧紧地握在了手里,显然在努力克制自己,以免昏倒在地。两个人都没有说话。她坐着,他站着,因为慑于她的尴尬,不敢坐到她身边。正在调音的提琴和长笛奏响了,气氛突然变得可怕,仿佛所有包厢里的人都在看着他们。但是眼看着她站了起来,迅速向出口走去,他跟着她,两个人漫无目地走着,沿着一条条走廊,一座座楼梯,时而向上,时而向下,一些穿着法院、教师和皇室领地管理部门的服装的人在他们眼前闪过,都戴着徽章。眼前闪过的还有女士们和挂在衣架上的大衣,一阵穿堂风吹来,带进一股烟蒂的气味。心跳得厉害的古罗夫想道:"哦,老天啊,要这些人和乐队干吗……"

在这一刻他突然想到,那天在站台上送走安娜·谢尔盖耶夫娜以后,他曾对自己说,一切都结束了,他们永远也不会再见了。然而到结束还远着呢!

在一条狭窄而幽暗的楼梯上,那里写着"通往阶梯座"的字样,她停了下来。

"您把我吓坏了!"她喘着粗气说道,依然一脸惨白,惊恐万状。"哦,您真把我吓坏了!我快吓死了。您来干吗?干吗?"

"不过请理解,安娜,请理解……"他压低了声音急忙说,"……求您了,您要理解……"

她用惊恐、哀求和爱怜的眼神看着他,专心致志地看着他,以便在记忆里更牢固地留下他的形象。

"我好苦啊!"她没有听他说的话,继续说道,"一直以来我想念的只有您,我是在对您的思念中活过来的。我想忘了它,忘了它,可为什么,为什么您来了?"

往高一点的地方,楼梯的平台上,两个中学生在抽烟,并且看着他们,但是古罗夫无所谓,他把安娜·谢尔盖耶夫娜搂到身边,开始吻她的脸、面颊、双手。

"您在干什么,您在干什么!"安娜·谢尔盖耶夫娜惶恐地说,一面避开他,"我和您都疯了。您今天就走,马上就走……我以所有神圣的名义祈求您,央求您……这儿会有人来的!"

有一个人正沿楼梯从下往上走。

"您应该离开……"安娜·谢尔盖耶夫娜继续悄声说,"德米特里·德米特里奇,听见了吗?我到莫斯科去找您。我从来没有幸福过,我现在没有幸福,而且永远,永远也不会有幸福,永远!你别让我再受更多的苦了!我发誓,我到莫斯科去。而现在,咱们分开吧!我亲爱的,善良的人,我珍贵的人,分开吧!"

她握了握他的手开始迅速往下走,一直回头看着他,凭她的眼神可以看出她确实没有幸福过……古罗夫站了不多一会儿,倾听了一会,接着,当一切复归平静以后,找到自己的衣架,离开了剧院。[1]

四

于是安娜·谢尔盖耶夫娜开始常到莫斯科去看他。两三个月里她有一次离开 C 市,对丈夫说是去向一位教授讨教有关她的妇科病的事,而丈夫呢既信,又不信。来到莫斯科以后她就在一个叫"斯拉夫市场"的旅馆落脚,马上派一个戴红帽子的人去找古罗夫。古罗夫来来回回去看她,这件事莫斯科的人都不知道。

有一次在一个冬日的早晨他就这样去她那儿了(派去联络的人是前一天傍晚到他家的,但是没碰上)。和他同行的还有他的女儿,他想送她去上学,是顺路

---

[1] 剧院里有衣帽间,观众在进入演出厅之前脱去外衣存在那里。

的。下着很大的湿雪。

"现在是零上三度，却下着雪，"古罗夫对女儿说，"不过这只是地表的温度，大气上层完全是另一个温度。"

"爸爸，为什么冬天不常打雷？"

这一点他也向她解释了。他一面说，同时在想，现在他是去约会，可没有一个活人知道这件事，也许永远也不会知道。他曾有两种生活：一种是明面上的，所有需要知道的人都看得见，都知道，充满心照不宣的真实和心照不宣的谎言，与他的熟人和朋友们的那种生活完全相似；另一种则是隐秘地流淌着的生活。由于某种奇怪的机缘巧合，也许是偶然的巧合，所有对他来说显得重要、有趣和必需，他在其中表现出真诚且不自欺的东西，所有构成他生活核心、避开他人而隐秘发生的事情，所有属于他的谎言、他为了掩盖真相而借以藏身的外壳的东西，例如他在银行的工作、在俱乐部的争论、他的"低等人种"、他与妻子出席纪念会庆典，等等——这一切都是明白无疑的。他按自己的标准评判别人，不信眼见的东西，总是推测每个人有趣而真实的生活都是在隐秘的盖布下进行的，就如在夜幕的笼罩下一样。每一个个体的存在都建立在隐秘的基础之上,也许部分地是因为这个理由,有文化的人才如此神经质地为使个人隐私得到尊重而辗转忙碌。

把女儿送到学校以后,古罗夫就去了"斯拉夫市场"。他在楼下脱了大衣,走上楼,轻叩房门。安娜·谢尔盖耶夫娜穿着他喜欢的灰色连衣裙,因一路劳顿和等待而显得一脸疲惫,她昨天晚上就等着他了。她脸色苍白,看着他,面无笑容,一等他走进房间,就扑进了他怀里。他们两人仿佛一年多没有相见了,他们的亲吻悠长而持久。

"嗳,你在那里过得怎么样?"他问道,"有什么新鲜事?"

"等一等,要我马上说……我做不到。"

她没办法说,因为在哭泣。她转身避开他,用手绢捂住了眼睛。

"好吧,让她哭一会,我先坐坐吧。"他想了想,坐进了安乐椅里。

接着他按铃叫端来茶水。再后来,在他喝茶的当儿,她一直站着,转身向着窗户……她哭是因为激动,因为悲哀地意识到他们的生活竟变得如此悲惨;他们只能秘密幽会,像贼一样躲开别人!难道他们的生活没有被摧毁吗?

"行啦,别这样了!"他说道。

对他来说有一点是很显然的,他们的这种爱情不会很快终结,不知道会在什么时候终结。安娜·谢尔盖耶夫娜对他的依恋越来越强烈,对他爱到崇拜的程度,对她说这一切在某个时候应该终结,是不可思议的事,再说她也不会相信。

他走到她跟前,把手搭上她的双肩,想和她亲热亲热,逗逗她,这时他从镜子里看到了自己。

他的头发已经开始花白。他觉得奇怪,最近几年他竟老成这样,变得这么难看。他双手搭上的肩膀是温暖的,在微微颤动。他感觉到对这个生命的怜悯,她还这么温暖而美丽,然而也许离开始枯萎和凋零不远了,就像他的生命一样。她为什么这样爱他?他在女人眼里的形象一直不是他原本的样子,她们在他身上爱的不是他本人,而是她们想象中制造的一个人,是她们在自己的生活中刻意寻找的这样一个人;后来,当她们发觉自己错了的时候,却仍然爱着他。所以她们中没有一个人和他一起是幸福的。时间在流逝,他结识过、交往过、分手过,只是没有一次爱过。随便什么都曾有过,就是没有爱情。

只是现在,当他的头发开始花白的时候,他才像模像样、真正地恋爱了——是一生中的第一次。

安娜·谢尔盖耶夫娜和他彼此相爱犹如非常亲近、亲爱的两个人,就如丈夫和妻子,就如柔情似水的朋友。他们觉得是命运本身为他们量身定制的,所以难以理解为什么他要娶妻,她要嫁人。这就像两只候鸟,雄鸟和雌鸟被捕获了,被迫生活在各自的笼子里。他们原谅了自己以往感到羞耻的东西,告别现在的一切,感觉到是他们的爱情改变了他们两个人。

从前在心情抑郁的时候他用脑子里冒出来的各种推论宽慰自己,现在他顾不上去推论,他感觉到深深的怜悯,想做得真诚,温情……

"别这样了,我的美人,"他说道,"你哭过了,就会……现在咱们来聊聊,想出个法子来。"

然后他们就长久地商量,说到了如何避免必须躲躲藏藏、编造谎话、生活在不同的城市、长久不得见面的状态。如何从这些身不由己的羁绊中脱身?

"怎么办？怎么办？"他抓着自己的脑袋问道，"怎么办？"

看起来再过不久就会找到解决的办法，这时就会开始新的、美好的生活；他们两个人都清楚，离结局还很远很远，而最为复杂和难办的事情才刚刚开始。

1899年

没出嫁的新娘

一

已经是约莫晚上十点时分,一轮满月高照在花园上空。舒明家的屋子里刚做完彻夜祷告,这是祖母玛尔法·米哈伊洛夫娜叫来做的。娜佳走到花园里去待上一小会儿,这时她看见大厅里正往餐桌上端饭菜,祖母穿着华贵的丝绸连衣裙忙进忙出。神父大司祭安德烈和母亲尼娜·伊凡诺夫娜说着事儿,此刻在夜晚灯光的映照下,透过窗户看去,母亲不知怎么的显得非常年轻。旁边站着安德烈神父的儿子安德烈·安德烈伊奇,他在专注地听着。

花园里静悄悄、凉爽爽的,地面躺着一个幽静的阴影。远方某处,很远很远的地方,也许在城外,传来声声蛙鸣。感觉得到亲切的五月的气氛,不由得要深深地吸上一口气,想到不是在此地,而是在苍穹下的某处,林梢的上方,远离城市的所在,在田野和林间,此时此刻春的生命,神秘、美好、丰富和神圣的春的生命,正在蓬勃伸展,这样的生命,脆弱、有罪的人是无法理解的。于是不知为什么想怆然涕下。

她,娜佳,已经二十三岁了。从十六岁那年起她热切地希望出嫁,现在,她终于成了安德烈·安德烈伊奇,也就是正在窗户里面这一边的那一位的未婚妻。她喜欢他,婚礼定在七月七日举行,然而此时却感觉不到快乐,夜间她睡不好觉,欢乐的心情荡然无存……从厨房所在的地下层,透过敞开的窗户听得见里面的忙忙碌碌,刀子的叮当声,装滑轮的门扇乒乒乓乓的抨击声;闻得到炸火鸡和醋渍樱桃的气味。这时不知怎么的,不由得觉得现在全部生活将会这么过下去,没有间隙,没有尽头。

正好有人走出屋去,在门廊台阶上留住了脚步。这是亚历山大·季莫费耶伊奇,或者叫随便一点就是萨沙[1],大约十天前来自莫斯科的客人。从前祖母的一

---

[1] "萨沙"是"亚历山大"的简称。

个远房亲戚玛丽娅·彼得罗夫娜常来祖母这儿请求周济，她是一个破落的贵族寡妇，个子小小瘦瘦，病病歪歪。她有个儿子叫萨沙，不知什么原因大家说起他时，都称他是个出色的画家。母亲死了以后，祖母为了拯救灵魂，送他到莫斯科进了警察学校，大约过了两年他转到美术专科学校，在那里几乎待了十五年，勉勉强强从建筑艺术系毕了业，不过他依然没有搞建筑艺术，而是在莫斯科的一家石印工厂做事。几乎每年夏天他都要来祖母这里，一般都病得厉害，以便到此休息和康复。

现在他身上穿一件系上扣子的常礼服和一条穿旧的帆布裤子，裤脚的下沿踩在脚后跟下面，衬衫未经熨烫，整个人显出一副疲惫不堪的样子。他很瘦，长着一双大眼睛，手指修长瘦削，留着大胡子，面色黧黑，不过仍然很漂亮。他已和舒明一家相处得很熟，就像自家人一样，在他们那里，他就像在自己家里一样。他在这里住的房间早就被叫作"萨沙的房间"了。

他站在台阶上看见了娜佳，就向她走去。

"你们这儿挺好的。"他说。

"当然好。您最好在这儿住到秋季。"

"是啊,大概只能这样了。我在你们这儿大概会住到九月前。"

他无缘无故地笑起来,就在旁边坐了下来。

"我现在坐着,从这儿看我妈妈,"娜佳说,"从这儿看上去她显得那么年轻!当然我妈妈有弱点,"她停了一会儿又说道,"不过她仍然是个不平凡的女人。"

"是的,一个好人……"萨沙附和说,"您的妈妈从她自己方面说当然是个心地很善良而且很可爱的女人,可是……怎么对您说呢?今天一大早我到了你们家厨房,四个仆人直接在地板上睡觉,没有床铺,代替被褥的是一堆破布,房间一股臭气,爬满臭虫和蟑螂……和二十年前一样,毫无变化。再说奶奶,托上帝的福,正因为如此她才是奶奶。而妈妈,她不是会说法语,参加演出吗?她似乎能明白这一点。"

萨沙说话的时候就在听者面前伸出两根长长瘦瘦的手指头。

"因为不习惯,我觉得这里的一切不知怎的有点陌生。"他接着说,"鬼知道,这儿每个人什么事也不做。妈妈整天优哉游哉,像个公爵夫人似的,奶奶也什么事都不做,您也一样。还有那位未来的新郎官安德烈·安德烈伊奇也什么事都不做。"

娜佳去年就听过这番话了,而且好像前年就听过了,她知道萨沙不会发别的议论,以前这些话逗得她发笑,现在却不知为什么,她觉得腻烦了。

"这些话都是老生常谈了,早就烦死人了,"说着她站了起来,"您最好还是想些新点儿的东西说说。"

他笑起来,也站起了身子,两人便向屋里走去。她,个子高挑,容貌姣好,身材苗条,现在和他并排走在一起显得非常健康和漂亮。她感觉到这一点,她开始怜悯他,不知怎么的觉得不自在起来。

"您常说许多多余的话,"她说,"就在刚才您还说到我的安德烈,可是您并不了解他。"

"我的安德烈……上帝保佑他,您的安德烈!我正为您的青春可惜呢。"

他们走进大厅时,人们已经坐下来吃晚餐了。祖母,或者按家里人对她的称呼叫奶奶,身体很胖,样子不好看,眉毛很浓,嘴上长着茸毛,大声说话,凭她说话的声音和口气就能看出家里她说了算。商场里有几排货摊,还有这幢带廊柱和花园的老式房子都属于她,但是她还是每天早晨要祈求上帝拯救她免遭破产,而且祷告时还要落泪。她的儿媳妇，娜佳的母亲尼娜·伊凡诺夫娜长着一头浅色头发，腰身束得很紧，戴夹鼻梁眼镜，每个手指上都戴着钻戒。安德烈神父，一个老头儿，瘦瘦的，没有牙齿，他的表情仿佛打算说出一件好笑的事来。他的儿子安德烈·安德烈伊奇，娜佳的未婚夫，长得胖胖的，相貌堂堂，留着一头卷发，像个演员或者画家。这三个人都在谈论催眠术。

"你在我这儿待一个星期病就会好，"奶奶对萨沙说，"不过你得多吃点儿。看你像什么样子！"她叹口气说，"你变得可怕了！看你的样子真是地地道道的浪子一个。"

"孳种荡尽了从父亲那里得来的财产，"安德烈神父眯着一双笑眼慢腾腾地说，"就去放牧不通灵性的牲口了……"

"我喜欢我老爸，"安德烈·安德烈伊奇摸摸父亲的肩膀说，"一个了不起的老头儿。一个善良的老头儿。"

大家都不说话了。萨沙突然笑起来，拿餐巾蒙住了嘴。

"也许您相信催眠术？"安德烈神父问尼娜·伊凡

诺夫娜。

"当然我不能肯定我相信,"尼娜·伊凡诺夫娜脸上露出十分严肃甚至严厉的表情回答说,"不过我应当承认自然界有许多神秘和费解的事情。"

"我完全同意您的见解,虽然我应当补充自己的意见,信仰使我们缩小了神秘事物的范围。"

端上来一只硕大的火鸡。安德烈神父和尼娜·伊凡诺夫娜仍在继续自己的谈话。尼娜·伊凡诺夫娜手指上的钻戒熠熠生辉,接着她的眼睛闪出了泪花,她激动起来。

"虽然我不敢和您争论,"她说,"可是您得同意生活中有那么多未解之谜!"

"一个也没有,我敢向您保证。"

晚餐后,安德烈·安德烈伊奇拉小提琴,尼娜·伊凡诺夫娜用钢琴伴奏。十年前他毕业于大学俄文系,但是没有在任何地方供过职,没有固定工作,只是偶尔参加慈善性质的音乐会,在城里人们称他为演员。

安德烈·安德烈伊奇演奏着,大家都在默默地听。

桌上的茶炊发出轻轻的沸腾声,只有萨沙一个人在喝茶。后来,当时钟敲响十二点的时候,提琴突然断了一根弦。大家笑起来,忙碌起来,纷纷开始告辞。

送走未婚夫后娜佳上楼,去往自己的房间,她和母亲住在楼上(楼下归祖母住)。楼下大厅里开始熄灯,萨沙还坐着喝茶。他总是按莫斯科的习惯长时间地喝茶,一次喝上六七杯。娜佳脱衣躺在床上时还能听见楼下仆人在收拾,奶奶在生气。最后一切归于宁静,只是偶尔听见萨沙在楼下自己的房间里粗声咳嗽。

二

娜佳醒来的时候大约两点钟。黎明已经开始。远处的更夫在打更。没有睡意,躺在床上觉得软绵绵的,浑身不自在。就如在以前所有的五月之夜那样,娜佳在床上坐起身,开始东想西想。想的事情还是和昨天夜里一样,依然是单调、多余、缠人的思绪,她想到安德烈开始追求她,向她求婚,然后肯定了这个善良的聪明人身上的优点。然而不知为什么,离结婚不到一个月的时候,她开始感到恐惧、不妥,似乎等待她的是某种捉摸不定、沉重难受的东西。

"当——当,当——当……"更夫懒洋洋地敲着梆子,"当——当……"

从陈旧的大窗户往外看,能见到花园,再远处是一丛丛鲜花盛开的丁香树,显得睡意蒙眬,在寒气中有点有气无力。夜雾,白色、浓密的夜雾静悄悄地飘向丁香树,想把它们笼罩起来。远处的村庄里白嘴鸦在啼鸣。

"天哪,我为什么心头这么闷!"

也许所有临嫁的新娘都会有同样的感受。谁知道呢?或许这是萨沙的影响?可是上面写到的那些话萨沙已经连续讲了好几年了,而且他讲这些话的时候,总让人觉得天真和奇怪。然而为什么萨沙还在她脑子里挥之不去呢?为什么?

更夫早已不再打更了。鸟儿开始在窗下和花园里喧闹,雾气已从花园里消散,四周的一切沐浴在春光里,仿佛露出一张张笑脸。不久被阳光晒得懒洋洋的花园便处在温情的包围之中,活跃起来,一滴滴露珠像宝石一样在树叶上闪烁着晶莹的光芒。早已荒芜的古老花园在今天早晨看上去是如此年轻、漂亮。

奶奶已经醒来。萨沙开始用粗重的声音咳嗽。听得见楼下已摆上茶炊,正在搬动椅子。

时钟在徐缓地走动。娜佳早已起身,在花园里散步,清晨还迟迟不肯离去。这时尼娜·伊凡诺夫娜脸上带着泪痕,手里拿着一杯矿泉水出现了。她对招魂术和顺势疗法[1]感兴趣,看了许多书,喜欢谈自己所怀疑的问题,这一切,娜佳觉得蕴藏着深奥、神秘的含义。现在她吻了吻母亲,和她并排走着。

"妈妈,您为什么哭过了?"她问。

"昨天夜里我开始看一篇小说,小说主人公是一个老头儿和他的女儿。老头儿在一个地方供职,但是老头儿的上司爱上了他的女儿。我没有看完,不过小说里有一个地方叫人忍不住要掉眼泪。"尼娜·伊凡诺夫娜说着从杯里喝了一口水,"今天早上我想到这个情节,又掉眼泪了。"

"这些天我老觉得很不愉快,"娜佳沉默了一会儿后说道,"我为什么在夜里总睡不着觉?"

"我不知道,宝贝儿。我夜里睡不着觉的时候就紧紧地闭上眼睛,你看,就这么闭着,心里想着安娜·卡列尼娜,想象她走路的样子,说话的样子,或

---

[1] 18世纪与19世纪之交德国医师哈内曼创立的疗法,他主张用微量的药物治病,认为如果使用大剂量,反而会导致生病。

者想象某一件历史上的事,古代世界中的事……"

娜佳感到母亲不理解她,也不会理解。她平生第一次有这种感觉,所以她觉得害怕起来,想让自己躲藏起来,于是走开,回到自己房间里。

两点钟时大家坐下用餐。这天是星期三,守斋的日子,所以端给祖母的是红甜菜汤和稀饭煮鳊鱼。

为了逗祖母,萨沙既吃了自己的荤汤,又吃了素的红甜菜汤。大家吃饭的时候,萨沙不停地说笑话,但是出自他口中的笑话十分冗长,而且老想借此教训人,结果一点也不好笑。在他说俏皮话前向上竖起两根长长瘦瘦的手指时,想到他病得很重,也许不久于人世时,不禁对他生出怜悯之心,甚至忍不住伤心落泪。

午餐以后祖母回房休息去了。尼娜·伊凡诺夫娜弹了一会儿钢琴,后来也走了。

"哎呀,亲爱的娜佳,"萨沙开始了自己午后的日常话题,"假如您听进了我的话!假如!"

她深深地坐在老式安乐椅里,闭着眼,他静静地在房间里踱步,从这头到那头。

"假如您出去求学!"他说,"只有受过教育的和纯粹的人才有意思,只有他们才是大家需要的人。要知道这样的人越多,天国降临大地的日子越快。到那时你们的城市渐渐地会被夷为平地——一切都会底儿朝天,向上飞走,一切都会变了模样,跟施了魔法似的。到那时这里会有高大华丽的屋宇,美丽的花园,喷泉,不同凡响的优秀人物……不过主要的还不在此。重要的是我们所认为的那些芸芸众生,现在他们还是我们概念中的那种样子,到那时他们就不会那么坏了,因为每个人都会有信仰,每个人都会知道自己为什么活着,没有一个人会从芸芸众生中去寻找支持。亲爱的好姑娘,走吧!让所有的人看到您对这死水一潭、灰色而罪恶的生活已经厌倦。即使您让自己看到这一点也好!"

"不可能,萨沙,我要嫁人了。"

"唉,够了!谁需要这个?"

他们两人走到花园里,走了不多一会儿。

"不管怎么样,我的好姑娘,应该仔细想一想,应该明白,你们这种游手好闲的生活是多么的肮脏,多么的不道德。"萨沙继续说,"您要明白,如果,比方说,您、您的母亲,还有您的奶奶什么事也不做,那就意味着另一个人在为你们干活，你们把别的什么人的生活吞食了，这难道干净吗，不肮脏吗？"

娜佳想说，"不错，这是实话。"她想说她心里明白，但是泪珠儿滚出了眼眶，她突然沉寂不语，全身缩成一团，回到了自己房里。

傍晚前安德烈·安德烈伊奇来了，像以往一样拉了好长时间的小提琴。总的来说他不善言谈，而且喜欢拉提琴也许是因为拉琴的时候可以不说话。十一点钟，在起身回家时他已穿上大衣，拥抱了娜佳，开始贪婪地亲吻她的面颊、肩膀和双手。

"我珍贵的，亲爱的，美丽的姑娘！……"他喃喃地说，"哦，我多么幸福！我兴奋得要疯了！"

她仿佛觉得她很久很久以前就听到过这些话了，那还是非常久远的时候，或者她在某一本小说里读到过，那是一本旧的、撕破了的、早已丢弃的书。

大厅里萨沙坐在餐桌边喝茶，用他那五根长长的手指托着茶碗的衬碟。奶奶摊开了纸牌在占卜，尼娜·伊凡诺夫娜在看书。圣像前的灯火发出噼啪的声响，一切显得宁静而如意。娜佳和大家道过别就上楼回到自己房间，她躺下来，立刻就睡熟了。但是和昨天一样，天刚破晓她就醒了。睡意已消，心里感到不宁，沉重。她坐起身，把头支在膝头，想着未婚夫，想着婚礼……不知为什么她想到她的母亲并不爱自己的丈夫，现在一无所有，完全靠自己的婆婆也就是奶奶生活。不管怎么想，娜佳依然想不明白为什么至今她还在自己母亲身上看到某种独特、不平凡的东西，为什么看不出她是一个普通、平常而不幸的女人。

楼下的萨沙也没有睡——听得见他在咳嗽。娜佳想，这是个奇怪而天真的人，在他的理想中，在所有这些美丽的花园、不同寻常的喷泉里，感觉得到某种荒诞不经的东西；然而在他的天真里面，甚至在这些荒诞不经的东西里面，不知为什么存在着如此美好的东西。这使她刚一想到该不该出去求学，整个心灵，整个胸膛就会袭上一股清清的凉意，充满了愉快、兴奋的感觉。

"不过还是不去想它好，还是不想好……"她悄悄对自己说，"不应该这样想。"

"当——当……"远处更夫在敲着梆子，"当——当……"

三

六月中旬，萨沙突然觉得无聊，打算去莫斯科了。

"这个城市我待不下去了，"他闷闷不乐地说，"既没有自来水，也没有排水系统！吃饭时我都恶心得吃不下去：厨房里脏得不能再脏了……"

"再待几天吧，浪荡子！"祖母不知什么原因压低了声音悄悄劝他，"七号就要办喜事了！"

"我不想再待了。"

"你不是想在我们这儿住到九月再走吗？"

"现在可不想待了。我得干活了！"

遇上了一个潮湿、阴冷的夏天，树木湿漉漉的，花园里的一切看上去阴沉沉的，令人心情抑郁，确实使人想到该干活了。楼上楼下的各个房间都传出陌生女人的说话声，祖母房里缝纫机在嗒嗒作响——这是在赶制嫁妆。光是为娜佳做的毛皮大衣就有六件，其中最便宜的一件，据祖母说也值三百卢布！忙忙碌碌的景象使萨沙十分生气，他坐在房间里发脾气。但是大家都劝他留下来，他答应说最晚会待到七月一号。

时间过得很快。在彼得节[1]，午餐以后，安德烈·安德烈伊奇陪娜佳到莫斯科街再次去看房子，这是早就租下来为新婚夫妇准备的。房子有两层，眼下只收拾好了楼上的一层。大厅里铺着亮光光的镶木地板，摆着维也纳风格的椅子、钢琴和乐谱架。闻得到一股油漆味。墙上挂着一幅装在金色画框里的油画：画的是一个裸体的女人，她旁边是一只断了把儿的紫色花瓶。

"一幅好画，"安德烈·安德烈伊奇说，出于敬仰之心他赞叹了一声，"这是画家希什马契夫斯基的手笔。"

再进去是客厅，放着圆桌和沙发，几张圈椅包着鲜艳的蓝色面料。沙发上方是安德烈神父的大幅肖像，头戴法帽，胸佩勋章。然后两个人走进带餐柜的餐厅，接着走进了卧室，在半暗不明的光线下并排放着两张床，似乎当初在安排卧室的时候已经考虑到现在这样摆无论何时都会觉得很好，别的摆法不可能有。安德烈·安德烈伊奇带娜佳走进一个个房间，一

---

[1] 基督教节日，在俄历6月29日。

直搂着她的腰。她觉得自己虚弱无力,心中有愧,她恨这些房间。床铺、圈椅、裸体的女人使她感到恶心。她明白,她已不再爱安德烈·安德烈伊奇,或者她可能从来就没有爱过他;然而这件事怎么说,对什么人说,为什么会有这些想法,她不明白,也无法明白,尽管她日日夜夜都在想这件事……他搂着她的腰,说起话来是这样亲切、温雅,在自己的居处走来走去的时候是这样幸福。可是她从这一切看到的只是庸俗、愚蠢、未加掩饰和难以忍受的庸俗,连他那搂着她腰部的手,她也觉得很生硬,冷冰冰的,仿佛一个桶箍。她每时每刻都想逃走,放声大哭,从窗口跳出去。安德烈·安德烈伊奇带她走进浴室,在这里他碰了碰装进墙里的龙头,突然水流了出来。

"怎么样?"说着他大笑起来,"我吩咐在阁楼上装了一个容量为一百维德罗的水箱,这样我们就有自来水了。"

他们俩走进院子,接着走到外面,叫来了马车。尘土飞扬,犹如稠密的乌云,看上去仿佛要下雨似的。

"你觉得冷吗?"安德烈·安德烈伊奇因为尘土而眯起了眼睛,问道。

她没有吭声。

"你记得,昨天萨沙指责我什么事也不做。"他静默了一会后说道,"又怎么样呢,他说得对!无比正确!我什么事也不做,也不会做。亲爱的为什么会这样?为什么我甚至一想到有朝一日我脑门上会戴上制帽,出去供职,心里就这么反感?为什么我一见到律师,或者拉丁语教师,或参议会议员就浑身觉得不自在?哦,俄国母亲!哦,俄国母亲,你身上还会负荷多少游手好闲、毫无益处的人!你身上负荷着多少像我这样的人啊,灾难深重的俄国!"

他对自己什么事也不做这一点做了概括,从中看到了时代特征。

"等我们结了婚,"他接着说,"我们就一起到乡下去,亲爱的,在那里我们会工作!我们给自己买下一小块地,这块地上有花园,有河流,我们将会劳动,观察生活……哦,这该有多好!"

他摘下宽檐帽,被风吹乱了头发。她听他说着,心里在想:"天哪,我想回家,天哪!"几乎在自己家门口他们赶上了安德烈神父。

"看,是神父在走!"安德烈·安德烈伊奇高兴起来，挥起了帽子。"我爱自己的老爸，是的。"他在向车夫付账时说，"一个了不起的老头儿，好心肠的老头儿。"

娜佳走进屋来了，想到整个晚上都有客人，想到要应付他们，强装笑脸，听提琴演奏，听各种各样的废话，想到说的都是跟喜事有关的话，她就生气，提不起精神。祖母坐在茶炊边，穿着那身绸制衣服显得不可一世、雍容华贵、态度傲慢，面对客人她看起来总是这样。安德烈神父带着狡黠的笑容走了进来。

"见到您身体非常健康，我感到舒心和莫大的欣慰。"他对祖母说，很难明白他这是在说笑话呢还是说正经话。

四

风儿敲打着窗户和屋顶，听得见呼啸声，炉炕内家神正在如怨如诉、闷闷不乐地哼着歌曲。时值夜半一点钟。屋子里大家都已就寝，但是谁也没有入睡，娜佳依然觉得楼下仿佛有人在拉提琴。传来一下猛烈的撞击声，可能是一扇百叶窗脱落了。过了一会儿，尼娜·伊凡诺夫娜只穿一件衬衫，举着蜡烛走了进来。

"刚才是什么东西哐当一响,娜佳?"她问。

母亲的头发编成一条辫子,脸上挂着胆怯的笑容,在这风雨交加的夜晚显得老迈、不漂亮,个子也小了些。娜佳想到还在不久前她曾觉得自己的母亲不同凡响,怀着自豪的心情听她说的话;而此刻却怎么也想不起这些话了,浮上记忆的那些东西都是那么模糊、无用。

炉炕里有几个低音在唱歌,甚至听起来像是"啊,我的天!",娜佳在床上坐起身,突然抓住头发,大哭起来。

"妈妈,妈妈,"她说道,"我亲爱的妈妈,要是你知道发生了什么事,该多好!我请求你,央求你,允许我离开这里!求你了!"

"去哪儿?"尼娜·伊凡诺夫娜没听明白,问道,接着在床上坐了下来,"去哪儿?"

娜佳哭了好久,一句话也说不出来。

"让我离开这座城市!"她终于说了出来,"喜事不需要办,也不会办了,你要明白!我不爱这个人……而且我也无法谈到他这个人。"

"不，我的亲闺女，不行，"尼娜·伊凡诺夫娜大吃一惊，快速说道，"你安静些，这是因为你心情不好。这会过去。这是常有的事。看样子你和安德烈拌过嘴了，不过和相爱的人拌几句嘴，心里只会更舒坦。"

"得啦，你走吧，妈妈，走吧。"娜佳大哭起来。

"是啊，"尼娜·伊凡诺夫娜沉默了一会儿后说道，"很久以前你曾经是个婴孩，一个小女孩，可现在已经快做新娘。大自然一直在新陈代谢。你不会发觉自己怎么会变成一个母亲，一个老太婆，你也会像我一样，有一个固执的小女儿。"

"我亲爱的、善良的妈妈，你可是个聪明的女人，不幸的女人，"娜佳说，"你非常不幸，你为什么说这些庸俗的话？看在上帝的分儿上，为什么？"

尼娜·伊凡诺夫娜想说什么，但是一句话也说不出口，便抽泣了一声，回到了自己房间。炉炕里低低的声音又呼啸起来，突然变得令人毛骨悚然。娜佳从床上一跃而起，快步向母亲房里走去。尼娜·伊凡诺夫娜泪流满面，用被子蒙着头躺在床上，身上捧着一本书。

"妈妈,你仔细听我把话说完!"娜佳说道,"我求你了,你仔细想想,心里要明白!你只需要明白一点,我们的生活微不足道和丢面子到了何种程度。我的眼睛已经睁开,现在我什么都看得见了。你的安德烈·安德烈伊奇究竟如何?要知道他并不聪明,妈妈!我的天!妈妈你要明白,他很蠢!"

尼娜·伊凡诺夫娜霍地一下坐起来。

"你和你那位老奶奶折磨得我好苦!"她抽泣了一声说,"我要活下去!活下去!"她重复说,并用拳头在胸口捶了两下:"你们给我自由!我还年轻,我要活下去,可你们却把我变成一个老太婆……"

她痛苦地哭起来,又躺了下去,在被子里缩成一团,看上去是这么小,这么可怜,这么愚蠢。娜佳回到自己房里,在窗口坐下,开始等待早晨的来临。她整夜坐着,想着,外面似有人还在敲着百叶窗,发出呼啸声。

早晨,祖母抱怨夜里风把花园里所有的苹果都吹落了,还刮断了一棵李子树。天色灰暗,阴沉,令人郁闷,真想点一盏灯。大家都抱怨天冷,雨点打击着窗户。喝过茶以后,娜佳走进萨沙的房间,在圈椅旁边的角落里跪下,双手捂住了脸。

"怎么啦?"萨沙问道。

"我不能……"她说道,"我以前在这里怎么生活得下去,我不明白,也理解不了!我看不起未来的丈夫,也看不起自己,看不起这儿游手好闲、毫无意义的全部生活……"

"好吧,好吧……"萨沙尚未弄清是怎么回事,说道,"这没关系……这是好事。"

"这种生活使我感到羞耻,"娜佳继续说,"在这儿我一天也忍不下去了。明天我要离开这里。看在上帝分儿上,您带我走吧!"

萨沙惊讶地看她一会儿,终于他弄明白了,便高兴得像个孩子似的。他两手一挥,用穿便鞋的脚跺起来,仿佛在因高兴而舞蹈。

"好极了!"他一面搓着手,一面说,"老天呀,这有多好啊!"

她用一双醉心的眼睛一眨不眨地望着他,像着了魔似的,等待他说出某句意义重大、无限重要的话来;他还是什么话也没有对她说,但是她却觉得她的面前已经呈现出一种新的、宽广的境界。那种境界她以往是未曾知晓的，而此刻却已满怀着期待在凝视着它，她愿意去做任何事情，哪怕去死。

"我明天走，"他想了想说，"您搭车到火车站去送我……我把您的行李放在手提箱里带走，车票也由我替您买，到第三遍铃时您走进车厢来——我们就出发了。您送我到莫斯科，从那儿独自到彼得堡，身份证您有吗？"

"有。"

"我向您发誓，您不会感到遗憾，也不会后悔。"萨沙兴奋地说，"您乘车走了，您将去求学，到了那里就让命运带着您前进吧。等您的生活翻了个个儿，就一切都变啦。主要的是让生活翻个个儿，其余的都不需要了。就这么定，也就是说咱们明天出发？"

"哦，是的！看在上帝分儿上！"

娜佳觉得她心里很激动，觉得她从未这么心事重重，觉得从现在起直至她离去，她将不得不经受煎熬，进行痛苦的思索；然而当她刚上楼回到自己房里，往床上一躺，立刻就进入了梦乡，她睡得沉沉的，脸上带着泪痕，挂着笑容，直至晚上。

五

家里派人去叫马车了。娜佳已经戴上宽檐帽,穿好大衣,走上楼去再一次看看母亲,看看自己的一切。在自己房里,她站在被褥依然温热的床边环顾四周,然后静静地走到母亲房里。尼娜·伊凡诺夫娜还在睡觉,房间里静悄悄的。娜佳吻了母亲,抚了抚她的头发,站了大约两分钟……从容地回到楼下。

外面下着大雨。张着篷的马车停在门口,整个儿湿漉漉的。

"娜佳,车里坐不下两个人,"仆人把手提箱往车上放的时候,祖母说,"你真有兴致,这样的天气送客上路!你还是待在家里吧。你看看,雨下得多凶!"

娜佳想说点什么,可是说不出。这时萨沙让娜佳坐到车上,用方格毛毯盖住她的膝头。接着自己也在旁边坐下。

"一路顺风!上帝祝福你们!"祖母站在门廊台阶上大声说,"萨沙,你在莫斯科可要给我们写信啊!"

"好吧!再见,奶奶!"

"圣母保佑你!"

现在娜佳才哭了起来。现在她明白地知道,她必定得离家远去了，在她和祖母道别，在她看望母亲的时候，对此她心里仍然是将信将疑的。再见了，城市！突然间什么都涌进了她的记忆：无论安德烈，还是他父亲，无论这新的宅子，还是那裸体的女人与花瓶。这一切已经不再使她害怕，感到压抑，而是显得幼稚和微不足道，正在向后远去，远去。当他们两人走进火车车厢，火车启动的时候，过去的一切，这如此巨大而严重的一切，便缩成了一团；而硕大无朋、辽阔宽广的未来正在徐徐展开，在此之前这未来是那么不显眼。雨敲打着车厢的窗户，只看得见绿色的田野，电线杆和停在电线上的鸟儿在眼前一一闪过，欢乐的心情突然攫住了她的呼吸。她想起来了，她是在奔向自由，驰向求学之路，这和很久很久以前奔向哥萨克[1]的行为是一模一样的。她又笑，又哭，又祈祷。

"没关系——系！"萨沙得意地笑着说，"没关

---

[1] 哥萨克原是14—17世纪时的莫斯科公国中由雇工身份的自由人及边境地区服兵役的人组成的群体。15—16世纪在俄国及波兰-立陶宛境外出现所谓自由哥萨克的村社。其成分是逃亡的农民（1861年农民改革以前俄国的农民绝大多数是没有身份自由的农奴）。农奴逃亡投奔哥萨克便成为自由民。本文中契诃夫以此比喻娜佳摆脱不合心意的婚姻，获得自由。

系——系!"

六

秋天过去了,随后冬天也过去了。娜佳已经染上浓浓的乡愁,每天都在思念母亲、祖母和萨沙。一封封平静、善意的书信从家里寄来这里,看来一切都被原谅,被忘却了。五月里,考试过后她身体棒棒的,高高兴兴的,启程回家了,途中在莫斯科逗留以便见见萨沙。他还是去年夏天那副样子:胡子拉碴,头发蓬乱,还是穿着那件常礼服,那条帆布裤,依然瞪着那双漂亮的大眼睛;但是他面色不好,一脸倦容,他变老了,也变瘦了,不停地咳嗽。不知为什么娜佳觉得他毫无光彩,土里土气。

"我的天哪,是娜佳来啦!"说着他高兴地开怀大笑,"我亲爱的,好姑娘!"

他们在石印工厂坐了一会,那里充满了卷烟的烟味和浓得叫人透不过气的油墨与颜料味。接着两人到了他的房间,里面满是卷烟的烟味,地上痰迹斑斑,桌子上,冷清的茶炊旁放着一只打破的盘子,上面有张黑黢黢的钞票,桌子和地板上有许多死苍蝇。从这一切可以看出萨沙自己的个人生活安排得极其糟糕,过得随随便便,对舒适两字他毫不在乎,要是有人与他谈起他的个人幸福,个人生活,别人对他的爱,恐怕他会毫不理解,只会发出笑声。

"没事儿,一切都顺顺当当地应付过去了,"娜佳急急忙忙说,"秋天妈妈到彼得堡来看过我,说祖母没有生气,只是老往我房间里走,对着四面墙壁画十字。"

萨沙兴冲冲地望着,但是发出一阵阵咳嗽,说话的声音发颤。娜佳凝视着他,不清楚他是真的病得很重,还是这只不过是她的感觉。

"萨沙,我亲爱的,"她说道,"您要知道自己生病了呢!"

"不,没事儿。生病了,但是不厉害……"

"唉,我的天,"娜佳不安起来,"您为什么不看病,为什么不爱惜自己的身体?我亲爱的,亲爱的萨沙。"她说着眼眶里滚出了泪水。不知为什么她的想象里出现了安德烈·安德烈伊奇,出现了裸体的女人和花瓶,出现了她既往的一切,如今她觉得如此遥远、仿佛童年一样遥远的一切。她哭泣起来,因为萨沙已不像去年那样，显得那么新鲜、有书生气、有趣味。

"亲爱的萨沙，您病得非常非常厉害。我不知道怎么才能使您不会那么苍白，那么消瘦。我是多么感激您！您简直无法想象，您为我做了这么多事，我的好萨沙！从本质上说，您现在是我最近、最亲的人。"

他们坐了一会，聊了一阵。如今，当娜佳在彼得堡度完一冬以后，从萨沙身上，从他的谈吐、他的笑容和他的整个身影，散发出来的是一种衰亡、陈旧、早已熟透和也许已然进入坟墓的气息。

"我后天要去伏尔加河，"萨沙说，"然后去接受马奶酒治疗。我想喝喝马奶酒。和我一起走的有我的一个朋友，还有他妻子。他妻子是个很出色的人。我一直在怂恿她，劝她出去求学。我希望她把自己的生活翻个个儿。"

谈了一阵子后，两人乘车去了火车站。萨沙招待她喝茶，吃苹果。当火车启动，她微笑着挥动手绢的时候，就是从他的双脚都能看出他病得很重，恐怕活不了多久了。

娜佳回到自己的城市已经是中午。在乘车从火车站回家的路上，她觉得街道非常宽广，房屋却又小又矮，一路不见行人，只遇到一个德国的钢琴调音师，身穿一件红棕色大衣。所有的房屋似乎都蒙着一层灰尘。祖母已经完全老态，依然身躯肥胖、样子难看，用双手抱住娜佳，把脸贴在她的肩头，哭了好久，难分难舍。尼娜·伊凡诺夫娜也大大地变老、变难看了，整个人似乎变瘦了，不过还是和以前一样紧紧束着腰，手指上的一枚枚戒指仍然熠熠生辉。

"我的宝贝！"她全身颤动着说，"我的宝贝！"

接着她们坐下来默默地流着泪。看得出来，无论祖母还是母亲都觉得往昔已经永远失去，无可返回了——她们已经没有了社会上的地位，也没有了昔日的荣耀，更没有了邀人来家做客的权利。当轻轻松松、无忧无虑的生活中，突然遭遇警察夜间临门、进行搜查，原来屋里的主人犯了盗用公款和伪造证件罪时，常常会出现这种情景——于是，永别了，轻轻松松、无忧无虑的生活！

娜佳走上楼去，看见了原来的床铺，原先挂着朴素大窗帘的窗户，窗外依然是那个洒满阳光、欢乐喧闹的花园。她碰了碰自己的桌子，坐了一会儿，想了一会儿。午饭她吃得很好，喝了掺有可口多脂的凝乳的茶,然而已经感到屋里缺了点儿什么,觉得一个个房间也空空洞洞的,天花板也低低的。夜晚她躺下睡觉,用被子蒙着头,不知什么原因,躺在这张温暖、非常柔软的床上觉得可笑。

尼娜·伊凡诺夫娜过来待了一会儿,她坐下来,像犯了过错似的,提心吊胆,左顾右盼。

"怎么样,娜佳?"她沉默了一会后说,"你满意吗?非常满意吗?"

"满意,妈妈。"

尼娜·伊凡诺夫娜站起来,对着娜佳和窗户画十字。

"你看到,我开始信教了,"她说,"我告诉你,我现在对哲学感兴趣,一直在想啊想的……对我来说,许多事都像白昼一样一目了然了。我觉得首先要让生活过得像从棱镜片里透过那样。"

"你告诉我,妈妈,奶奶身体怎么样?"

"似乎没有什么问题。当初你和萨沙走了,又收到你打来的电报时,奶奶一念过电报就倒下了,躺了三天毫不动弹,后来就不断地向上帝祷告,哭泣。现在已经没事了。"

她站起来在房间里走动。

"当——当……"更夫在打梆子,"当——当……"

"首先要像透过棱镜片一样生活,"她说,"换句话说也就是要让生活分析成一个个最简单的元素,就像七种基本颜色似的,还应当对每一种元素进行研究。"

尼娜·伊凡诺夫娜还说了什么话,她什么时候离开的,娜佳没有听见,因为她很快就睡着了。

五月过去,六月来临了。娜佳对家里习惯了。祖母忙着张罗茶炊,深深地叹着气。尼娜·伊凡诺夫娜每到晚上就谈她的哲学,她依然像寄居的食客一样住在家里,每一个铜板都得向祖母张口去要。屋子里有许多苍蝇,每个房间的天花板似乎变得越来越低了。祖母和尼娜·伊凡诺夫娜不敢出门上街,怕遇见安德烈神父和安德烈·安德烈伊奇。娜佳在花园里、街上漫步,望着一间间房屋、一堵堵灰色的围墙,她觉得城里的一切早已变老,衰败了,唯一期待的是某种年轻、新鲜的东西,期待的既不是它的开头,也不是它的终了。哦,如果这新的、灿烂的生活能早些来临该有多好,到那时可以直接、勇敢地正眼面对自己的命运,意识到自己是正确的,去做个快乐和自由的人!

自由的生活早晚会来临！祖母的房子里生活是这么安排的，在那里四个仆人挤在一个房间，住在地下室，身处污秽之中，没有别的活法。可是会有那么一天，到时这间房屋将荡然无存，人们会忘却它，再也不会有人记起它。只有邻家院里的几个小男孩拿娜佳逗乐。当她在花园里散步时，他们敲敲栅栏，笑着逗她：

"没出嫁的新娘！没出嫁的新娘！"

从萨拉托夫寄来萨沙的信。他用自己欢乐、舞蹈般的笔迹写道，他在伏尔加河上的旅行非常成功，他在萨拉托夫染了点小病，嗓子失音，在医院已经躺了两个星期。她心里明白，这意味着什么，于是一种类似信念的预感涌上了她的心头。她感到难过的是这种预感，萨沙的思绪已经不如以前那样令她激动不安了。她不由自主地有一种生活的炽烈愿望，想到彼得堡去，而与萨沙的相识已变成一件亲切的、遥远而又遥远的往事！确确实实楼下传来了人声，惊惶不安的祖母开始急切地询问什么事，接着有人失声哭起来……待娜佳走到楼下，祖母站在角落里祈祷着，她的脸上流满了泪水。桌子上放着一份电报。

娜佳在房间里久久地来回踱步，听着祖母的哭泣，然后拿起电报看了一遍。电报通知说亚历山大·季莫费耶伊奇,或者简称萨沙,于昨天早晨在萨拉托夫因肺结核去世。

祖母和尼娜·伊凡诺夫娜去教堂安排安魂弥撒了,娜佳在房间里久久徘徊,思索。她清楚地意识到她的生活已如萨沙所希望的翻了个个儿,意识到她在这里是孤独、陌生、多余的人,这里的一切她都不需要,既往的一切已离她而去,无影无踪,就如烈火燃尽一样,连灰烬也随风飘散了。她走进萨沙的房间,在这儿站了一会儿。

"别了,亲爱的萨沙!"她想道。展现在她面前的是新的、宽广辽阔的生活图景,这种生活还不怎么清晰,充满着秘密,却令她陶醉,令她神往。

她上楼到自己房里去收拾行李,翌日早晨便告别了自己的家人,朝气蓬勃、高高兴兴地离开了这座城市——就如她自己所想的,永远地离开了。

1903 年

契诃夫年表[1]

1860 年
1860 年 1 月 17 日（公历 1 月 29 日）出生于俄国的塔甘罗格。父亲是杂货店经营者帕维尔·叶戈罗维奇，母亲是一个布商的女儿名叫叶夫根尼娅·雅科夫列夫娜·莫罗佐娃，两人共育有六个子女。

1876 年
父亲关闭杂货店，前往莫斯科。几个月后，母亲也前往莫斯科。年仅 16 岁的契诃夫，则被留在塔甘罗格独自生活了 3 年，并且自己挣钱凑够高中学费。

1879 年
考入莫斯科大学医学院。首次发表了自己的作品《写给有学问的邻居的信》。

1883 年
发表了《胖子和瘦子》《小官吏之死》等作品。

---

[1] 参考《天气好极了，钱几乎没有：契诃夫书信集 1876—1904》，年表中涉及的时间均采用儒略历（俄历）。

1884 年
大学毕业。同年,发表了《戴假面具的人》《变色龙》等作品。

1885 年
创作并发表了《皮靴》《普利什别叶夫中士》《猎人》等作品。

1886 年
契诃夫第二次咯血,感染了肺结核。发表了《苦闷》《万卡》《黑衣修士》等作品。同年,开始为《新时报》撰稿。

1887 年
受剧院经理费多尔·阿达莫维奇·柯什邀请,创作剧作《伊凡诺夫》。

1889 年
《伊凡诺夫》在圣彼得堡的亚历山大剧院上演,引发争议。此后,他又创作了独幕喜剧《蠢货》(又名《熊》)。契诃夫的哥哥尼古拉患上了肺结核,并在夏天去世。在这段悲痛时期之后,契诃夫发表了《没意思的故事》。

1890 年
契诃夫的弟弟米哈伊尔正在莫斯科攻读法律学位,并撰写关于监狱管理的论文。契诃夫偶然接触到相关资料后,对监狱制度产生了浓厚的兴趣,并决定走访萨哈林流放地。并且于当年 4 月,开始了萨哈林之旅，于 7 月 11 日抵达当地，开启了为期 3 个月的考察。这次萨哈林之行的成果包括发表在《俄国思想》上的一系列文章，以及短篇小说《古塞夫》和《在流放中》。

1892 年
买下莫斯科一个乡村的梅利霍沃庄园，契诃夫非常喜欢这样的田园生活，并沉迷于种植玫瑰花、钓鱼。发表《跳来跳去的女人》《邻居》和《六号病房》等作品。这段时间，他在周边行医，慷慨救济许多贫苦的病人，还在当时的防治霍乱活动中积极工作。

1893 年
梅利霍沃庄园的访客络绎不绝。同时，契诃夫因为行医治病感染了肺结核，咳嗽不断。

1894 年
开始创作剧本《海鸥》，还拜访了托尔斯泰的亚斯纳亚·波利亚纳庄园，不过，他的身体每况愈下。

1896 年
《海鸥》在圣彼得堡的亚历山大剧院上演。契诃夫捐赠了一批书到家乡塔甘罗格的公共图书馆。同年，他还参与了当时的人口普查工作。

1897 年
契诃夫应苏沃林邀请前往莫斯科,就餐时突发急性肺部出血住院,被医生确诊患上了肺结核,同年冬天到法国尼斯养病。

1898 年
患上了恶性骨膜炎。5月从法国返回梅利霍沃,9月动身前往雅尔塔,10月,他的父亲去世。发表《醋栗》《套中人》《话说爱情》等作品。

1899 年
梅利霍沃庄园被卖掉,契诃夫的母亲和妹妹也搬到了雅尔塔生活。发表《宝贝儿》《带小狗的女人》等作品。《万尼亚舅舅》在莫斯科艺术剧院上演。

1900 年
他创作了《在峡谷里》《三姊妹》,12月初,契诃夫前往法国里维埃拉,并定居在尼斯。

1903 年
开始创作《樱桃园》,10月完成剧本,并动身去莫斯科亲自参与排演工作。

1904 年
1月17日,《樱桃园》首演,这一天也是庆祝契诃夫文学生涯25周年的日子。6月3日,契诃夫和妻子到德国的黑森林疗养,住在一个叫巴登韦勒的温泉小镇。随着病情恶化,契诃夫于7月2日(公历7月15日)去世。

无界文库

001	悉达多	[德] 赫尔曼·黑塞 著	杨武能 译
002	局外人	[法] 阿尔贝·加缪 著	李玉民 译
003	变形记	[奥] 弗朗茨·卡夫卡 著	李文俊 译
004	窄门	[法] 安德烈·纪德 著	李玉民 译
005	瓦尔登湖	[美] 亨利·戴维·梭罗 著	孙致礼 译
006	罗生门	[日] 芥川龙之介 著	文洁若 译
007	雪国	[日] 川端康成 著	高慧勤 译
008	红与黑	[法] 司汤达 著	王殿忠 译
009	漂亮朋友	[法] 莫泊桑 著	李玉民 译
010	地下室手记	[俄] 陀思妥耶夫斯基 著	刘文飞 译
011	简·爱	[英] 夏洛蒂·勃朗特 著	宋兆霖 译
012	老人与海	[美] 欧内斯特·海明威 著	孙致礼 译
013	傲慢与偏见	[英] 简·奥斯丁 著	孙致礼 译
014	金阁寺	[日] 三岛由纪夫 著	陈德文 译
015	月亮与六便士	[英] 威廉·萨默赛特·毛姆 著	楼武挺 译
016	斜阳	[日] 太宰治 著	陈德文 译
017	小妇人	[美] 路易莎·梅·奥尔科特 著	梅静 译
018	人类群星闪耀时	[奥] 斯蒂芬·茨威格 著	潘子立 译

019	我是猫	［日］夏目漱石 著	竺家荣 译
020	伤心咖啡馆之歌	［美］卡森·麦卡勒斯 著	李文俊 译
021	伊豆的舞女	［日］川端康成 著	陈德文 译
022	爱的饥渴	［日］三岛由纪夫 著	陈德文 译
023	假面的告白	［日］三岛由纪夫 著	陈德文 译
024	白夜	［俄］陀思妥耶夫斯基 著	郭家申 译
025	涅朵奇卡	［俄］陀思妥耶夫斯基 著	郭家申 译
026	带小狗的女人	［俄］契诃夫 著	沈念驹 译
027	狗心	［苏］米哈伊尔·布尔加科夫 著	曹国维 译
028	黑暗的心	［英］约瑟夫·康拉德 著	黄雨石 译
029	美丽新世界	［英］阿道斯·赫胥黎 著	章艳 译
030	初恋	［俄］屠格涅夫 著	沈念驹 译
031	舞姬	［日］森鸥外 著	高慧勤 译
032	一个孤独漫步者的遐想	［法］让 - 雅克·卢梭 著	袁筱一 译
033	欧也妮·葛朗台	［法］巴尔扎克 著	傅雷 译
034	高老头	［法］巴尔扎克 著	傅雷 译
035	田园交响曲	［法］安德烈·纪德 著	李玉民 译
036	背德者	［法］安德烈·纪德 著	李玉民 译
037	鼠疫	［法］阿尔贝·加缪 著	李玉民 译
038	好人难寻	［美］弗兰纳里·奥康纳 著	于是 译
039	流动的盛宴	［美］欧内斯特·海明威 著	李文俊 译
040	一个青年艺术家的画像	［爱尔兰］詹姆斯·乔伊斯 著	黄雨石 译
041	太阳照常升起	［美］欧内斯特·海明威 著	吴建国 译
042	永别了，武器	［美］欧内斯特·海明威 著	孙致礼 周晔 译

043	理智与情感	[英]简·奥斯丁 著	孙致礼 译
044	呼啸山庄	[英]艾米莉·勃朗特 著	孙致礼 译
045	一间自己的房间	[英]弗吉尼亚·伍尔夫 著	步朝霞 译
046	流放与王国	[法]阿尔贝·加缪 著	李玉民 译
047	巴黎圣母院	[法]维克多·雨果 著	李玉民 译
048	卡门	[法]梅里美 著	李玉民 译
049	伪币制造者	[法]安德烈·纪德 著	盛澄华 译
050	潮骚	[日]三岛由纪夫 著	唐月梅 译
051	了不起的盖茨比	[美]F. S. 菲茨杰拉德 著	吴建国 译
052	夜色温柔	[美]F. S. 菲茨杰拉德 著	唐建清 译
053	包法利夫人	[法]居斯塔夫·福楼拜 著	罗国林 译
054	羊脂球	[法]莫泊桑 著	李玉民 译
055	一个陌生女人的来信	[奥]斯蒂芬·茨威格 著	韩耀成 译
056	象棋的故事	[奥]斯蒂芬·茨威格 著	韩耀成 译
057	古都	[日]川端康成 著	高慧勤 译
058	大师和玛格丽特	[苏]米哈伊尔·布尔加科夫 著	曹国维 译
059	禁色	[日]三岛由纪夫 著	陈德文 译
060	鳄鱼街	[波兰]布鲁诺·舒尔茨 著	杨向荣 译
061	呐喊		鲁迅 著
062	彷徨		鲁迅 著
063	故事新编		鲁迅 著
064	呼兰河传		萧红 著
065	生死场		萧红 著
066	骆驼祥子		老舍 著

067	茶馆		老舍 著
068	我这一辈子		老舍 著
069	竹林的故事		废名 著
070	春风沉醉的晚上		郁达夫 著
071	垂直运动		残雪 著
072	天空里的蓝光		残雪 著
073	永不宁静		残雪 著
074	冈底斯的诱惑		马原 著
075	鲜花和		陈村 著
076	玫瑰的岁月		叶兆言 著
077	我和你		韩东 著
078	是谁在深夜说话		毕飞宇 著
079	玛卓的爱情		北村 著
080	达马的语气		朱文 著
081	英国诗选	[英] 华兹华斯 等 著	王佐良 译
082	德语诗选	[德] 荷尔德林 等 著	冯至 译
083	特拉克尔全集	[奥] 格奥尔格·特拉克尔 著	林克 译
084	拉斯克-许勒诗选	[德] 拉斯克-许勒 著	谢芳 译
085	贝恩诗选	[德] 戈特弗里德·贝恩 著	贺骥 译
086	杜伊诺哀歌	[奥] 里尔克 著	林克 译
087	致俄耳甫斯的十四行诗	[奥] 里尔克 著	林克 译
088	巴列霍诗选	[秘鲁] 塞萨尔·巴列霍 著	黄灿然 译
089	卡瓦菲斯诗集	[希腊] 卡瓦菲斯 著	黄灿然 译
090	智惠子抄	[日] 高村光太郎 著	安素 译

091	红楼梦	[清]曹雪芹 著
092	西游记	[明]吴承恩 著
093	水浒传	[明]施耐庵 著
094	三国演义	[明]罗贯中 著
095	封神演义	[明]许仲琳 著
096	聊斋志异	[清]蒲松龄 著
097	儒林外史	[清]吴敬梓 著
098	镜花缘	[清]李汝珍 著
099	官场现形记	[清]李宝嘉 著
100	唐宋传奇	程国赋 注评
101	茶经	[唐]陆羽 著
102	林泉高致	[宋]郭熙 著
103	酒经	[宋]朱肱 著
104	山家清供	[宋]林洪 著
105	陈氏香谱	[宋]陈敬 著
106	瓶花谱 瓶史	[明]张谦德 袁宏道
107	园冶	[明]计成 著
108	溪山琴况	[明]徐上瀛 著
109	长物志	[明]文震亨 著
110	随园食单	[清]袁枚 著